Colecção Literatura de Macau

国家出版基金项目

NATIONAL PUBLICATION FOUNDATION

·散 文·

乘兴集

龚刚 / 著

作家出版社

澳门文学丛书

编委名单

总　序

　　值此"澳门文学丛书"出版之际，我不由想起 1997 年 3 月
至 2013 年 4 月之间，对澳门的几次造访。在这几次访问中，从
街边散步到社团座谈，从文化广场到大学讲堂，我遇见的文学
创作者和爱好者越来越多，我置身于其中的文学气氛越来越
浓，我被问及的各种各样的问题，也越来越集中于澳门文学的
建设上来。这让我强烈地感觉到：澳门文学正在走向自觉，一
个澳门人自己的文学时代即将到来。

　　事实确乎如此。包括诗歌、小说、散文、评论在内的"澳
门文学丛书"，经过广泛征集、精心筛选，目前收纳了多达几十
部著作，将分批出版。这一批数量可观的文本，是文学对当
代澳门的真情观照，是老中青三代写作人奋力开拓并自我证明
的丰硕成果。由此，我们欣喜地发现，一块与澳门人语言、生
命和精神紧密结合的文学高地，正一步一步地隆起。

　　在澳门，有一群为数不少的写作人，他们不慕荣利，不怕
寂寞，在沉重的工作和生活的双重压力下，心甘情愿地挤出时
间来，从事文学书写。这种纯业余的写作方式，完全是出于一
种兴趣，一种热爱，一种诗意追求的精神需要。惟其如此，他
们的笔触是自由的，体现着一种充分的主体性；他们的喜怒哀
乐，他们对于社会人生和自身命运的思考，也是恳切的，流淌

着一种发自肺腑的真诚。澳门众多的写作人，就这样从语言与生活的密切关联里，坚守着文学，坚持文学书写，使文学的重要性在心灵深处保持不变，使澳门文学的亮丽风景得以形成，从而表现了澳门人的自尊和自爱，真是弥足珍贵。这情形呼应着一个令人振奋的现实：在物欲喧嚣、拜金主义盛行的当下，在视听信息量极大的网络、多媒体面前，学问、智慧、理念、心胸、情操与文学的全部内涵，并没有被取代，即便是在博彩业特别兴旺发达的澳门小城。

文学是一个民族的精神花朵，一个民族的精神史；文学是一个民族的品位和素质，一个民族的乃至影响世界的智慧和胸襟。我们写作人要敢于看不起那些空心化、浅薄化、碎片化、一味搞笑、肆意恶搞、咋咋呼呼迎合起哄的所谓"作品"。在我们的心目中，应该有屈原、司马迁、陶渊明、李白、杜甫、王维、苏轼、辛弃疾、陆游、关汉卿、王实甫、汤显祖、曹雪芹、蒲松龄；应该有莎士比亚、歌德、雨果、巴尔扎克、普希金、托尔斯泰、陀思妥耶夫斯基、罗曼·罗兰、马尔克斯、艾略特、卡夫卡、乔伊斯、福克纳……他们才是我们写作人努力学习，并奋力追赶和超越的标杆。澳门文学成长的过程中，正不断地透露出这种勇气和追求，这让我对她的健康发展，充满了美好的期待。

毋庸讳言，澳门文学或许还存在着这样那样的不足，甚至或许还显得有些稚嫩，但正如鲁迅所说，幼稚并不可怕，不腐败就好。澳门的朋友——尤其年轻的朋友要沉得住气，静下心来，默默耕耘，日将月就，在持续的辛劳付出中，去实现走向世界的过程。从"澳门文学丛书"看，澳门文学生态状况优良，写作群体年龄层次均衡，各种文学样式齐头并进，各种风格流派不囿于一，传统性、开放性、本土性、杂糅性，将古今、中西、雅俗兼容并蓄，呈现出一种丰富多彩而又色彩各异的"鸡尾酒"式的文学景象，这在中华民族文学画卷中颇具代表性，是有特色、有生命力、可持续发展的文学。

这套作家出版社版的文学丛书，体现着一种对澳门文学的尊重、珍视和爱护，必将极大地鼓舞和推动澳门文学的发展。就小城而言，这是她回归祖国之后，文学收获的第一次较全面的总结和较集中的展示；从全国来看，这又是一个观赏的橱窗，内地写作人和读者可由此了解、认识澳门文学，澳门写作人也可以在更广远的时空里，听取物议，汲取营养，提高自信力和创造力。真应该感谢"澳门文学丛书"的策划者、编辑者和出版者，他们为澳门文学乃至中国文学建设，做了一件十分有意义的事。

是为序。

2014.6.6

目　录
CONTENTS

第四辑　小说评话

前　言

刘义庆《世说新语·任诞》篇记载了这样一则故事：

> 王子猷居山阴，夜大雪，眠觉，开室，命酌酒，四望皎然。因起彷徨，咏左思《招隐诗》，忽忆戴安道。时戴在剡，即便夜乘小船就之。经宿方至，造门不前而返。人问其故，王曰："吾本乘兴而行。兴尽而返，何必见戴？"

王子猷是东晋时大书法家王羲之的三儿子，本名徽之，子猷是他的字。据《晋书》记载，王徽之为人卓荦不羁，曾任大司马桓温参军，却蓬首散带，不理政务。有一回寄居空宅中，便令种竹。人问其故，王徽之啸咏指竹曰："何可一日无此君邪！"后弃官东归。其潇洒如此。《世说新语》所载王徽之夜访戴安道一事，更是传诵士林。

戴安道即戴逵，东晋著名画家，居会稽剡县。王徽之雪夜吟咏左思的《招隐诗》，忽然动念探访戴安道，即刻坐船前往，赶了一晚上才到，却门也不敲就折返了。真正是乘兴而行，兴尽而返。这样的收放随心，着实令人神往。

本书所录，多为乘兴涂抹之作，故名《乘兴集》。分为海隔闲笔、人文观察、濠上谈艺、小说评话四辑。首辑为心情文字，次辑为文化杂谈，三辑以谈艺为主，末辑以评话的方式评论中外小说，采用了复述、点评、概说三合一的模式。所谓复述，就是对有助于阐发叙事学理论的小说内容进行再叙事，其中部分英国小说中的文字为笔者所重译，文中一般会以"试译如下"作为标识。所谓点评，就是在复述的过程中对小说的技巧、风格、人文内涵等进行简要评论，类似于以"随文批注"为特征的评点式批评，也有些乘兴而为的意味。

是为序。

2014 年初夏，写于澳门大学珍禧楼

第一辑　海隅闲笔

澳门的夜

好友从北方来。彼此已多年不见，本该好好聚聚，怎奈俗务缠身，竟然抽不出时间一叙别后光景。临走前的一天，终于约好无论如何得由我带他游一次车河，哪怕是走马观花，也多少能领略到些澳门的风致。

在澳门生活多年，早已走遍了这个小城的山水、街巷，大炮台的沧桑，石仔路的谐趣，葡人旧居的落寞，皆能引发我别样的兴味，但最能令我从尘世的烦嚣中超脱出来而尽一时悠游之乐的则是黑沙滩，这个处在澳门的最远端，永远以宽阔的胸襟涵纳晨风夕月、潮涨潮落的去处。像是上苍的有心安排，衔接于澳门城区与黑沙滩之间的是一条数里长的林中路，虽然只有数里长，但对澳门这个方圆不过几十平方公里的小城来说，已足够漫长，漫长的有如一段被遗忘的时光，又如一种巧妙的过渡，不经意间，将红尘男女导入了灵魂得以澡雪的胜境。

当初听说好友要来澳门，我心里就想，大三巴这种闹热地段不去也就罢了，葡京赌场这种销金之地不去也就罢了，马介休咸鱼这种所谓异国风味不尝也就罢了，但黑沙滩可一定要带他去转转。白居易昔年赋诗感怀他在杭州做刺史时的风光，说是"一半勾留是此湖"，此湖非他，正是艳名堪比西子的西湖。人在异乡，总得有个勾留处，方能心里宁定。名散文家董桥在解读王韬甫居香港"乍至几不可耐"的心情时说，"喜不喜欢一个地方，要看住在这地方期间，是不是生活安定、见闻增加、工作满意。读书人尤其注重这三件事。有了这三件事，心情一定比较好"。我倒觉得，除了这三件事外，还不能缺了一个宜于悠游赏玩之地，否则心情恐怕还是好不起来。从这个角度来说，白居易心中的西湖，苏舜钦心中的沧浪亭，也正是我心中的黑沙滩了。

难得故友不远千里而来，总须让他亲身感受一番我在异乡的勾留处，方才见得交情的醇厚。所以在驱车接他出游的途中，我已经在想象着飞鸟衔着阳光从林梢掠过的情致和山风挟着果香吹进车窗的快意。如果能够赶在日落之前漫步海边，听听潮声，聊聊往事，迎着无遮拦的海风大笑几声，还有什么化解不了的不痛快？

浮想之际，好友打电话来，说他公务尚未忙完，让我且等一等。这下好，又不知要拖到几时了。我索性在街边停了车，买了份《苹果报》闲看。等到好友终于可以坐上我的私家车，已经快八点了。那想象中的林梢阳光、落日余晖，早就湮没在了夜色中。可巧还下起了雨。多久不见的雨，偏偏在这时候下了。我只能平庸不过地感叹一声，这鬼天气！

由于雨中的路面颇为湿滑，加上车多路窄，我只能时停时走把车往前"挪"，欲快而不得，心中颇不耐烦。好友倒并不在意，还蛮有兴致地观望着、指点着窗外的街景。

澳门承平日久，那一种成熟的繁华在渐深的夜色中更足撩人。不需要月光，不需要星光，那静静照耀着的葡式街灯，那在各个角落里闪烁着的霓虹幻彩，那一幅幅从大厦顶层披挂而下的光帘，那东望洋灯塔三百六十度旋转的光柱，把一个被不同时代的风格所熏染过的古老小城，浑融在剔透而眩目的光影世界。

"你觉不觉得澳门的夜色就像是显影液，把底片上隐藏着的魅惑全逼出来了。"朋友忽然发话道。我不能不佩服他的机敏。在澳门待了那么久，还从来没有听到过这样入味的品评，简直可以用来下酒了。或许因为他是旁观者，又有一份备极忙碌后的闲散心情，所以才会有这样的妙悟。而他的好心情也感染了我，似乎路面上的迟滞反而是缓解紧张的机缘，那些动辄亮出红灯的交通灯，也不复往日的可厌，不知不觉间，也就开上了通往离岛的西湾大桥。

西湾大桥是澳门的第三座跨海大桥，桥面异常宽阔，飙车族到此，不免会有些技痒。就算胆小些的车手，既已从小鸡肚肠般的街巷中腾挪出来，也会禁不住加大油门，求一点难得而又安全的刺激。澳门是个不夜城，三座遥遥相望的跨海大桥终夜都被桥墩上的射灯映照得通体透亮，宛如游龙负雪，格外抢眼，尤其在这蒙蒙烟雨之夜，更能让人振作起阑珊的意兴。

与分建于上世纪70年代、90年代的嘉乐庇大桥、友谊大桥不同，西湾大桥的制高点上矗立着相隔不远的两座哥特式的M形拱门，上接云天，高敞宏伟，颇有些西哲谈美学时所常说的"崇高"之象。天气晴好的日子，从桥头顺着上仰的路面驶向拱门，坡度渐陡，邻埠珠海的阡陌、农舍、边防哨所，对岸澳门半岛的密集楼群，桥下的海面，海面上往返的渔船、货轮、缉私艇，渐渐消失在了视线之外，眼前只剩下静寂、辽阔的天空，发光的云朵，还有高高的拱门，离天空那么近，就像是通往天堂之门，一种宗教般的感动。"我为什么一直没有去看天空呢？可我该多么幸运啊，居然看到了天空！对啦，除了这个无限的天空以外，一切都是虚无的，一切都是虚幻的。除了这天空以外，是什么也没有的。什么也没有的。不过，就连这个也没有，什么也没有，除了静寂和平安以外。真值得感谢呀！……"这是《战争与和平》里的安德烈公爵仰望苍穹时的感悟，这种感悟往往会在瞬间击中我们，但也仅仅是在瞬间。我们不可能生活在无限的玄想之中，就像翻过了西湾大桥的桥顶，眼前又是熟悉的阡陌、高楼、游艇、哨所，而天空与拱门，就在不远的身后。

雨中驱车于西湾大桥，又是一番别样的感受。那明黄色的路灯光，从大海的黑影中，切出了一条平直而光亮的路面，路面上湿漉漉的，像是敷上了一层油彩；车前灯打出耀眼的灯柱，映照出脉络分明的雨线，丝丝缕缕，层出不穷，真有"细雨如织"的感觉，——不仅仅是雨线和雨线的相"织"，眼前所见、心中所感的一切，也似乎都被"织"进了这茫茫的夜雨中。"无边丝雨细如愁"，也只有秦少游般的"女郎"心性，才会有这样精准的描摹。

不过，岭南的雨毕竟不同于江南的雨，那一份缠绵的情致，到底不能勾留许久。当车子接近林中路的时分，雨水已见疏落。由于是夜间，又兼是雨中，本就车辆稀少的路面，越发见得空阔。我摇开车窗，湿润的夜风挟着草叶的清香，拥入车内，我和好友不约而同地深呼吸了一回，心中很是舒畅，舌尖还能呷摸到一丝甜润。道路两边的山林，虽然已在灯光不及的夜色中，化为一片朦胧的暗影，不复阳光下的明秀多姿，但树梢相触的轻响，以及不时传出的几声鸟鸣，却仍然让人感受到一种潜藏着的郁勃生机。也有些靠路面稍近的木麻黄，和高挑的路灯相依而立；明暗相间的针叶上悬着晶莹欲坠的雨珠，车子驶过，一滴清凉，正打在手背上。

又走了少许车程，黑蒙蒙的海面浮现在了眼前，没有声息，没有波动，只是浑然的一片，像静默的太虚。我在路边停了车，雨还在下着，但只是些不成气候的零星雨点了。我和好友浑不在意地走下车，劈开掩映石径的、湿淋淋的灌木，向山脚处的黑沙滩走去。

黑沙滩是澳门风物的点睛之笔，与新近列入世界文化遗产的"澳门历史城区"相较，可以说是各擅胜场，一者胜在四百年中西交通的人文积淀，一者胜在繁华壅塞中的那一份出其不意的开阔与清新。黑沙滩长约千米，坡度平缓，沙砾皆呈黑色，据说是因为富含黑云母矿所致。天晴之际，海浪冲上沙滩，黑白相映，饶富妙趣。而在这星月无踪的雨夜，一切都归于烟蒙蒙的黑色调，只是由远及近，海，沙，岸边的山麓，到底还是显露出浓淡不一的用墨层次。

当我们接近山下时，黑沙滩的轮廓已非常清晰，一抹幽幽暗暗的半月形，近山脚的这边，绵延着疏疏落落的苇秆的淡影；沙滩上暗沉沉的，偶有几处沙砾，莹莹地闪着光。长长一线的潮水，在大海的边缘涨落着，空气中满是湿润的潮音，喧响而寂寞。我们走上沙滩，脚下颇觉松软，走得稍快些，便会带起细碎的沙子，如果掉了几粒进鞋内，就会很不舒服，——反正这一晚已"留白"给了自己，我们乐得走慢些。许是因为雨后雾重，远远吹来的海风并不劲疾，那一份临沧海以舒啸的快意是不可求了。但四围空阔、风烟寂寂中的漫步闲谈，却也自有一种洒落之意。

记得多年前的一个傍晚，我和好友随一批刚刚指点完江山而想到要犒劳一下自己肠胃的中外学者们去颐和园的听鹂馆夜宴。这是我头一回夜游颐和园，也是唯一的一回，所以印象特别深。听鹂馆隐在颐和园的深处，从正门走到这座宫殿式的建筑，需要经过那条慈禧太后曾经踱步过的著名长廊。暮色渐浓，松影下的长廊更显悠长，影影绰绰间，似有旗装宫女袅娜而来。当我们抵达听鹂馆时，内堂的宫灯已耀眼地亮着，门外的光影中，翠竹、奇石，依稀可辨，颇有几分江南庭院的意趣。席间谈笑甚欢，也尝到了不少好东西，如鹿肉、口外羊肉之类，几色点心如豌豆黄、栗子窝头，更是京味十足。饭后联欢时，好友约我出去走走。我们从侧门走出，绕过几排偏房，眼前就是王观堂自沉的昆明湖。昆明湖并不大，尤其对惯于看海的人来说，但在这沉沉夜色中，竟然望不到边际，凉风吹来，颇有苍茫之感。多年后的今夜，漫步在相隔千里的黑沙滩上，我们似乎又感受到了那种苍茫，只是风要柔些，空气要潮润些，那一份莫名的沧桑感也要来得淡薄些。

黑沙滩的尽头，靠近公路的一边，有数家烧烤排档。雨霁夜深，仍不乏光顾者，远远就能嗅到烤鸡翅、烤玉米的香味。我和好友走近一家排档，要了两支喜力、几串烤肉，在路边坐下，——在北大西门外的路边坐下，那时候，我们还是无牵无挂的同学少年，一晃，八年了……

澳门的茶餐厅

最初听到"茶餐厅"这个名目，感到颇纳闷。

茶馆就是茶馆，餐厅就是餐厅，一为消闲的处所，一为用餐的所在，功能原自不同，两者混一，多少有点不协调的感觉。

何况，传统的茶馆本就捎带着出售茶食、面点，比如老舍《茶馆》里那一款著名的"烂肉面"。

后来留意了一下各家茶餐厅的外文名，原来是很普通的"Café"，这在欧美市镇的街头巷尾随处可见，——一个咖啡杯，杯口上方勾出几条曲线，宛如咖啡的热气或幽香。

只是，"Café"这个本意为"咖啡室"的外文单词，何以会派生出"茶餐厅"这个名目，这背后有什么文化上的奥妙，倒确实令人有求索的兴味。

据好友告知，茶餐厅最早出现在香港，兼售中式和西式的点心、饮品，由于价位不高，口味多元，氛围又比较轻松、随意，所以颇受香港市民欢迎。

单从字面上来看，"茶"与"餐厅"的组合还是蛮有意味的。作为一个"文化符码"，"茶"不仅仅是一种饮品的名称，而毋宁说是一种生活方式的象征。提起饮茶，总能令人联想起闲适的生活、潇洒的情致，乃至超然的意境，也总能令人联想起氤氲在一盏茶香中的种种遗闻轶事。《红楼梦》第四十一回，妙玉揶揄宝玉道，"一杯为品，二杯即是解渴的蠢物"，固然是孤芳自赏，苛责世人，但茶中境界，也确非人人都能参悟。

相对于文化积淀厚重的"茶"而言，"餐厅"这个词的含义就要单纯多了。无论装潢得多精美，餐厅就是一个供人吃喝的地方。"茶"与"餐厅"的组合，因而可以说是雅文化和俗文化的融合，——俗中有雅，能雅能俗，岂不妙哉？

最近有人在提倡"慢食文化"，在他们看来，快餐文化是急功近利的体现，而且还不利于健康，所以要让饮食的节奏慢下来，多一点回味的空间。照我看，"茶餐厅"就颇能体现慢食文化的精神。

得空的时候，找一家茶餐厅小坐，用餐之余，看看电视新闻，翻翻当天的报纸，和朋友闲聊几句，昨日昨夜的劳顿，经了这片时的小憩，也就涣然而释，不复为今日的牵累。走出茶餐厅，连空气似乎都要轻灵些。

回归之后，澳门的茶餐厅日益增多，店面的装饰也愈见巧思。走在澳门街头，不时就会撞见一间茶餐厅。通常是临街的一个店面，大幅的窗玻璃做了半面墙，敞亮通透，路过的行人和店内的食客可以很方便地打招呼。

茶餐厅内的餐桌有两类，一类是颇受青睐的卡位，一类是作为第二选择的散位，有方桌，也有圆台。由于顾客多而空间小，餐桌与餐桌挨得比较近，侍应往来走动，常常就碰到了顾客的肩头或后背，不过大家也不以为意，而且就算上菜稍晚了些，顾客也大都比较有耐心，不会怒形于色。有些时候，人多需要搭台，彼此也能相互体谅。茶餐厅里的氛围，就是这般的富有人情味，有点像大家庭的餐叙，但又少了几分拘束。

每回去茶餐厅用餐，我通常都会点一份牛腩捞米，外加一杯冻菊蜜。牛腩捞米其实就是煮米粉，再搁上几块早就备好的酱牛腩，快速便当，口味也还不错，至少比火腿通粉、奶油多士这类点心要耐品、耐嚼些。

　　来澳门这么些年，也学会了点粤语，听就不成问题，讲就有心无力。不过，说起"牛腩捞米"、"冻菊蜜"这两样点心，我自信发音还算标准，至少茶餐厅的侍应就能听懂。

西湖的况味

走在 4 月的西湖边，就像走进了一个梦。

脚步踩得重些，都怕惊扰了这个温煦轻柔的梦。

湖中的波光，逗弄着桥、塔、花树的倒影，摇曳生姿；仿古的游船，漂浮在明媚空阔的青绿山水之中，船上的人，想必有"春水船如天上坐"的惬意。

湖畔、桥边、岛上、堤上，还有远近的山间，绵延着层层叠叠、浓淡不一的绿树春草，就算是唐代的李思训和南宋的"二赵"复生，恐怕也渲染不出这般生气淋漓、碧色环抱的气象。

迤逦而行，浸浴了多少文人风流和昔时烟雨的楼、台、亭、榭，不时从光影迷离的树丛中，挑出尖俏撩人的飞檐。苏小小亭，俞楼，西泠印社，文澜阁，平湖秋月，望湖楼，哪一处景致的背后，没有一个美丽的传奇？

用不着导游殷勤的聒噪，光听听这些名字，遥想一下唐宋之际的古典情韵，就会有微醺之意了。

八十多年前，周作人在《北京的茶食》中感叹道，"可怜现在的中国生活，却是极端地干燥粗鄙，别的不说，我在北京彷徨了十年，终未曾吃到好点心"。

周作人的一生，大抵不脱苦涩的况味，一盏酽酽的苦茶，一碟"干燥粗鄙"的茶食，就是他的生存感受的写照。他应当遗憾没能赶上一个好时候。在民国时期那个动荡飘零的年代，欲求自保名节尚且不能，又怎能奢望品尝到精致的小食，精雅的文化？

世易时移，八十年后的杭州已远非八十年前的北京所可比拟，物质上的繁荣催生了文化上的精致口味。古典生活美学的流风余韵在不知不觉间已渗入了寻常百姓家。

别的不说，这回游西湖，我就颇吃到了几种"好点心"。其中一种是"东坡酥"，以前只尝过楼外楼的"东坡肉"，"东坡酥"的名目倒是第一次听说，恐怕是店家自创而借了苏太守的雅号。所谓近水楼台先得月，苏东坡虽非杭州人，但他的诗酒风流、旖旎才情却有一大半挥洒在了西湖的山水之中，讨巧的商家沾染些大才子的余韵以为点缀，也无伤大雅。

"东坡酥"的原料很简单，白豆沙，面粉，再揉上一丁点巧克力汁，如此而已，但制作得颇见灵心，外形固然小巧，色泽也尽够柔润，饼皮上镌着的"东坡酥"三字，笔笔秀媚，一丝不苟，拈在手里，精精巧巧、方方正正的一小枚，实在可人。吃这玩意儿，如果一人一口酥般地囫囵吞了，那就好比牛嚼牡丹，生生糟蹋了，所以得一小口一小口地品，这样才能吃出味来。

照周作人的说法，好点心吃在嘴里应当是"馅和糖及果实浑然融合，在舌头上分不出各自的味来"，"东坡酥"就有这般妙处，作为主原料的豆沙馅、面粉皮，固然是融合无间，那一丁点巧克力汁，也是但闻其香，不觉其味。

这样的好点心，佐以一盏清香的龙井，当能勾起"安闲而丰腴的生活的幻想"吧。

以本雅明的方式感受成都

曾经对成都这个巴蜀名城充满诗意的想象，"晓看红湿处，花重锦官城"，"留连戏蝶时时舞，自在娇莺恰恰啼"，"映阶碧草自春色，隔叶黄鹂空好音"，这是杜甫从春夜、江畔、武侯祠等不同视点描画的蜀都风韵，"衣上征尘杂酒痕，远游无处不销魂。此身合是诗人未？细雨骑驴入剑门"，这是陆游从剑门关进入成都时的感慨，细雨微茫，剑门雄森，远游的诗人骑驴而来，即将点开一个未知的世界，全诗一字未提成都，却令人顿生遐想。

除了骚人墨客的点染，还有围绕成都的峨眉天下秀、青城天下幽，还有古槐树下的茶馆，摇着鹅毛扇的行人，小酒馆里的夫妻肺片，小巷里的麻将声，悠闲，写意，怡然自得。

十二年前，第一次亲临成都。从双流机场进入市内，触目所及，首先是高矮不一、光秃秃的平房，然后是一个街区一个街区的高楼大厦，大街上公交车、私家车、自行车前拥后挤，川流不息，街边的灯箱、售货摊、停车站、各色商铺，还有高悬空中、下坠如肥肚腩的密集电线，也和那个年代一般的大城市无异。

这样的城市，你管它叫成都也好，武汉也好，长沙也好，甚至北京、上海，都无所谓，因为都是一个风格，一个模子，总之没法和"锦官城"的想象相叠合。难怪有西方学者把所有现代化城市统称为"无名的城市"（anonymous city）。

稍后几天，去走了走都江堰、杜甫草堂，才找到点置身蜀中的感觉。都江堰由李冰父子主持修建，历经两千余年，依然夹峙着滔滔岷江水，长长堤坝，透出苍苍之色，秦时明月曾将它照亮，三国风烟曾将它轻笼，它就像穿越时空的一段传奇，凝固在亘古长流的江水之畔。

寻访杜甫草堂的那个午后，雨下得正急，从小径旁的森森竹叶上，溜下一滴滴发亮的雨水，轻快地没入草丛之中，草堂房梁上铺盖的经年茅草蒸出一层水雾，恍如唐时的烟云。撑起一把大伞，昔日的同学少年谈笑风生，信步园中，读廊庑亭间的妙联，赏雕塑大师刘开渠的杜甫塑像，不远处水池里的涟漪，就像连绵的韵脚。

本雅明感叹说，时间丝毫不留余地，无情地把我们从过去抛向未来，而在空间中，我们可能成为另一个人。我的理解是，只有以空间截住时间，才能从逝水流年中，抓住永恒。

十二年后，我第三次来到成都。这一趟行程很短，仅三天两夜，但走访的地方还不少，三星堆，金沙遗址，蜀锦博物馆，杜甫草堂，武侯祠，锦里，像走马灯。翌日晚上，还在蜀风雅韵剧场，靠着竹编椅，喝着盖碗茶，摇着武侯祠买来的鹅毛扇，欣赏了变脸、吐火、滚灯、手影等一连串绝技表演，舞台上的演员脸冒油汗，我们这些悠闲的看官也是油汗沾衣，但过瘾是真过瘾。这个戏园可是蜀地仅存的古典梨园，那种东京梦华般的氛围，那些变幻不定的古装魅影，那种种明清川人叫好过的绝活、折子戏，传神如生地重现在现代人眼前，有一种与历史共舞的幻觉。

回来后得知，蜀风雅韵所在的青羊宫就在武侯祠附近，武侯祠又在杜甫草堂附近，在跟团赶行程的时候，我还以为这几个景点分布在成都的不同角落，真是够糊涂的。不过，这或者也是一种乐趣吧。世上的游客大抵有三类，一类会在旅游某地之前，先将当地的餐厅、酒店、景点、气候，甚至怎么走更近，搭哪路车省钱，全都摸得一清二楚，来到目的地，一切照计划进行，分毫不差；一类会在抵达目的地后，首先买一张地图，每到一处景点之前，都会查清该景点所在街区，好比行军参谋；还有一类毫无规划，信马由缰，撞到哪儿算哪儿，碰到啥算啥，既不查计算机，也不带地图。我就属于后一类。

美国作家桑塔格评价本雅明说，他缺乏方向感，不善于看街道地图，这反而成为他热爱旅游的原因，使他掌握了游荡的艺术。在漫不经心的闲逛中邂逅惊喜与意外，这或许就是游荡艺术的真谛和魅力所在吧。照康德的说法，这叫"无目的的合目的性"。本雅明本人认为，法国象征主义诗人波德莱尔可算是游荡艺术的创造者。在 19 世纪的巴黎大街上，在混杂着红发女乞丐、枯萎的老女人、古怪老头子、盲人、寡妇等边缘人的拥挤漫涌的人群中，波德莱尔一次次体验到震惊与"丑中之美"（beauty in ugliness），也一次次赋予他写诗的冲动和灵感。

我不敢自比波德莱尔，但也一向喜爱游荡的艺术。每到一地，无论行程多紧，都要四处逛逛，哪怕只是到酒店附近的街巷上走上一遭。这次游成都，可谓马不停蹄，但我愣是抓住等车时的几分钟空当，拉上兄弟，在酒店前的大街上走了走，无意中撞见一座古庙，探身进去，空荡荡的，烟火全无，回头看匾额，竟然是一座清真寺。真是一个有趣的发现。

也许是我的审美怪癖，对于一座全新打造的城市，我一向没有什么好感，总觉得火气太重，就像暴发户的豪宅，处处钱银堆就，奢华固然奢华，可就是少了点底蕴，所以既不耐看，也不宜于闲居。成都就不同了，只是在街市上随便逛逛，就会撞见一座废弃的寺庙，一个年久失修的戏台，一间老商铺，一所幽深的宅院，墙头、檐上，爬些藤蔓。

更令成都增添一层神秘色彩的是近在城内的金沙遗址和远在城外的三星堆。三星堆原为夏商时期古蜀国的国都，因起伏相连的三个黄土堆而得名，有"三星伴月"之称。金沙遗址距三星堆仅五十公里，也曾是古蜀国国都，繁荣于商周时期，两都之间，虽只一箭之遥，却横亘着两千年时光，留下了十足的悬念。

漫步这两处遗址，满眼是银的、铜的、金的、玉的，仅国宝级文物就有太阳神鸟金饰、青铜神树、十节玉琮、金面具、金杖、青铜纵目面具、玉牙璋等十余种，雕工精细，造型瑰奇，不乏异国情调，有些简直就是外星人的鬼斧神工。如青铜神树，通高近四米，树干笔直，套有三层树枝，每层三根枝条，枝条的中部伸出短枝，短枝上有镂空花纹的小圆圈和花蕾，花蕾上各有一只昂首翘尾的小鸟，枝头有包裹在一长一短两个镂空树叶内的尖桃形果实。其工艺之精湛，手法之细腻，组合之繁复，很难想象是五千年前的先民所为，倒不如看成是火星叔叔马丁的倾情巨献。又如太阳神鸟金饰，纯金铸就，薄如蝉翼，构思也极为大胆前卫，远看像一团轮转不熄的火焰，近看则是金鸟负日，俨然如生，分明是超现实主义的杰作。

在一个"灿烂"、"辉煌"、"华丽"、"伟大"等修饰语早已成为陈词滥调的年代，金沙与三星堆这两个古蜀文明的废墟，再次启动了这些语汇所内在的动人心魄的能量。

令人诧异的是，如此灿烂的古蜀文明，却在一夕之间灰飞烟灭。专家们纷纷加入无奖竞猜，水患啊，战争啊，迁徙啊，天灾啊，引经据典，头头是道。我却如神附体般地想起了那几尊华丽光圈之外的奴隶雕像，双手反绑，跪坐，脸部肌肉挣扎扭曲。被反绑着的奴隶固然无力反抗，但没有绑缚的奴隶，却可以燃起一把火，烧掉整座以干草和木材搭成的宫殿。阿房宫是怎么毁灭的，古蜀王国就是怎么消失的。

面对伟大的废墟，古典主义者缅怀着古典艺术的静穆典雅，浪漫主义者慨叹着转瞬即逝的荣光，现代主义者却听到了历史的警示和救赎的召唤。

本雅明说，现代文明在它的丰碑树立起来之前，就已经坍塌为一片废墟。我想我终于读懂了他的寓意。

燕园旧事（三则）

老怪

老怪是我的好兄弟，他近视得厉害，所以总是戴着那副镜片很厚、样式很土的眼镜。他属于外冷内热的那类人，初看起来神情比较木讷，动作也比较迟缓。

在燕郊读书的时候，有一回上他宿舍聊天，无意谈起《水浒》，他的常常低垂的眼睛突然从眼镜片后放出光来。我也是个《水浒》迷，对那些英雄好汉大碗喝酒、豪爽痛快的行径，一向都很神往。

我和老怪同学认识已久，由于两人的性格表面看来是阴阳极，所以一直是泛泛之交，这回算是找到了共同话题，而且还是个人偏好上的兴奋点。我们于是撇开正忙着打牌的其他兄弟，痛痛快快聊了一回，谈宋江的老于权谋，谈武松的快意恩仇，谈王伦的量小才低，谈林冲的"苦大仇深"，谈"花和尚"鲁智深的种种趣事，谈"撮合山"王婆的诡计多端，当然也很热烈地讨论了一番一百零八将的武艺和兵器排行。

自此以后，我对老怪的观感发生了质的变化，原来他是这样一个热血热肠的男儿，和他外表的木讷和冷淡，形成了截然的反差。我后来开玩笑地对他说，"在你的厚镜片下，涌动着澎湃的春潮。"他一听就乐了。

老怪是四川人，进大学后读的是德语。学语言本来就很枯燥，更何况是语法繁琐、动辄得咎的德语！不过，这丝毫也没有抑制他的文学冲动和浪漫心性。他在课余创作了不少诗歌、小说和散文，其中有一篇散文的名字叫《梦中开出语言的花朵》。事隔多年，这篇散文的具体内容我早就忘了，但这个标题是如此的奇幻而鲜明，所以一直在我的记忆中铭刻如新。如今回想，这标题其实大可以看成是他当时急于从枯燥的德语学习中超拔而出的焦虑心情的一种象征。

人之心性，千差万别。读书就业，当择性之所近，不可强求。老怪在上研的时候，从外语系转到中文系，可以说是性之使然，并无可怪之处。好玩的是，当他来到中文系，他的德语出身却又发挥了妙用。记得一位外语系的老教授就曾经对老怪说，你到了中文系挺好，既能搞创作，又有外语优势。我们当时听了都只笑不语。

中文系的各个专业如今或多或少都和外语发生了联系，首先当然是英语，英语要不过关，中文也读不成。这事虽然有些滑稽，可是身处全球化时代，也不能不认命。不过，听说近年有些高校在个别专业取消了这条限制，虽说会有人以为悖时，但在我看来，却是圣明之举。因为我实在不明白，研究金文、甲骨文的人干吗非得懂外语？外语不过是语言工具，并不能决定一个人的专业能力。我有个复旦英语系毕业的师弟就私下对我抱怨说，自从他的英文修养在中文系曝光之后，这也找他翻译，那也找他翻译，简直快成翻译机器了。

老怪就和我的这位师弟不同，他乐此不疲地帮助各位兄弟翻译五花八门的德文材料，除了文学、语言学方面的论文片段之外，诸如产品说明书、用药指南之类，他都会兴致勃勃地讲解给你听。也真多亏了他的帮忙，我才基本读通了钱锺书的《管锥编》。

钱老的这部书，号称"天书"，虽说它的理论难度较之康德的《纯粹理性批判》，还差着一截，但它的阅读障碍却尤甚于后者。《管锥编》以相当古奥的文言文写成，这倒也罢了，难就难在，这部大书至少征引了英、法、德、意、西等六七个语种的文献，简直让研究者找不到活路，不如找个地缝钻下去算了。好在老怪就在身边，他不但帮我搞定了那些德文引文，还调动了他在外语系读书时结识的一大批兄弟，分别帮我扫清了意大利语、西班牙语和拉丁文的障碍。

有一阵，在燕郊两所大学的诗歌爱好者圈子里，流行过荷尔德林的诗。荷尔德林是相当有灵气的德语诗人，他的名头不如哥德来得响，但我们私底下都认为荷尔德林的诗比哥德要好，更灵动，也更深邃。不过，要不是因为海子，荷尔德林恐怕还要沉寂很久。海子是北大的传奇诗人，在很多青年诗人的心目中，他是"诗歌的太阳"，但这枚太阳很快就陨落了，陨落在山海关前冰冷的铁轨上。由于西川主编的《海子全集》的出版面世，许多大学才子如获至宝般地发现了荷尔德林。他们在各种诗歌朗诵会上朗诵荷尔德林的诗作，在各类诗歌论坛上谈论荷尔德林的诗艺。老怪对此颇不以为然，他每每一撇嘴对我说，他们读懂荷尔德林了吗？

为了证明那帮大学才子没有读懂荷尔德林，老怪破天荒地"泡"了几天馆子（图书馆），翻查了当时流行的十多首荷尔德林诗作的德文原文，还一一作了翻译。那些翻译我当然都看了，其中有"秋天的湖水，澄澈如切开的雪梨"之类的句子，确实挺有韵味，可惜当时我还没开始学德语，所以也无从判断老怪是否就是最懂荷尔德林的中国人。老怪后来还写过一篇名为《诗人哲学家尼采的大地情结》的期末研究报告，全文分五章，第一章的标题是"诗人"，第二章的标题是"哲学家"，接下来几章的标题分别是"尼采"、"大地"、"情结",在行文中,他引用了不少德语文献来论证这五个名词的本义和引申义,其构思的独到着实不可理喻。他的导师宣判这篇杰作不合格,倒是很可理喻。

对于一个在校研究生来说,除了求学,最紧要的事恐怕就是求爱。老怪的女友绝对是一位神童,十六岁就考上了清华生物系。清华的男生要比女生多好几倍,往往一个班上只有两三名女生,性别比例严重失衡。或许是这个原因,老怪的爱情苦旅迟迟没有一个了局。他自己倒也不着急,颇有点"胜固欣然,败亦可喜"的派头。可是有一天,他不知道受了什么刺激,忽然发了邪劲,嚷嚷着要为爱情大醉一场。他还真去西门外买了瓶二锅头回来,用牙齿嗑开了瓶盖,咕咚咕咚就往嘴里灌。我起初还以为他是在闹着玩,没想到他一口气就把整瓶酒给喝干了。乖乖不得了,这可是五六十度的烈性白酒啊!老怪当时就蒙了,扑倒在床上。过了一阵,他猛地翻转身,哇拉哇拉吐了一地。我忍着恶臭帮他打理房间,心中暗笑,原来这厮平时那股子潇洒劲全是装的!

救人一命,胜造七级浮屠。我怀着对"阶级兄弟"的满腔同情,打车赶到清华,把那位女生请到了我们宿舍。她一看到老怪的那副模样,紧绷的架子就全放下了。她问我要了热水和毛巾,帮老怪擦了脸,又往他的额上敷了块热毛巾,照顾得有板有眼,很是贤淑。我登时觉得自己成了"多余人",便知趣地退出房门。

走到宿舍楼外,月色正好,想想无处可去,我便邀上几位兄弟到"雕刻时光"书吧看二战片去了。

"老莫"

对俄罗斯的怀想，是一份乡愁。

这一份乡愁，沾染着山楂树的热烈，三套车的苍凉，红莓花开的芬芳，莫斯科郊外的月色，白桦林的剪影，篝火晚会的余光，也沾染马雅可夫斯基式的为创造一个美丽新世界而焕发的诗情。这一份乡愁里所蕴涵的美好情愫，曾经深深地打动过我，时至如今，我依然对俄罗斯文化有着很深厚的情感，一首苏联的老歌，一个卫国战争的录像片段，一幅克拉姆斯科依的油画，一段柴可夫斯基的交响乐，都能触动我的遐思，令我沉浸于对那个辽阔大地和激情岁月的想象中。

从中学开始，我就开始背诵普希金、莱蒙托夫、阿赫玛托娃等俄罗斯诗人的诗篇，《致大海》《巴奇萨拉的喷泉》《不，我不是拜伦》《帆》《题伦勃朗画》《在人们的亲近中存在隐秘的界限》，这一首首激荡人心的诗歌，锻造了我对现代诗的基本认知，所以我至今无法接受那些油腔滑调的所谓"口语诗"。

一个夏日的夜晚，我躺在露台的凉席上，仰望着高过对面楼顶的一排马尾松的树梢，树梢上的天空，和天空上的那一轮至今在我的心中依然明澈的圆月。

已是午夜时分，整个小区静悄悄的，只有不多的几间公寓内，还透着灯光。这时候，从楼下的某个房间，传出了低徊的旋律，起初还很模糊，慢慢地，我分辨出来，这分明就是我所熟悉的《莫斯科郊外的晚上》。以前经常听这首歌，不过都是中低音男歌手的演唱，这一回听到的，却纯是音乐，没有人声的演绎，又是在月色如水的深夜，所以让我感到有点陌生，却也带给我异样的感动。我静静地听着这首歌，眼前浮现出辽阔的星空，舒缓的河流，还有迷离的树影和人影，我感到身周的空气在轻轻颤动，夜晚的风中有原野的清香。

在北京展览馆附近，有一间伫立了近半个世纪的"莫斯科餐厅"。在张承志的《北方的河》、王朔的《动物凶猛》这两部以北京生活为背景的小说名篇中，都出现过这间餐厅的踪影，因此给我留下了很深印象。到北京上研之后，我一直想找个时间去这间餐厅坐坐，可是一来路远，二来诸事繁忙，所以拖了一两年，终究没有去成。

其后有一天，我室友的一位朋友来串门，临走时提起他要去北京展览馆办点事，我忽然来了兴致，便问他去没去过"莫斯科餐厅"。这哥们儿听了一愣，然后语带揶揄地说，你可真够老外的，我们老北京都管"莫斯科餐厅"叫"老莫"。想不到一间餐厅还有这样亲切的昵称，我这个外乡人算是长了见识。当晚，这哥们儿陪我去了趟"老莫"，果然是格调脱俗，气势非凡，也难怪老北京要以此自得了。

在这之后，我还去过一趟"老莫"。记得那是一个冬日的傍晚，空气清寒，天色深蓝，一轮金色的落日，静静地斜照着大地，我们打车来到北京展览馆，感受了一番北方广场特有的开阔气象，然后徒步走向莫斯科餐厅。那宫殿式建筑的穹顶，反射着夕阳的光芒，灿烂而又沉静。穹顶的左方，掩映着白杨树光秃然而挺拔的树梢，在夕晖与烟霭的笼罩中，宛如一片红珊瑚，我们一时间有一种身在梦中的不真实感。餐厅内的氛围又是另一种风味，巨幅的油画，大理石的地面，高耸的圆柱，硕大的吊灯，浑厚而又低沉的背景音乐，俨然就是一个艺术殿堂。那些餐桌的设置也很见匠心，桌布的质料与色彩，烛台的质地与造型，古雅中透着温馨，与整个环境的格调非常相称。

在这样的一个餐厅用餐，吃什么似乎已经不太重要。事实上，我们也早就想不起来当时到底吃了些什么，但那种氛围所给人的感觉却至今铭刻于心。

后来，因为功课紧迫，我们再也没有去过"老莫"。再后来，我离开了北京，来到遥远的南方。在我的车上，有俄罗斯怀旧金曲的旋律，在我的枕边，有《静静的顿河》，那些感动过我的人与事，将永远是我生命中的一部分。

我在北大当教头

北大的校园生活，当得起"丰富"二字。校园够大，学生够多，肯来捧场的人也多。每到周末，常有名头颇大的交响乐团、京剧团来北大演出，不少所谓先锋电影的首映式也会选在北大。

"未名湖是个海洋"，这坛子还真不浅。

不过，大多数时候，我只是匆匆飘过，瞧个热闹而已。要不是好友强拉硬拽，我还真不会跳到舞台上，扮演其中的一角。

这事说来蛮有意思。某年秋天，北大的硕士生杯足球赛又铙儿钹儿地登了场。我陪着一位兄弟练了几场球后，就懒得再去掺和。没想到正式比赛那天，他打来紧急电话，说是球队中还缺一后卫，要我立马赶去救场。我说你别开玩笑了，就我这尽放冲天炮的脚法，还能上场比赛？他说你见了球就尽管放冲天炮，越猛越好，再说兄弟有难，哪能见死不救？我看他说得怪可怜见的，也就草草披挂了赶往赛场。这一去就撞上了兵强马壮的化学系队，结果是 0：13！我们这头的球门愣是被打成了筛子。

这一场惨不忍睹的大败，反倒激起了我们的好胜心。今年的赛事是没法玩了，乌合之众怎么斗得过正规军？那就重整旗鼓，以待来年。

我们随后在观战中发现，东语系、西语系并没有组队参赛，更重要的发现是，强如化学系队、计算器系队，竟然也没有教练。教练给人的印象固然是光说不练，可要了教练眼观全局的指点筹划，整个球队也就成了没头苍蝇。

有了这样两个重大发现，我们心里便有了底。来年夏天，离赛事开张尚有两个月，我们就张罗上了。东语系、西语系的兄弟也挺帮忙，很快替我们物色了几员战将。最大的收获是前锋小金和守门员小胖。小金学梵语，却没有书呆子气，性格够剽悍，脚法也犀利，堪称破门利器。小胖当然长得有点胖，可是身手特敏捷，左踢右挡，虎虎生风，有他镇守龙门，去年的惨剧断不会重演，那可是我们心头的痛！

万事俱备，就差教头没着落了。兄弟们一致怂恿我来做。大战当前，岂能自坏军心？我把心一横，接过了令箭。

一支合纵连横、又好歹有个谋士的球队果然非比寻常，不但连战连捷闯入四强，还在半决赛上力斩化学系队于马下，痛痛快快报了一箭之仇。

时光流逝的声音在咝咝作响

又一期《中国比较文学通讯》编完了，看着厚厚一沓打印稿，忽然感到有些疲惫，于是点起一颗烟，靠在椅上。轻吐的烟圈，渐渐模糊了轮廓，模糊了时间的界限……

多年前的一天，我接手了《通讯》的编辑工作。我首先在栏目设计上动了番干戈，如新辟了"西学掇译"、"学界广角"等栏目，又把原有的栏目标题"新书介绍"改为"新书拾锦"。在以后几期中，我又把"西学掇译"一栏更名为"西学撷英"，还增设过"海外采风"、"大师遗韵"等栏目。从我所拟的栏目标题和更名的动机后，明眼人一眼可以看出，这纯粹是"审美主义"冲动在作祟。如"学界广角"一栏，名字倒颇动听，实则只相当于许多学术刊物中的"综合消息"。

一位好友的面容不觉间浮现于眼前。是许强君那张老面孔。

许强君是我大学时同学，毕业后供职于某南方小城的一家日报社。后受美国作家亨利·米勒影响，不甘于忍受平淡生活而辞职赴京闯荡。他自称"民间文人"，而称我为"文学博士"。天晓得我这个所谓的"文学博士"，在经受了那么多年学究生活的改造后，还剩下多少灵感和文学感受力，他倒是个地道的"文人"，在京城租了平房，交朋会友、读书冥想之余，成日忙着写作，那股子乐此不疲的劲儿，着实令我羡慕。他常借着上万圣、国林风买书的机会顺便来我宿舍聊天，并不时携来其

小说新作请我评判。他将我们之间的交流称为学院与民间的
"思想碰撞"。每隔一段时间，他就会打电话给我，问我还想
不想碰撞出些"思想火花"。我自然是来者不拒。

许强君读了大量中外小说，但从不读小说理论，小说技
巧却行情看涨。除了小说，他也偶尔写写书评。由于出入"民
间"，思想较少束缚，加上小说笔法的运用，他的书评写得很
"野"，体验多而引证少，行文不拘程序，意象丰富、大胆，
读来非常痛快。因此，在《通讯》的"西学撷英"栏，我有意
编发了他评说赛利纳《长夜行》的那篇名为《滑稽可笑的诗意》
的书评。这样做的用意很明显，就是要让来自"民间"的"新
鲜摇滚"冲击一下经院化的思式和语式。讳言这样的意图有违
我的天性。

遥远的法兰克福学派是我的一个情结。长于深思，却又
对现世充满关切，是这个学派给我的印象，也是我亲近它的理
由。从《启蒙辩证法》《否定辩证法》《单面人》《逃避自由》，
到《发达资本主义时代的抒情诗人》，从揭示启蒙思想的反启
蒙、文化工业的反文化、自由社会的不自由，到神游于 19 世
纪的巴黎城，对拱门街、居室、展览厅等物质符号，像索解黑
格尔的《逻辑学》一样索解其深层意义……每一次阅读体验，
每一次与法兰克福学派学人的思想交流，都使我重新肯定了人
文学术的真实性，也使我再一次校正了自己的方向感。

为了让人分享我对法兰克福学派的敬意，我颇有私心地
在我经手的第一期《中国比较文学通讯》上，刊发了阿道尔诺
的两则札记《道德与风格》《给马赛勒·普鲁斯特》，并为其特
辟"西学掇译"一栏。让我引以自得的是，由于刊载了这两则
札记，我至今不知其名的一位哲学系的同好，托人向我要走了
一本《通讯》。虽只一本，但知己岂在多。也由于这两则札记，

教德语的晓樵君除了和我依旧是玩"四国大战"时的战友外，又成了学术上的合作者。

晓樵君出身桐城中学，却不以文采风流见长，反而热衷于抄数据、做卡片，就我有限的见闻，在中德文学关系的研究范围内，晓樵君的材料功夫绝对一流。他还热衷于收集学界掌故、名人手迹，曾将他桐城中学老校友舒芜的来信，与我分享。某一天去他宿舍，发现他在读阿道尔诺德文原著，我大喜过望，便力邀其为《通讯》译几则短文。他不负所托，及时为我提供了火力支持，而不像与我合作下"四国大战"时那样，由于害怕损兵折将而迟迟不肯出兵助阵，以致唇亡齿寒，一损俱损。本期《通讯》，他又提供了最新译作《此在与永恒》，节译自德国古典解释学大师施莱尔马赫的名篇《宗教讲演录》。

烟圈上升／扩大／弥散／天边忽然绽开了橙色的霞光／胭脂色的月亮浮出亘古寂寞的苍穹／某间屋子的窗前出现了一个人影／窗玻璃上游移着迷茫的眼神／一部老片的主题曲在空气中颤动／时光流逝的声音在咝咝作响……

北京夜市的兄弟

那一天下午的北京，天气薄晴。没有了蔚蓝秋空的映照，这个现代建筑不断雄起的大都市，到底难掩北方风物的那一抹灰色调和古老帝京的那一份苍凉。可是，这偏偏是最能触动我心绪的情致，没有什么理由，就像我喜欢那首《流浪歌手的情人》，包括歌词和近乎喑哑的旋律。

坐在旅游大巴上，看着窗外掠过的白杨树，灰檐朱门的四合院，耸立无声的高楼，长长的护城河，黯淡阳光下的雍和宫，绵延无尽的高速公路，我一时间有些沉默。Z君拍了拍我的肩膀说，怎么，矫情上了？哪有这回事，不过是想起一些旧事而已。说完，我像是打了个盹，精神又振作起来。有那么多兄弟在，感伤是多余的。

当晚，我们卸下充当合影道具的西装领带，穿了便装，趿拉着拖鞋、凉鞋，三五成群地到住地外的大街上闲逛。那些只穿着一双狼狈皮鞋出远门的兄弟，不免要自嘲笨伯了。

天色已昏，树荫下的人行道，很宽，很长。来往的路人不多，皆是轻便穿着，也无匆匆行色，或相依耳语，或徐徐漫步，间或有睡衣睡裤的主妇牵一只巴儿狗经过，北京多尘沙，那巴儿狗有些灰头土脸的，却也不减悠闲自得的劲儿。

我们大刺刺地横行着，兴高采烈，无所用心。在拥塞繁忙、各自打拼的环境里处久了，难得有这样松弛的节奏和兄弟一家的氛围，大家的兴致都很高。

走到拐角处，看见一瓜果摊，北方市镇常见的那种，街灯未亮，各色瓜果幽幽暗暗的，看不清眉目。几位兄弟当即狂扫了一大堆水果，也不怕提在手里累赘。大家都笑他们不够男人，真懂美容。

意兴高时，不觉路长。

再往下走，很快就能看到国图的轮廓。此时暮色已深，白颐路上街灯高照，往来车流倏然而过，满眼是晃动的光影。在车流扬起的尘灰中，隐隐可以嗅到不知从何处飘来的烤肉的味儿。

有兄弟提议说，不如找一家大排档，尝尝北京的羊肉串。我们轰然叫好。

拎一瓶冰镇的燕京啤酒，握一串烤得焦黄的孜然羊肉，站在街头的路灯下，且饮且食，侃天侃地，那可是夏夜北京的一大享受。

我们踅进一条小巷，很快就找到了一间大排档。这大排档原是一家川菜馆，一到晚间，便把桌椅都挪到人行道上，满满当当地排开在树荫下。一个烟火直冒的烤肉架，就摆在路边，头发卷曲的伙计，满脸油光地忙碌着。大排档边上，凑趣地开着一家水果铺，耀眼的日光灯，照得那些切开的西瓜、还带着新鲜叶子的杨梅，分外招人。

一口四川口音的老板娘一见来了那么一大伙人，脸上登时绽开一朵老菊花，她大声吩咐伙计们从大堂里搬出两张很沉的大桌子，在稍远的角落，摆开，拼好。

十多号兄弟也凑过去帮手，从店门外一字排开，很默契地相互接力，把所有椅子摆放到位。那一刻，兄弟们就像是一个合作无间的团队。

桌椅摆好，大家围桌坐下，一上来就叫了一箱啤酒，上百串烤羊肉，其他用来下酒的如煮花生、煮毛豆、拍黄瓜、肚片、凉粉之类，口感地道，价格又平，更是流水价地端上来。

几杯酒下肚，兄弟们的嗓门越发高了，大声敬酒，大声谈笑，大有旁若无人的气概。这感觉太亲切了！这就是我在燕郊生活时代的感觉！无忧无虑，豪气干云。

人生于世，不能没有朋友。朋友相交，首重情义，其次也要趣味相投。《水浒》里的那伙好汉，不仅仅是大碗喝酒、大块吃肉图个痛快而已，他们以性命相托的那份情义，才真正动人。

不过，光讲情义，这朋友也交得无味，还需要谈笑相与，彼此能读懂对方的幽默，才真够知己。古希腊哲人亚里士多德以为，朋友相交，应当给彼此带来快乐。照此标准，武松应该是一个不错的兄弟，不仅豪爽，而且有趣。

哈佛掠影

幻象永远比真相更具魅力。当我登上神往以久的自由女神像，逼视着作为现代都市象征的曼哈顿区全景之时；当我斜倚着世贸中心大楼顶层的护栏，远眺天尽头的大西洋之时，这种感觉尤为强烈。

但我依然怀着一份蠢动的期待，与好友F君坐上了由纽约开往波士顿、开往哈佛——这一全球学子瞩目之地——的列车。

也许是因为天色阴沉，窗外那片片绿野、朵朵白帆和点点别墅交织成的新英格兰风光，并未焕发出梦幻的光泽。唯一让我心动的是，车至半途，眼前忽然浮现出一大片荒原，萋萋芳草之中，穿插着静静河流。我不由生出跃入河中顺水漂流的念头，但F君一句"可能有鳄鱼"，便打消了我的兴致。

当列车驶入波士顿车站的时候，天色开始转亮。隐在远处教堂尖顶后的太阳，在云雾中露出一个轮廓。预期会来接我们的小林，始终没有出现。我于是颇费周折地换来硬币给他打电话。原来他并未收到我的电子邮件。我便约他到哈佛大学校门口接我们。小林不禁失笑，哈佛哪有什么校门，老兄你难道不知道，多数美国的大学都没有校门。我们遂约定在燕京学社门口会面。

出租车司机宰你没商量地绕着路带我们往哈佛方向开去。一路街景倒是越来越美，尤其当一片城中湖跃入眼帘之时，真有渐入佳境之感。但我私心里总觉得还是我老家的西湖更可人些，F君也有同感，看来，这或许并不是"本位主义"或"乡土意识"在作祟。

车子总算驶入了哈佛大学所在的剑桥镇。但司机却忽然迷了路，来回地在暗红色楼群、成片绿地、鸽子、喷泉、往来的学生和牵狗的市民之间打转。忽然间，我远远看见一座教堂前的台阶上，独坐着一人，头发凌乱，衣着散漫，正惘然前视。尽管无法看得真切，但我仍然断定这就是小林了。那神情，那穿戴，难道在全美国还能发现第二个？我于是催司机往前开。开近了一看，果然是小林。

小林上穿圆领汗衫，下穿牛仔裤，微微含笑，和在国内时一个样。只是眉目间多了一份不易觉察的忧郁。我们握了手，忽有他乡遇故知之感。这才想到，已有两年未见了。那些一起夙夜争论、一起玩军棋、一起在新年之夜的未名湖上狂啸狂歌的日子，已一别两年了……

去中餐馆吃饭吧，我请客，说着，小林便领我们往前走。一路上，他不时地给我们作些介绍，这是哈佛图书馆，那是肯尼迪政治学院，这是哈佛最大的教堂，那是哈佛最古老的园区，诸如此类。总的说来，走在剑桥镇的小路上，比走在纽约城的街巷上，从容得多，也清净得多。纽约太喧闹了，以致F君以"heavy"一词来形容对美国的感受，而我则把"voice of America"戏改为"noise of America"，借以向国内师友表达我的美国体验。

中餐馆内，从服务员到顾客，多半都是黑发黄肤，再加上宫灯、梅竹图，还有到处可见的汉字，令我们倍感亲切。点了几个"滑熘里脊"、"鱼香茄子"之类的家常菜，也都是当年在海淀镇的小馆子内常吃的，只可惜，许多留下我们笑声和记忆的小餐馆，如今都已一一被拆除了。言念及此，忽然便生了酒兴，遂建议喝上几扎。经小林提醒，才想起美国的饭店一般不供应含酒精的饮料。无奈，只能仍以"文化帝国主义"标志产品之一的可乐充数。

饭后，我们去了著名的哈佛广场。想象中的哈佛广场，是喷水池边的座座咖啡屋，是大草坪上的露天音乐会，是夕阳余晖中不同肤色学生的漫步闲谈，是开阔气象中的一份随意和尊荣……而呈现在眼前的哈佛广场，却不禁令我哑然失笑。一是因为没想到所谓广场，原来只是街心路旁的几片空地；二是因为自己根据别人一鳞半爪的描述所形成的构想与亲眼目睹的现实之间，居然会有如此之大的反差。我不禁有些怀疑将Harvard Square 中的 Square 译成"广场"是否准确了。其实，这种怀疑在我逛纽约的 Times Square 和 Washington Square时就已经产生了，只不过不如眼下这样强烈罢了。照老美的用语习惯，"square"往往可以用来指称"街区"，巨幅广告扑面而来的 Times Square，便分布在相邻的几个街区。其实，从规模上来看，无论是 Harvard Square，还是 Times Square，都无法与中国式的"广场"如天安门广场及各省会城市的中心广场相比拟。从功能上来看，美国的"square"更像哈贝马斯所描述的以自由交流为特征的"公共空间"，中国的"广场"则往往是权力的象征和举行仪式的场所。不过，"square"与"广场"尽管在具体所指上存在着这样那样的差异，但它们在名称（或"能指"）上的对译却已约定俗成，倘若一是一、二是二地非要加以改译，反而会造成地理辨识上的混乱。但多了这份参照，便对国内一些店面不大的商店动辄以"某某广场"自居，少了一分冷嘲。

我们在哈佛"广场"闲逛的时候，正逢午后的热闹时分。

"广场"中心，几名黑人正在表演简单的杂技，跳啊蹦的，引得或站或卧的围观者"yell"、"yell"的狂叫。"广场"边，有一小乐手神情自若地坐在一大堆电子乐器后，正准备自演自唱。在他面前的音箱上招牌似的立着一盘他的个人专辑。小林介绍说，这个小乐手从六岁开始就在此设摊卖唱，一晃已有五六年了。我心想，这算不算美国人独立意识的表现呢？F君也若有所感，问我是否还记得在纽约中央公园见过的那个小女孩，她宁可自己在台阶上一级级爬行而上，而不愿让父母搀着走。这时，小林从一路人手上接过一张蓝色小纸片递我，粗粗一看，原来是一次晚间聚会的通知，不限于哈佛学生，本镇市民亦可参加。这可是文化研究的第一手资料啊，我正想打趣一番，却见小林正指着路旁一名婚纱、蒙面、手捧一束茉莉、身前搁一钱袋的盛装"乞丐"，向F君介绍说，如果你布施给她一个quarter硬币，她就会回赠你一枝茉莉。我闻言从袋中摸出一个硬币，怂恿F君去换了一枝犹带清芬的白茉莉。我们随后便找了一家没有喷水池烘托的露天咖啡馆稍事休息，咖啡馆旁的人行道上，一名体壮、唇厚的黑人正向路人兜售报纸。每走来一人，他都会迎上去嗓门极大地推销一番，大意是说，像你这样"美貌"的女孩或像你这样"英俊"的男士，怎么能不读我卖的报纸？小林啜着加了足有四包砂糖的甜咖啡，笑着告诉我们，这位黑人大叔可是哈佛一大名人，哈佛校长都不如他名头响。

喝完咖啡，小林带我们直奔剑桥镇最大的书店。书店布置得很温馨，分类也很清晰。我们遂各按学术兴趣，深入书丛，各自为战，搜寻意中意外的猎物。最后，我挑了一本英译本福柯文集和一本论马尔库塞的著作，F君则如愿找到了伊格尔顿那本文学导论的新版。小林告诉我，福柯研究和对马尔库塞同道中人本雅明的研究，乃是目前哈佛人文研究中的两大热点。我心说，难怪了，这两类著作占了好几书架。

出书店时，已近黄昏。我们由于要赶当晚回纽约的班车，因而不能再作逗留。诸如观看波士顿爱乐乐团的演出、寻访瓦尔登湖畔的梭罗旧居，等等，等等，只能有待来日了。小林怕我们迷路，提出送我们去火车站。我们便一起坐地铁来到火车站。在踏上开往纽约的列车前，我与小林握手道别，然后看着他独自前行的背影消失在陌生天空下的庞大人群中。

何时才能重聚未名湖畔，一起狂歌狂啸呢？

我不由得想。

纽约生活纪实

一

从北京搭乘国际航空前往美国西海岸，需要横越太平洋，费时十余小时。

为解闷，我特意带了一册《笑傲江湖》。

金庸杜撰的这些打打杀杀、情情他他的江湖逸事，把我轻轻松松送到洛杉矶，比臭味相投、谈笑风生的兄弟还管用。

从洛杉矶转机飞往纽约，从西到东，横跨整个北美大陆，耗时不长，但郁闷许多，因为身边的美国人太肥大，《笑傲江湖》又不幸遗漏在了国航的飞机上。

抵达纽约附近的纽瓦克（Newark）时，天色将黑。落日余晖，人在旅途，颇有感触。

在纽瓦克国际机场，看到三四个西部牛仔打扮的少男少女，酷酷的，怯怯的，算是一景。

没人来接机。穿梭巴士把我送到了纽约大学为我预订的旅舍。

这家旅舍规模不大，所以不叫"Hotel"，而称为"Inn"。

旅舍里看不到房客，也看不到服务生。客房不大，功能倒齐全，浴衣、风筒、牙膏、牙刷，一应俱全，连男人必备的剃须刀、剃须膏也赫然在目。

洗完一身风尘，走回房内。窗外是荒凉的夜景，窗内是老爷空调机隆隆的喧响。

来美国的第一夜，我像是掉进了鲁迅所谓"无物之阵"。

二

早上醒来，枕边洒满晨曦。扫一眼手机，才六点多。

匆匆洗漱毕，痛痛快快刮了胡子，整支剃须膏全被榨干，然后神清气爽出门。

门口夹着张便条。纽约大学接待方通知我，八时许会有的士送我去学校。总算嗅到人味了。

下楼找到餐厅。格局很小，像一般公司的茶水间。餐厅里已有几位住客在用餐，肤色肥瘦不等，别无印象。

我从餐台上取了面包、奶酪、煎蛋，还有一杯热奶，找了个靠窗的餐桌吃独食。窗外是停车场，并无可观。

用完餐，抹抹嘴，起身走出餐厅。这才舒舒服服打了个饱嗝。咱是中华上国来宾，总得有点仪态。

走到旅舍前台，看到一个报架，上面挂着好几份报纸。最抢眼的是《今日美国》，版式有点像《北京晚报》。以前只看过《纽约时报》《时代周刊》，从不知道这份报纸。看来美国人的关注点和中国人不同，准确地说，至少和我不同。

翻了几眼《今日美国》后，走到门外抽烟。天空无比湛蓝，空气极为澄澈，有如置身梦幻世界。忽然感到嫉妒，就像当年透过列车车窗观赏渐次掠过的瑞士风景。

"享受这好天气吧。"

一位胡子黑硬、眼窝深陷、皮肤半黑半白好似奥巴马的老人热情招呼我。

"是的，天气真好！"我深吸一口气说。

三

的士来了，一部怀旧大奔风格的轿车，牌子不记得了。

司机是个黑人青年，光头，肥硕，着黑 T 恤，套着件花衬衣。人还热情，帮我拎包拎箱，嘴里嚼着口香糖。

车座很宽敞，我摊开手臂，舒舒服服坐着，一路看风景。车里放着爵士乐，音量不高，不烦人。

沿路看到一排排别墅，多数并不华丽，也不见前有花园，后有泳池，应当算是普通民居。美国地广人稀，只要不往市中心挤，住别墅等于开本田，小菜！

国人的处境就不同了，买别墅如同买黄金，有时还是身份的标志。不由痛感，计划生育不能缓行！

车走了一段时间，我觉得有义务和司机聊聊天，免得他闷我也闷。

我问他，沿路能不能看到自由女神像？他说不是一条道。

我又问他是否喜欢科比。这下他来劲了，呜哩哇啦说了一大通，大意是，科比是个流氓，乔丹才是英雄。

后来又瞎扯了一些其他话题。猛一抬眼，一面纽约大学的蓝白色校旗在一幢巴洛克风格的大楼上飘拂着。

呵，到了！

四

国际研究中心的汉尼拔（Hannibal）女士已在宿舍大楼的路边等我。她的肤色也是半黑半白，身形稍胖，但还干练，像奥巴马的老婆。

她领我进了大堂，然后转入一条黑蒙蒙的走廊。走廊两边是一扇扇紧闭的门户。

在走廊深处的一扇门前，汉尼拔停下身，用手上拿着的钥匙开了门。

挺大、挺亮堂的一间房，还配有厨房、浴室，比《北京人在纽约》里的地下室强多了。

正房里挂着两大扇百叶窗，拉得很严实。

我是个喜欢光明通透的人，立马趋前拉开了百叶窗。哗，一地的落叶！叶片宽大，颜色枯淡，像是特意铺在窗外以营造萧瑟之意。

汉尼拔有些尴尬地朝我笑笑说，如果不喜欢看到外面，可以拉上百叶窗。

我说不必了，我喜欢空气流通。

事实上，窗外有草坡、松树，还有一片大草坪，远景还是不错的。

汉尼拔约我下午在国际研究中心见面，还有好些手续要办。我说好，谢谢了。

在她临出门前，我忍不住问，你们家和古罗马时期的北非名将汉尼拔有没有渊源？

这位现代美国的汉尼拔显然有些迷茫，她摇了摇头说，我跟先生姓，他姓汉尼拔。

五

脱了外套，跳到大床上躺了躺，贼软！整个身体像是悬在水中，没个依靠。看来只有身躯肥硕的美国佬才能睡得踏实。入乡随俗，将就吧。

在房间里待了一阵，感觉闲得慌，便锁上门，到街上走走。

时当正午，阳光透过满街的树荫洒下来，明快，爽朗，不觉烦热。街上走着些行人，不外黄黑白三色品种，或牵着小狗闲逛，或啃着汉堡疾行，各行其是，各行其道，无人打量我这个异乡客，甚好。

看到一家书店，顿生亲切感。走近橱窗细看，全是精装本的法学书，有教材，有典籍。这才深刻认识到，法学才是这间学校最牛的学科。脸形颇长的马英九就曾在此修读法学。"牛"头衬"马"面，正好！

走进书店晃了晃，了无心得，便转了出来，在街头找了家小餐厅用餐。

餐厅确实小，只有四五张台，布置还算雅洁，台上铺着条纹桌布，玻璃窗顶天立地，干净，透亮，轻掩着一层针织碎花白帘子，用餐时可以看到街景。

要了份套餐，定价五美元，折算成人民币也就四十几，不算太贵，心宽了不少。看来纽约也是人可以待的地方。

一杯杂菜汤，一小碗沙拉，一大盘美式大杂烩，这就是一份套餐。大杂烩里掺杂有红烧牛肉、咖哩蒸饭、土豆条、蕨菜，还有叫不出名的豆类，花色很丰富，吃进嘴里，搞不清是啥滋味。

吃完饭，抹抹嘴，拍屁股走人。

离餐厅不远，有一家小超市。店东和伙计都是黄皮肤，且眼细面宽，体格魁梧，颇像韩国人。听他们聊了几句，那口音正是韩国腔。

买了一包骆驼烟，几瓶百威啤酒，转身出门。OK，生活可以继续了！

汉城絮语

飞机在仁川登陆的时候，已是暮色四合的时分。走进入境大厅，一眼望去都是为韩国人设的边检信道，外国人的入境信道则远远地挤在角落里。看来，韩国这个深受儒家文化影响的番邦小国，已经学得像西方蛮夷一样，忘了远来是客的祖训，公然将本国人的地位凌驾于外宾之上，一点风度都不讲。我这个来自礼仪之邦的外国人，只好委屈地从门缝中挤进了韩国的国门，心里不免有气。几时中国的国际空港也设了本国人专用信道，一定得加倍抖抖主人翁的威风。听说最近有人大代表议案要求在民航入境大厅设立本国人入境信道，如果议案获得通过，中国人出头的日子也就不远了。

从仁川到汉城的车程，大约相当于从天津到北京的车程。可恼的是，空港大巴在汉城市中心就把全体乘客给撂下了。幸好有位五短身材、西装革履的三星公司职员慨然相助，我才不费周折地到达了此行目的地，位于市郊的梨花女子大学。闲谈中，那位职员告诉我，他曾在北大的未名湖上滑过冰。看来，世界真是太小了。还记得有一次在纽约街头与一位中学教师闲聊，他居然从口袋里摸出了一张某深圳人的名片。

当那位热心的三星公司职员向我及前来接我的女教师C道别时，边说边鞠躬，搞得我只好胡乱抱拳，以免失了礼仪之邦的礼数。没来韩国前就听说，韩国人对教师的尊重程度丝毫不亚于日本，这回算是亲身领教了。不知道日韩在亚洲的领先程度是否和两国人对教师及知识的尊重程度成正比呢？

　　C是此次国际会议的组委会秘书，她引我去师生活动中心吃夜宵。该中心是座六七层高的大楼，每层都有餐饮服务，收银台设在一楼大厅，空气中弥漫着烤面包的清香。电梯停在四楼，我跟着C往外走，眼前是无数间玻璃房，大小不一，大的可供举行圆桌会议，小的只够三四人用餐。玻璃房里的人彼此都能看见，除非特别有表演欲的情侣，大约不会把此地选为幽会之地。吃夜宵的时候，听会议主席金教授介绍，该中心是专为师生闲谈或学术交流而设的，采用玻璃隔板的目的之一，是为了防止校园鸳鸯们在此栖身。大家闻言向其他玻璃房望去，果然只见聚会清谈的学生、教师，看不到韩剧里的缠绵场景。

　　我忽然间联想到拉斐尔的油画《雅典学园》。一个高敞的大厅内，仪态庄谐不一的学者们，或站或卧，分成几个小圈子，各谈各的话题，颇有几分"众声喧哗"的意味。每次看这幅画，我都觉得自己隐隐嗅到了民主的气息。此刻，当我置身透明的玻璃房内，也似乎嗅到了同样的气息。这样的场所，不正可以看作是哈贝马斯（Jurgen Habermas）所谓公共空间的现代韩国校园版？

　　左翼思想者哈贝马斯从18世纪欧洲的咖啡厅和酒吧中，看到了民主政治的缩影和社会基础，并提出了影响深远的公共空间理论，从而为民主社会的建构或维护，提供了可见的指标。公共空间的基本特征就是差异性的存在与不同观点的对话，其结果则是影响政治决策的社会舆论的形成。（参阅《南风窗》2002年第1期《重塑"和而不同"的公共空间》一文）我私下猜想，哈贝马斯闲来肯定喜欢逛咖啡厅或酒吧，他的公共空间理论的灵感，很可能是在用咖啡勺调咖啡的时候，忽然冒出来的，要不然在读他的相关著作时，为什么总嗅到咖啡渍的余香？

咖啡厅或酒吧在空间结构上特别有助于营造平等对话或民主讨论的气氛，这些场所不像大会报告厅或演讲厅，没有高高在上的讲台、主席台与屈居其下的观众席之间的空间切分，因而也就在一定程度上抑制了等级观念与特权意识。每一个走进咖啡厅或酒吧的人，最好放下高人一等的念头，否则难免会有找不到特权位置的尴尬。一生致力于反思权力机制的异端思想者福柯（Michel Foucault）非常注重权力意识与实践形式之间的关系。他的"圆形监狱"理论即旨在揭示控制权或支配权的形成与空间结构之间的不可分割的联系。圆形监狱的空间特征是圆环状的监狱大楼加上高耸于圆心处的中央监视塔，大楼内的每一间监狱均在中央监视塔的监控范围内。无论是前来巡视的高官，还是普通的小狱卒，只要置身于监视塔内，就由于空间上的等级划分，获得了对每个犯人的绝对控制权。电影《偷窥》（Sliver）的男主角通过在大厦的每一家住户中偷装监视器，在现代生活中复制了"圆形监狱"模式。他的那间装满闭路电视的地下监控室，好比圆形监狱中的中央监视塔，当他坐在操纵台前"偷窥"他人的私生活，便俨然拥有了凌驾于现代公民隐私权之上的特权。

《笑傲江湖》中令狐冲一行求见东方不败一节，有这样一段描写：

> 进得大殿，令狐冲心道："好长的长殿！"殿堂阔不过三十来尺，纵深却有三百来尺，长殿彼端高设一座，坐着一个长须老者，那自是东方不败了。

其实，那长须老者并不是东方不败，只不过是个小喽啰假扮的。令狐冲之所以会有这样的"误读"，显然是被那个小喽啰凌驾众人之上的"位置优势"唬住了。

传说中的亚瑟王之所以安排他的骑士们围坐圆桌议事，就是为了避免众枭雄们为争夺"位置优势"而内讧。圆桌的特点是，围绕其周边的每一个座位都指向圆心，没有尊卑高下之分，不像长条方桌，有主位、客位、打横的区分。像"敬陪末座"这样的成语，只能产生在条桌文化而不是圆桌文化的语境中。

欧美大学里有一种名为"seminar"的研讨形式或研究小组，有些中国学者把它意译为圆桌讨论或圆桌讨论班，可以说是相当传神的。这种圆桌讨论虽然是在教授的主持下展开的，但师生之间的距离要比大教室授课时小得多，并且，师生之间也不再是一个自说自话地讲，一个呆头鹅似的听，参与讨论的学生拥有充分的发言权，教授在这种场合所扮演的角色更像是一名乐队指挥。然而，正如乐队缺不了指挥，圆桌讨论也不能没有教授的坐镇和引导，否则就会乱了套，其结果就是：争论虽然热烈，却未能深化对问题的思考，搞不好还会引发上纲上线的人身攻击。由此可见，民主讨论是非常讲究技巧的，它既需要一定的引导，也需要参与者的高度自制。古希腊哲人之所以将"节制"奉为最重要的德性，大约和希腊城邦民主议事的传统不无关联。

法国思想家罗兰•巴特（Roland Barthes）别有会心地指出：茶是英国人的"图腾饮料"（totem drink）。照我个人的体会，咖啡可以说是民主社会或民主政治的"图腾饮料"。当空气中缭绕着咖啡因的气息，僵硬的思想软化了，阶级斗争的弦松弛了，"商谈伦理"与"交流理性"则在悄悄成形，一如在汉城市郊的玻璃房内，一杯咖啡的幽香，使我化解了面对满座前辈学者的尴尬，而恬然于午夜清谈的自在与温煦。

写于 2002 年

台球

分寸的拿捏，熟稔的击打

都只为了一道简单的减法

　　　　　《台球》，载韩作荣《纸上的风景》）

　　台球看起来是一项高档的娱乐。对奥沙利文、傅家俊式的台球大师来说，一局台球就是一次算度精密的智力和攻防较量，也是一次知行能否合一的心理测试。出杆的角度、轻重，大局的掌控，分寸的拿捏，无一不是学问，错一着，满盘皆输。除非你兼有计算机的精确和卖油翁滴油穿钱孔的手艺，最好不要到有人观战的场合丢人现眼。

　　我酷爱台球，但球技极差。对我来说，台球不过是两根木棍和一堆圆球的游戏。我最喜欢开局，因为开局的时候球最多，使尽吃奶的力气猛击一杆，当嘟声中，满桌圆球乱滚，没准就有好几个球滚落袋中，不亦快哉！如果球桌上的台球离球袋隔着十万八千里，我也有两招绝活，一是相一相台球的位置，猛击一杆，只见圆球带着强大的势能，在六个袋口之间闪回，最后划出笔直的线条直落袋中，其线路之复杂，落球位置之离奇，恐怕连奥沙利文都要甘拜下风。球友老张给这一招取了个响亮无比的名号，叫作"大力出奇迹"。

　　我的另一招绝活是把台球尽量往袋口送，两三个回合之后，台球就挪到了袋口边，然后只要轻轻一送，台球就以百分之百的精确度落入袋中。这一招叫"蜗牛战术"，体现了不求毕其功于一役的耐心和风范。使用这一招的前提是，球友的球技和你一样臭。要是碰上了高手，还没等我把台球挪到袋口边，对方早已把满桌的球全收了。因此，对付高手的最好办法就是不出招，以无招胜有招。张艺谋花了老鼻子劲拍出《英雄》不就是想把不杀即是杀这一金庸式的和平宣言晓喻大众吗？只要我不出招，看你奥沙利文怎么办？

以前在北京生活的时候，每逢周末打一回台球，是我和老张的保留节目。我们都觉得打台球最让人放松，什么功名成就，什么是非恩怨，都先一边去。进了台球房，点好球桌，脱了外套，然后开始在一方暖色的灯光下打球，寒冷或燥热的世界便瞬间离我们远了。由于双方的球技在伯仲之间，我们的口头禅是"打进这个球，不是我的错"。打球乏了，就喝口可乐，坐着聊会儿天，一晚上很快就过去了。然后出门打的，各自回家。

年味

　　年纪尚小的时候，对于新年的到来，总是特别期盼，也特别敏感。早在过年前的一两个月，我就牢牢记住了哪一天是除夕，哪一天是大年初一。日历上的那一片红色数字，确乎富于喜庆的魅惑。

　　现在就不同了。或许是由于工作繁忙，又或许是因为身居岭南，看不到满地的积雪，看不到檐下的冰凌，也就感受不到时序的变迁和年关的将近，所以这几年来，我总是搞不清春节的具体日期，老觉得这新年离我还远，诸如采办年货、踏雪访友、储备烟花爆竹之类曾经令我很兴奋的年前活动，似乎早已成了记忆中的花絮。

　　今年更甚以往，那反常的暖冬天气，令我对旧历新年的感知，越发模糊了。直到有一天，我驱车回学校，经过观音石前的那一大片荒地，发现有几位工人正在从车上扛下一块块漆得红通通的木板，这才醒觉，春节快到了，——这些木板是用来圈出燃放烟花爆竹的隔离带的。

　　我曾在杭州、北京及乡下老家过春节。这三地都是四季分明，每到年尾，常能看到彤云密布的天空，也许一夜之间，就会白雪纷披，覆盖了屋顶、树梢、或宽或窄的路面。满目的雪光，配上悬挂在人家窗口的大红灯笼和张贴在独立院落大门上的迎春对联，不用多，就那么疏疏落落的几处，就足以让人嗅到年味。

不过，虽说同样有冰雪的装点，像北京、杭州之类大城市的年味，终究比不上乡下的醇厚。乡下到底是乡下，没有什么高楼，家家基本都有独立的院落，正对小巷的大门通常是深黑或暗红的两扇。乡下也比较传统，重民俗，重旧历的节假日，由于同住一村，常来常往，又多少有点亲戚关系，所以人情味也比较重。乡下的这些特点，有时候看起来或者是缺点，甚至在一些自我感觉良好的城里人看来，还是"落后"的标志。"落后"也罢，"先进"也罢，这些特点的好处，在大节下可就充分显露出来。

　　由于乡里人家比较重人情，所以乡下的年节就格外热闹。若是在寻常日子，一想到出门就是姨妈姑姐一大堆，家长里短，应酬个不了，你也许会觉得不胜其烦。可是在红红火火的正月里，你可以到东家吃一碗糖水年糕，到西家剥几颗喜蛋，到张家打一会儿扑克，到李家放一挂鞭炮，又或者跑到土地庙去探望土地公公，跑到村社前去看舞狮子、舞龙，总之你只要不想闲着，就一定会有人陪你，也一定会找到应节的消遣。

　　乡下院落的大门通常是两扇，门上方往往还有很宽的门额，简直就是为张挂春联预留下了理想的位置。一左一右两扇门，正好张贴上、下联，宽宽的门额，正适合贴上横批。当白雪飘飘、暮色渐浓的时分，一副红底金字、上书"腊尽千门暖、春归万物苏"的对联和"三阳开泰"的横批，装点在了农家的大门上，绝对会给人一种很中国、很喜庆的感觉。

　　已经有七八年没有回乡下过年了，记忆中的红火气氛，像张挂日久的春联一样，渐渐有些褪色。如果时间充裕的话，定要回去过个年，感受一下有雪的冬天，感受一下乡土的年味。但愿这不只是心愿而已。

　　乡下的年节固然最足让人回味，城里的年节也并非全无是处。北京的庙会，杭州的灵峰探梅，都颇有几分意趣。大都会市中心的那一缕年味，则要到了夜色降临之后，才会氤氲浮现。数十家宾馆、酒楼的霓虹灯，沿街灯柱、树干、灌木丛上的灯饰，大小花坛里的十二生肖、各类喜庆图案，纷纷在夜色中流溢出喜庆、亮丽的色彩，在灰暗的天空下沉闷了一天的城市，像是饮了几盏参茶的旅人，忽然间容光焕发起来，而且是越夜越精神。

　　除了这满城灯火，不时响起的爆竹声，也在殷勤地点缀着不眠的年夜。在我看来，"春晚"的节目和窗外的爆竹声一样，都不过是听个热闹而已。当然相较之下，还是后者来得有威力。邻家的小孩每每在爆竹响起的时候扔下满手的糖果，哇哇喊着要爸妈抱，对他来说，这可就是惊天动地的大事件了。

桃姬花开

我岳父是典型的当代隐士，十年前，他辞了他所在报馆的工作，跑到顺德乡下做起了兰农。他现在育有五千余盆兰花，其中包括冲天鹤、古绫罗、水浒、天山雪莲等十多个由他开发的线艺和山水图名兰。他惜兰如命，嗜兰如痴，终日于兰棚内浇水、施肥、除虫、治病，劳作之余，赋诗遣兴，迄今已写成五百首兰花诗，接下去还准备创作五百首兰花词。"一心作分双飞瓣，半属兰花半属诗。"这是他的自况，也确是实情。平日里和他聊天，非兰即诗，我也只好暂时充个雅人，以极虔诚的态度向他讨教诗艺和兰花线艺，对前者我是半通不通，对后者我是全然不通，连雾里看花都谈不上。

他前后送过我家三盆兰花，一盆放在我书房的窗台，据说胜在线艺；一盆放在客厅的电视机旁，饱受噪音污染；另一盆搁在阳台，据说是名贵品种，芳名"桃姬"，线艺寻常，但花形有超绝之姿，只是美色不轻易示人，数年也难得露一次脸，如果此花竟然赏光露脸，则是天降祥瑞，主"大展鸿图"之运。我非孔孟信徒，但一向不谈"怪力乱神"，花开主吉云云，只如清风过耳。我又是生性疏懒之人，连泡杯茶水都是一拖再拖，更别提兢兢业业做个护花使者了。好在日常家居，总有洗杯冲碗的杂活要干，也就将那剩水残汁，顺手浇灌了那三盆兰花。这样的粗生粗养，倘若给岳父大人知道了，肯定要慨叹花中君子，遇人不淑了。

可天道、人事尽有其不经之处，育兰之"道"似也不例外。那三盆兰花虽然未受礼遇，倒也长得极茁壮，尤其是客厅中那盆，枝叶繁茂，线条阔大，宛如生机蓬勃的油菜，简直可以摘来下厨了。

更奇的是，年前某日，我闲坐阳台观景，无意中瞥见那盆"桃姬"的叶丛中，居然挺起一枝细长兰茎，其上错落缀有浅紫色花苞多枚，格外醒目。"花开主吉"的"迷信"思想登时窜上心头，我冲入客厅，向家人大声宣告"桃姬"花开的喜讯，一时间，鸿运当头的美好前景，照亮了每个人的额头。

自此以后，我便特别留心照料这盆"桃姬"。隔天浇水，而且浇的不再是剩水残汁，而是地地道道的清水。每逢周末还特意抽时间修剪枝叶，清除盆中杂草，竟也渐渐有得趣之感。心想，这兰农之乐，虽无激荡撩人处，却有一份逍遥闲适在，恐怕不下于孔颜乐处了。

今日适逢周末，照例要陪老婆、孩子逛街、购物，照例会因此头大不已。好容易大包小包返回家中，首先要做的事就是跑到阳台，点一颗烟，把扰攘市声沉淀下的一股浊气从胸臆中喷吐出去。不知道社会学家、女权主义大师们对男女之别有何高论，反正照我自己的生活经验来看，男人和女人的最大区别就是，男人喜欢边抽烟边高谈些事不关己的时政打发时间，女人则喜欢靠逛街和装点自己的仪容打发时间。这就叫男女有别，各得其所，虽圣贤不能移也。

一颗烟抽完，想到要伺候伺候那盆示人以吉兆的"桃姬"了，结果发现，日前尚慵懒半开的花苞已然全数绽放了。我赶紧恭敬如仪地把她从阳台地下请到小圆桌上，细细端详。这才看清，绿意盈盈的兰叶上已沾满尘灰。我取来纸巾，蘸了清水，将十数茎兰叶一一擦洗了，不见一丝尘埃。这才乘兴赏花，细数之下，居然是十全之数，真让我想不信邪都不成了。观其花形，皆分两层，三叶飞开而于末端微翘的尖细花瓣之上，又是一层三瓣小花，空灵有致，而花心皆点一粒淡黄花蕾。十枚浅紫小花，错落缀于剔透花茎之上，如一树细巧珊瑚，衬着清绿的枝叶，美极了。我忽然心头一动，便去取来数码相机，从不同角度将正当极盛之态的花影摄入镜中。月满而亏，盛极必衰，赶在花衰花落之前，留住终将飘逝的繁华，也许就是那一刻心动的原因了。

现代人的胃口

告子曰："食色性也。"

这是一句大白话，也是一句大实话，道出了古往今来最大的民情。

和尚不吃荤，还要戒色，但到底是人，所以就向素食上下功夫。据说各大寺庙的素食制作各有绝活，杭州灵隐寺的素烧鹅就和楼外楼的东坡肉齐名。

西方的修道院也在吃上颇为讲究，《卡拉马佐夫兄弟》中的一段文字就让人神往：

> 桌毯是清洁的，餐具是亮晶晶的；有三种烤得很好的面包，两瓶葡萄酒，两瓶修道院里出产的出色的蜜，一大玻璃瓶修道院里自做的、附近闻名的酸汽水。……这顿饭预备了五道菜：鲟鱼汤外加鱼馅油酥饺；做得似乎十分别致的美味白煮鱼；随后是红鱼丸子，冰淇淋和什锦煮水果，最后是凉冻粉。

看来做修士修女要比当中国的和尚尼姑有口福。

照理说，参禅修道求的是精神超越，适时进餐只是为了果腹，所谓"饥来即食"，所谓"一箪食，一瓢饮，回也乐哉"。可是修士和尚们偏偏要得美食而后乐，这就是说，他们对人间烟火还有胃口，还不能彻底地超然物外。由于不得不戒除色欲，他们在饮食上的经营，就格外见出匠心。《红楼梦》中的妙玉大唱"一杯是品，三杯是饮驴"的高调，可品茶大概也不纯是精神享受，首先得过了舌头这一关。

三毛说，打动了男人的胃口，才能打动男人的心。

这话自然是片面之辞，也未必行之有效，但也颇有几分道理。一顿美餐之后，一个人的心情往往会变得大好，看什么东西都会顺眼一些，本来看不入眼的女人，也没准就看入眼了。

男人常常以"没胃口"来形容对某个女人没兴趣，这种说法打通了味觉和性官能，也就是打通了食欲和色欲，可算是无师自通地妙用了"通感"手法，较之"红杏枝头春意闹"，也只是略输文采而已。

推而广之，人们对于一切提不起兴趣、刺激不了欲望的东西，都一概以"没胃口"来评价。饭菜不香，固然是没胃口；女人不性感，也是没胃口；小说、电影太艺术了，同样是没胃口；连不想上堂听课，不想考托福、GRE，也拿"没胃口"做说辞。

类似"没胃口"的说法还有"倒胃口"、"没味"等等，比如男人嫌泼辣干练的女人没有女人味，女人反过来嫌娘娘腔的小白脸没男人味。当然有味没味也各有标准，贾瑞就喜欢王熙凤，张爱玲也偏偏喜欢娘娘腔的胡兰成。

和古人相比，现代人的胃口是越来越大了，欲望也是越来越多了。从两性关系而言，网恋、一夜情的浮出海面，就是色欲不断扩张的典型体现。一夜情这玩意儿实际上和消费一餐美食没有实质的区别，自以为能诱惑女人的男人不过是无聊女人的性消费品，反之，自以为魅力无穷的女人也不过无聊男人的性消费品。现代都市通过酒吧、迪厅、茶楼、浴池、广告、书商、艺术节、出境游、农家菜、仿古园、超级联赛、大型晚会，把整个世界搞成了一个大消费场，也把红尘男女卷进了这个大消费场。

所以弗洛姆说，现代人"是个永无止境的消费者;他'吸取'饮料、食物、烟卷、演讲、名胜、书籍、电影;把一切都消费了，吞没了。世界是他的胃口的一大对象:一个大瓶子，一个大苹果，一个大乳房"。

怕只怕，消费了一切之后，反而没胃口了。

"因为我的病，就是没有感觉。"

这是崔健唱的，转眼已经二十年了。

时间之悟

有旧文人气的人，皆喜以风韵二字品评女人。如林语堂在《秋天的况味》一文中说："人生世上如岁月之有四时，必须要经过正得秋而万宝成的纯熟时期，如女人发育健全遭遇安顺的，亦必有一时徐娘半老的风韵，为二八佳人所绝不可及者。"

女人之有风韵，亦如诗之有神韵，可以体察，却颇难言诠，更无法分解为若干成分，然后拟出配方，依样配制。粗略而言，风韵大抵是一种成熟的风致，二八佳人如出水芙蓉，清新可人，胜在天然，断不可强求风韵。少女之强作倦怠慵懒状，亦如徐娘之强作冰雪聪明状，同样地不守本分。古典戏曲最可厌处在于，常以半老乃至龙钟徐娘扮演二八佳丽，令未入堂奥者观之，有毛骨悚然之感。

少女如春，少妇如秋，由春而秋，是一个季节变换的过程，也是一个成熟的过程，其间横亘着的，是抹不去也买不来的时间。没有时间，也就没有变化，没有二八和半老的区别，没有新与旧的区别，也就没有历史。少妇的风韵中，积淀着时间；熏黄的招牌中，积淀着时间；苍劲的书法中，积淀着时间；温雅的古玩中，积淀着时间，火候不到，时辰不到，皆不可强求，强求也是徒然，好比六尺童子不肯老老实实学正楷，却非要临摹魏碑，又好比一块好好的新招牌非要烟熏火燎出古旧之意。

时间是不可逆转，不可复制，也不可伪造的。所有的人都生活在时间之中，时间使生活成为可能，同时也是生活的尺度和限度。肉身的速朽固然以时间为尺度，灵魂的不朽也同样以时间为尺度。没有时间，也就无所谓速朽与不朽，一切宗教性的蛊惑，如轮回、超度、末世、往生、来世、彼岸，都失去了依托。陀斯妥也夫斯基式的天问"如果没有灵魂不朽，道德是否还有意义"，只有在时间的尺度中才是真实的，才不是一个伪问题，因为首先必须有速朽与不朽的对立，才能问灵魂是否不朽。由此我们可以说，道德是时间性的，宗教的救赎也是时间性的。因为有时间之维，因为有速朽与不朽的对立，牺牲，献身，十字架上的受难，以及其他所有具有道德内涵的行为，包括最受现代人鄙视的守节，才获得了确定的依托和真实的意义。这就意味着，时间作为尺度，不仅是普通计量的尺度，更是一种超越性的尺度。一天二十四小时，一年三百六十天，三十年为一世，铜壶滴漏，更香焦首，春秋换季，人事代谢，这一切不过是普通的计量，直线推进，而又循环往复。当人们试图从循环往复的生活中摆脱出来，不再被动地受惯性力量的左右时，作为超越性尺度的时间才敲响了自鸿蒙初开以来的第一记钟声。

西人言彼岸，佛教言超世，道家言出世，儒生言上古三代，皆是以超越性的时间尺度为依据，皆是以超出现世、超出物理时间的围限为指向。如果没有对超越性时间尺度的认知和依归，人们将难以从现世的时间之流中抽身而出，也难以对抗尘事涡漩的强大牵引力，人们将顺着自然之势卷入到生存之中，被一切世俗的欲望、动机、力量所操控、所奴役，不是在随喜的狂欢中走向毁灭，就是在永恒的迷惘中步入虚无。只有当超越性时间尺度的钟声敲响，那些不甘随波逐流的人们才找到了灵魂上升的方向，这悠远的钟声像划破长夜的闪电，让习惯黑暗与迷惘的眼睛看到了新的可能和超越的希望。上帝说要有光，于是便有了光。这初生的光亮不仅是自然之光，更是神性之光，德性之光，它创生了人类的信念，创生了一种新的牵引力，一种对抗自然之势的强大牵引力，匍匐在大地上、恬然地吸饮着时流的人类从此拥有了超越现世生存的力量源泉。在完成了从猿到人的自然进化之后，人类开始了精神的进化。人的直立，不仅是肉身的挺立，更是精神的超拔。然而，新的牵引力的创生，并不意味着原有牵引力的消失。一部文明史，其实就是信念牵引力和自然牵引力的角逐。在这两种力量的吸引和撕扯中，有人彻底摆脱了自然的牵引，有人决绝抛弃了信念的牵引。但更多的人，却在时上时下、忽左忽右的紧张中自觉不自觉地寻找着可能的平衡。这是一条漫长的寻觅之路，也许终其一生也无法达到灵肉和谐的澄明之境。

　　鲁迅笔下的过客，电影《阿甘正传》中的阿甘，一个在不停地走，一个在不停地跑，他们都是因为宿命的紧张而不由自主地前行，他们也都没有明确的目的地，但他们却都是在寻找一处能够让灵肉安顿下来的所在。这是他们的乡愁，不是怀恋故土式的地域乡愁，不是余光中式的文化乡愁，而是一种本源意义上的乡愁，也就是哲性的乡愁。当思乡者返归故土，当余光中们终于回归了母体文化，他们的乡愁也就随之化解。但哲性的乡愁却没有一锤定音的解决方案，因为人的性命安顿处只是一种抽象的可能，它有如迷雾中的灵山，每一个人都必须独自寻觅通往山顶的门径，没有人可以替代，没有人可以引领，你的救赎，你的安顿，只能由你自己来完成。这是一个人的战争，也是一个人的宗教。

　　对现代人来说，通往灵山之路变得更加扑朔迷离，因为自然之势的牵引愈益强劲和花样百出。现代社会的运转逻辑就是依据功利尺度，不停地生产欲望、生产时尚，新旧更替的速度越来越快，就像一只疯狂追逐猎物的狼犬，连撒尿都不干净。

这个世界不断地涌现出新的器物，新的幻象，新的生活和享乐方式，技术文明就像一列磁悬浮列车，将一切旧事物飞快地甩到身后，而且越甩越快，以至某种时新的玩意儿才出炉不久，就已经过时。现代人就像这列列车上的乘客，起初觉得非常舒适，甚至有飘飘欲仙的感觉，后来就有些人感到适应不了这样的高速，感到窒息，感到眩晕，他们不再觉得自己是列车上的贵客，而不过是一个被劫持的人质，那个掐住他们命运咽喉的劫持者就是不断趋新的运转逻辑，看不到，摸不着，却比洪水猛兽还要凶猛。他们试图让自己挣脱出来，他们需要在令人窒息的干燥中润润一嗓子。

"可是没有水……"艾略特如是说。

剃度

如入火聚。

——佛门偈语

这几日，李贽净遇上不顺心的事。

前日傍晚时分，他清洗罢笔墨，打扫罢房间，掇了条躺椅到院子内，——那院子四处，闲长些花草。李贽安坐躺椅，正自口诵佛经，闭目养神，忽听得大门外一片喧闹，紧接着便是杂乱的叩门声。这时，从右厢房急急跑出位老家人，上去开了门。门外挤一伙披红挂绿的家丁，其中一位手托一封请柬，站出来朗声道："本县老爷欣逢寿辰，恭请卓吾先生赴宴助兴！"李贽听时，便皱了眉，但转念一想，不怕官大，就怕官管，如今虽已弃官回家，无奈身处该老爷所辖地盘，弄不好失其欢心，招来祸水，便更不得清净；小不忍则乱大谋，且去将就！遂接了请柬。那家丁却兀自托着空托盘，眼瞧着李贽不动；李贽当下一愣，旋即醒悟，这大约是"摆酒席、出分金"的意思，便唤过老家人，贴耳吩咐了几句，那老家人遂往正房里封了二两银子出来，并把些糕点散钱，打发了众家人。当夜，县太爷府内，灯笼高挂，笙管齐鸣。李贽草草装束了，乘轿赶来；转仪门，穿回廊，步入烛火高照、肉香扑鼻的大厅，那县太爷听唱："原云南姚安府知府李宏甫李大人到！"忙拨开众人，满脸油汗地迎上前来，一路不住拱手，口称："久仰，久仰！"李贽也便作揖还礼，口道："岂敢，岂敢！"席间，又敷衍了一通诸如"寿比南山"、"泽及百姓"、"步步高升"等等之类熟极而流的废话，偏那县太爷百听不厌，满脸堆起的笑容，像开不败的大朵野菊花。按下不表。

翌日，李贽从猜枚行令、耍笑哄堂的梦境里跳将起来，窗外已是大亮。他急急穿戴了，开门出去洗漱，又草草吃了早点，便在院子里闲逛。嗅嗅花香，摩摩脸颊，和正在浇水的老家人聊几句家常话，一夜的喧嚣，这才缓缓退去。遂入了书房。房中摆设简单，临窗一长几，列着三四管笔，一方砚台，还有一佛像，玉质，檀木底座，醒目地供着，案头摊一卷《西厢记》，当时道学家眼里的秽淫之作；长几后，一靠背木椅，俗称太师椅，漆成水红色，蹭得发亮；左右靠墙，各一排木制书架，满当当全是书；后窗支着，窗外一丛竹。李贽环顾一番书房，心中起一缕清气，悠悠然拉开太师椅，坐了；移过《西厢记》，细细品去，立时跌入了王实甫的笔底烟霞。"老爷，有信。"门外有人通报。李贽正自凝神品书，听若未闻。"老爷，有信！"门外人提高了声音。李贽微微抬眼，四下张望一会儿，便心说"见鬼"，又低下头去。"老爷，泉州来的家信！"门外人开始轻轻叩门。李贽"噗"地阖了书，猛一下站起来，"吱啦"一声开了门；门外站着老家人，手上举一封信。李贽接了信，也未询问，便回转身去，边拆了信；老家人轻轻关上门，悄声退了。信是以族中年长的名义写的，信中说，族中一不肖子弟，于泉州街头斗殴伤人，现已被缉拿关押，亟待李贽以官场中旧交情，致函施加压力，干预词讼，俾使该不肖子弟得以全身而归；信中还说，前两次建宗祠、办宗塾之事，承李贽奔走求助、慷慨解囊，进展极为顺利，只是资金上仍有不足，若李贽手头尚宽裕，可否考虑再惠寄少许银两，若不宽裕，则不必勉强；信中最后说，侄儿李四官，为人勤谨，对李贽甚有孝敬之心，可否考虑选为继子，以补膝下无儿之憾。李贽忽觉屋内燠热，有如烧了盆炭火，一手抓起《西厢记》往身上猛扇，耳鼓内由远而近，响起嘈杂的人声，抬眼看时，只看到四面八方都是族中人歪曲的面孔，嘴里全在嘶声叫嚷着什么，李贽扔开手头的书和信，使劲用手捂住耳朵，闭上眼睛……

次日，李贽午睡醒转，心中烦闷，便扣了门，出了大门，向外信步走去。正转过一条小巷，恰遇旧识耿定向兴冲冲走来，耿定向一见李贽，便拱手高声道："宏甫兄，幸会！幸会！近来可好？又有何高见问世，能否让小弟先睹为快？""何来高见？何来兴致？种种俗事强我迫我，种种俗务缠我扰我，哪有老兄这般闲兴？""宏甫兄，这话怎讲？如今圣上英明，正是我等读书人黾勉效力之时，谁能得其闲？""耿兄果然忠心耿耿，身在湖广，心向魏阙，小弟能不感佩？""宏甫兄莫不是有甚心事，说话只顾呛人？小弟正巧听得一个笑话，赶来说与我大哥听，老兄若肯抬举时，也不妨同去一乐？"李贽正烦闷无去处，便随耿定向朝其兄耿定理家去了。进得家门，寒暄已毕，耿定向便开讲道："昔时，颜山农给别人讲学，宣扬他那一套勿读圣贤之书、但求自然自在的谬论，讲到兴头上，他忽然站将起来，走到讲坛旁的一块空地上。你猜怎么着？他竟然倒下身去，就地打了十多个滚，口里一边还说什么：'试看我本性！试看我良知！'真正笑煞人！"说时，耿定向大笑，耿定理则坐于一旁，捻须微笑，看李贽时，却勃然变色，拍案怒道："有何可笑？有何可笑？是山农可笑？是世人可笑？世间打滚人何限？世上打滚事何限？大庭广众之中，诸事权贵人以保一时之荣；居所暗室之内，奴颜卑膝以获一时之宠。无人不滚，无时不然，无一刻不打滚！山农打滚，是真性情，是看透假人假面，是笑世人也。吾未料世人反笑山农，是真可笑也！是真可笑也！"说罢，仰天大笑，跨出门去。

当夜，李贽在书房内来回踱步，直至深夜，终于下了一个决断。半年前，李贽初次受无念和尚之邀，乘车轿漫游至百里之外的寺院芝佛院，即倾心于彼处山光水色无尘滓、青灯古佛无人扰，当下便起了出家为僧、静心著书之念，但总觉有些世事难以割舍，未能如当初弃官以求清净一般，痛下决心。一个多月前，李贽二度赴芝佛院，虽流连不已，但仍感尘缘未断。这几日所遇之事，却件件令李贽痛感人事扰攘、俗物遍地，求安不得安，消火更添火，敢是因缘已至，时辰已到，那便落发为僧，遁入空门中去罢！

三梦居得名小记

　　某日，温风煦暖，日影迟迟，予授徒有暇，于座间小憩。

　　有同侪尹公者，手执茶托，施施然步入房中，笑问曰："汝亦何所思？汝亦何所忆？"

　　予对曰："亦无所思，亦无所忆，但假寐耳。"

　　曰："然则汝何恍兮惚兮若梦游焉？"

　　曰："噫！此诚知者之言矣。梦之为物，实则虚之，即之若离，有无相生，幻极归真，乃妙道之所存，禅理之所寄，故往圣先哲，多有浮生若梦之悟，骚人墨客，咸生今夕何夕之叹。及于余身而言之，岂一生一梦可得喻哉？直一日三梦耳！"

　　曰："请道其详。"

　　曰："小子何德，小子何能，一身而兼庄子、孟子二科教习。晨起披道袍，作绝圣去智之玄谈；午后束儒冠，倡圣智兼修之要义。一日劈两半，一心作二用，解构语尚温，暮为建构论，诚可谓下午之我打倒上午之我，岂止今日之我打倒昨日之我而已。"

　　曰："汝之所言可谓得趣，然于一日三梦之旨何干？"

　　曰："《庄子·齐物论》曰：'且有大觉而后知此其大梦也。丘也与汝，皆梦也。'丘也者，孔丘是也，儒门尊称夫子，后世仰为圣人，然庄之视丘，直一愚人耳，自以为觉而不知其梦，故径呼其名以睥睨之。向者，周失其范，礼乐崩坏，诸侯纷以求存图强为务，故重霸术而轻礼义，当此之时，孔子欲倡仁心以振王化，诚可谓清秋一梦，宜其惶惶然不知所归也。孟子继起，承孔子衣钵，以雄辩之姿，欲竟往圣之遗业，亦怅怅无所成，蹙蹙靡所骋，其之为梦，正与孔子同。据此言之，予之授孔孟之学，不免说梦之讥也，此为一梦。"

曰："噫嘻，善哉！余者可得闻欤？"

曰："李商隐《无题》诗曰：'庄生晓梦迷蝴蝶。'则庄生之梦呓，久矣夫其为世之常谈也。而其逍遥出世之想，亦复一梦耳。再者，予于暇时素喜弄墨。西哲弗洛依德氏尝谓，文学乃白日梦耳。则予之率尔操觚，差如梦溪笔谈。要言之，予之授孟子、南华二经，皆如说梦，予之治辞章，亦同一梦。予之书斋，自今乃得以'三梦居'正名也。本为戏谈，却收正果，不亦人生快事哉？"

第二辑　人文观察

每个人的心中都有一个犀利哥！

先来看《澳洲日报》的一则报道：

宁波丐帮犀利哥（原名程国荣）的丐世旋风，由大中华疯卷日本及英国等地，他从流落街头到与家人重逢，创造传奇一刻，加上其忧郁的眼神、杂乱的须根、手上的烟蒂，还有无限创意的层层叠叠mix&match，彻底迷醉全城，更获众女星推崇。

周秀娜目前在日本准备表演，性感女神周秀娜一提犀利哥，即透过越洋电话大叫："好有型，好喜欢他！"原本她被朋友推介犀利哥这位网上红人如何具日系style时，还以为朋友太夸张，后来上网看过犀利哥的照片后，实时惊为天人，她说："他的穿衣搭配真是太完美了，他有不经意的潇洒，不做model太可惜了！"

天后陈慧琳（Kelly）也赞犀利哥有型，容祖儿还说不介意做丐帮嫂，玉女邓丽欣也赞叹浓郁丐味，有浪子feel，属潮人一族的何韵诗直说犀利哥穿衣有taste。

邓丽欣（Stephy）从报章上看过犀利哥的报道后，也是频频赞叹，她说："乞儿可以这么帅我还以为电影海报呢，他好潮、好浪子，电影也可以学一学。"

讲到犀利哥被形容似足日本型男，Stephy也举脚赞成。

属潮人一族的何韵诗对鼎鼎大名的犀利哥也有所闻，犀利哥被热捧穿衣有taste，阿诗也很认同。

蓬松的乱发，忧郁冷峻的眼神，胡乱搭配的穿戴所显现出的不经意的潇洒，衔着烟卷特立独行的高调姿态，这就是潮女、天后及芸芸众生眼中的犀利哥。

他不像人们所熟悉的满街疲于奔命的上班族，也不像西装套裙的白领、谨小慎微的打工仔、油头滑脑的买办掮客，更不像圆滑世故的大小官僚。

他是闯入现代都市社会的西部刀客，带着大漠残阳的风霜与不羁！

他是闯入充斥着精打细算与奢华需求的功利社会的独行侠，带着楚狂接舆的冷峻与不屑！

他更是闯入单调、机械、规范重重的现代文明社会的一个浪子，口衔烟卷，大步走来，带着我行我素的凛然与不群！

由他掀起的丐世旋风，之所以会由大中华疯卷日本、英国等发达国家，恰恰表明，他的形象与姿态，触动了在房车、时尚、规则、罚单、加薪、升迁等世俗需求与制度约束中劳碌不止的每一个现代人的灵魂。

犀利哥只是一个幻觉，一个幻象，一个传奇。但人们不愿打消这个幻觉，不愿拆穿这个幻象，更不愿湮灭这个传奇。

因为，每个人的心中都有一个犀利哥！

韩寒一脱"哗"天下

韩寒脱了！

韩寒终于脱了！

在拍摄于某酒店客房的"床照"中，韩寒赤裸上身，以一袭白裤紧裹下身，犹抱琵琶半遮羞。其中一张半倚软床侃侃而谈，还有一张回头浅笑，脸上略带娇羞，大有"回眸一笑百媚生"的派头。

据说，这组照片是韩寒为某赛车杂志拍摄的专题照片，为了配合"坦诚"的主题，所以无私地"裸"了。在对话中，韩寒更加赤裸，谈及自己"最多时候曾与五个女朋友相处"。

对于韩寒使出"脱"字诀，我一点都不意外。如今流行注意力经济。注意力经济的第一原理是什么？七个字：三十六计，"脱"为上。正用反用善用滥用此计者，滔滔者网上皆是。

让我意外的是，他竟然这样脱了！那么猴急，那么狐媚，那么小沈阳！

说他猴急，是因为他本不必急着脱，他的文字裸奔尚未失掉人气，他的青春反叛秀也仍然大有市场；

说他狐媚，是因为他的表情、睡姿、全裸的"香肩"，整个就是美女卧床的照型，但又半遮半掩，半露不露，分明是要诱人遐想、逗人绮思；

说他小沈阳，是因为他和小沈阳一样，都选择了性别反串的招数，试图通过模仿小女人的娇嗲扭捏，博取看客的掌声。

韩寒的铁杆粉丝又可兴奋一阵了，感性的，可于口耳相传中，啧啧赞叹其肤色之白、香肩之美；理性些的，又可为韩寒的"坦诚"与反叛大唱赞美诗了。

对于韩寒的肤色和"美态"，本人毫无兴趣。对于韩寒的"坦诚"与反叛，还可以说道几句。我早就说过，韩寒有点把自己塑造成反文化英雄的架势，可惜是假的，他对文化的反思，只是作秀，根本谈不上有深刻的认识，比王朔差远了。而且他的笔力、才气皆不足，文字苍白得像兑了水的三花淡奶，卖弄那点小聪明都累得他小脸通红。

艾未未曾经捧韩寒的"香"脚说："我觉得韩寒是个非常优秀的人，是中国几十年来最优秀一类人的代表。勇敢、清晰、行动，加上幽默，谁也别跟他玩虚的。韩寒这一代人或者他所代表的这些人是旧时代的掘墓人。"

这话怎么听都像是伟大领袖对鲁迅的评价，也像极了马克思恩格斯对无产阶级的评价。看来艾未未在表现其逆反心理的时候，一不小心就掉进了主流话语模式。

韩寒这一脱，从文字裸奔、思想裸奔，直接转向脱衣露体，真勇敢，真清晰，真幽默，真坦诚，真反叛！

谁敢说不？都半身全裸、玉体横陈、面对镁光灯而笑了，还不勇敢，还不清晰，还不坦诚？再有，施瓦辛格只懂得露出一身猛男的横肉，哪比得上男人露香肩、秀妩媚更幽默、更俏皮、更反叛？

韩寒这勇敢一脱，令我想起他的广为传诵的警句，"天知道鲁迅所写的我家门前有两棵树，一棵是枣树，另一棵也是枣树究竟是什么意思"。

类似的警句每时每刻都可以从叛逆少年嘴里冒出来，无关深刻，无关幽默，无关勇敢，只不过是年少轻狂。鲁迅的这句话，传达的是萧瑟，是寂寞，韩寒又岂能读懂？

　　所以说，韩寒这一脱，不过是脱掉了皇帝的新衣，令那些受蒙蔽的眼睛，看到了戏子的苍白身躯。

西洋景

圣诞节大约是最早移植到中国并被广为接受的洋节，但倘若视其为基督教东渐成功的标志，就未免贻笑大方了。一般中国人期盼圣诞节的心理，类似于上西餐厅用刀叉进餐，感受异国情调才是主要目的，作为节日根源的宗教信仰，则压根是附属品。好比在一般中国人心目中，尖峭瑰奇的哥特式教堂不过是高档一点的西洋景而已。

我得承认，我对于一切具有神化、圣化意味的实物和传奇，都抱着不敢轻信的态度。比如，对于耶稣出生的故事，也就是广为流传的"圣诞"故事，我就从来没把它当过真。

我不得不佩服《福音书》作者的天才创造力，他们居然能够构想出玛丽娅离奇受孕的情节，并藉此完成圣化耶稣出世的叙事。难怪德国神学家简斯把《福音书》作者统统称为"作家"。类似的超现实文学表现手法在中国古代的小说、神话中也不鲜见，如谁谁踩到上帝的脚印而受孕，谁谁从石头里蹦出来，等等。这类以圣化出生方式为目的的虚构艺术，凸显出伦理与叙事的互动关系：如果不是叙事者头脑中的道统观念在暗中作怪，圣人的母亲们大约也不会老是不明不白受孕。

在我看来，圣化的叙事，就是乌托邦叙事，因为它根据神性或德性的诉求改造并升华了现实。乌托邦是一条从"是怎样"走向"可能怎样"的超越之路，并非横空出世的臆想，其前提恰恰是对现实世界的冷峻认知，如《福音书》作者之一路加对于政治世界的好战本性的洞察。

路加版圣诞故事不仅提示了"如何能争得和平王国"的可然方案，也表征出以"友善、温厚、真挚"为特征的最富人性的应然图景。这就意味着，乌托邦式的圣诞叙事具有双重功能，它一方面通过构想"与充满着权力和暴力的现存社会针锋相对"的希望景象以达到批判现世的目的，另一方面又为改造现世提供了一份未必可行的行动指南。

我想，对不幸生为文人的世人来说，印象最深的大概莫过于柏拉图的把诗人逐出理想国的拟议了。不过，柏拉图可能没有意识到，他在构想理想国时所体现出的创造力、想象力和狂热的激情（如对"哲人王"的神往），足以令不少以诗人自诩者汗颜不已，正如路加版的圣诞故事堪称上佳的叙事作品。

说 "恭敬"

《孟子》"离娄"篇云："责难于君谓之恭，陈善闭邪谓之敬，吾君不能谓之贼。"

这段文字可说是孟子道学言说中的一大闪光点。此处对"何为恭敬"的释义，绝无君为臣纲的肃杀之气，也和今人对"恭敬"的理解天差地别。

在日常生活中提到"恭敬"二字，一般人都会把它和谦让有礼、诚惶诚恐、大气不敢出、说话赔小心之类的神情态度联系起来，这种神情态度颇有点"不敢高声语，恐惊天上人"的味道。对那些已经患了对孔孟说教习惯性抵触症的现代人来说，这回可是反过来要被孔孟嘲笑其不开明了。

所谓"责难于君谓之恭，陈善闭邪谓之敬"，撇开早已过时的君臣关系这一层不论，这话的意思是说，对年龄、地位比你高的人要敢于提出批评意见，敢于在他们面前大谈仁义道德，并杜绝其邪念、淫欲，这才谈得上对人"恭敬"，如果反以我的上司、尊长斯人而有斯疾、没有能力行善为由，不加劝谏，任其胡作非为，那就是贼害你的上司和尊长了，这就叫"吾君不能谓之贼"。

有人或者会反驳说，孟老夫子真是故弄玄虚，敢于陈善闭邪、责难于君不就是俗话说的"忠直"，干吗非得绕弯子地把它解说成"恭敬"？有胆识提出这种糊涂问题的人得怪自己没有理解孟老夫子的真精神，老夫子固然强调外在的礼节，比如不能碰嫂子的手、父王死了得守三年之丧之类，但他可是开心性儒学一脉的大宗师，于礼仪、礼法而外，更强调尽心、诚心，"反身而诚，则仁矣。其有未诚，则是尤有私意之隔而理未纯也"。所以对人恭敬与否，不能只看表面的虚文、虚礼，更要看是否诚心？如果你对上司、尊长的恭敬是诚心的敬重，那你就会为他着想，希望他善有善报，而不是等着看他恶有恶报。你责难他，给他讲大道理，虽然显得没大没小、无父无君，却是出于善意、出于诚心的敬重。而能够出于诚心的敬重责难于君，那就是得着恭敬之实了，不同于那些村夫、村妇，只懂拘守恭敬之礼，也不同于那起小人、佞臣，借着恭敬之礼遮掩其"私意"，皇帝老儿放个屁，也要闻之叹妙，这才叫大不恭、大不敬。

后人注释孟子的这三句堪称"闪耀着民主精神光芒"的经文时，于前两句已经阐发得题无剩义了，但对"吾君不能谓之贼"这句，却多少有些意有未周，甚至是含糊其辞。《孟子正义》的作者焦循解释说，此句"言吾君不肖，不能行善，因不谏正，此为贼其君也"的意思是说，有人臣辩解说，我之所以不责难于君，不是因为分不清是非善恶，也不是因为贪生怕死，而是因为皇帝老儿压根就没有行善能力，即使批评了他，也不能使他改邪归正，不如省省心算了，孟老夫子可就不答应了，他对这种辩护词的回敬是一个比耳光还要响亮的字眼：贼！

焦循到底是大家，对这句话的解释还算完备，比起白话注本中诸如"如果认为君主不能行善，这便是贼"、"认为国君办不到而不作努力叫作贼"之类含糊其辞的解释要让人明白得多。但博雅如焦循，竟然没想到用"梁惠王"篇关于"不为者与不能者之形"的辨析，以及另一则语录"贼仁者之谓贼"来对"吾君不能谓之贼"句加以汇注，真有错失眼前之憾。

孟子以为，有些事情，是个人都能做到，比如对长者鞠个躬之类，有些事情，是个人反而做不到，比如扛着泰山穿云渡海。没有能力而不做，是不能，有能力做而不做，是不为。君子有所为，有所不为。不为是出于意愿，用时髦的说法，是出于自由意志，这自由意志，可能是在奥古斯丁所谓恶的意志（der schlechte Wille），也可能是康德所谓善良意志（der gute Wille），当然这只是对平民（小人）而言，对圣人这种道德神童来说，他的自由意志先验地就是善良意志。如果有行善的能力，却出于自身的意愿而不为，无论是否应当，却到底经过了自由选择，如果根本没有能力，那就连选择的机会都没有。一国之君，亦如常人，有天生的不忍人之心，扩充此不忍人之心而遍行仁义，则可以王天下。身为人臣，居然分不清"不能"与"不为"的区别，妄言手握重权的皇帝老儿有能力为富不仁，却没有能力为富而仁，那真是地道的"贼仁者"了。

刘项原来不读书

自《孟子》列入"四书","孔孟之道"遂成儒家正统。《论语》有今古文之别,《孟子》有内外篇之分,"四书"所收为今文《鲁论》二十篇与《孟子》内篇(凡七章)。《孟子》一书于尊德性道问学之外,特多资政言论,观孟子与列国帝王如梁惠王、齐宣王、邹穆公、滕文公之属问答,大有国是顾问的派头。相较之下,孔夫子的参政意识虽也甚强,其周游列国兜售治国方略的兴致也是临老方休,但《论语》一书倒大抵为其传道授业解惑的文字记录,问政—议政的对答(或曰政治哲学、政治伦理言论)只是其中的一个分支。以西人之眼光衡量,孔孟皆为有专学而意图经世的"公共知识分子",与一般公共知识分子不同的是,他们均以"帝王师"自许和自期。

"帝王师"有虚实二义,著书立说以明治国之术,此为虚,当面给帝王授课(如南书房行走之类)或辅佐帝王执政,此为实。孔孟都不甘心只做意淫式的"帝王师",而是要亲临庙堂、化知为行,孔子后来被册封为"大成至圣先师",又被今文派拥为"素王"(无冕之王),算是功德圆满。孔孟之后的中国士人也多以实际的"帝王师"为最高理想,古语所谓"不为良臣、便为良医",即是士人心态的真实写照,孔明、魏征、司马光这类人物则是以辅佐君王为一生志向而得遇"明君"、得展所长的范例,其生平际遇向为士林流传之佳话。儒家有所谓三不朽,"立德、立功、立言","立功"的极致便是为"帝王师",

以"仁心"行"仁政"。如果做不成实际的"帝王师",那就专心"立言"、"立德",所谓"达则兼济天下、穷则独善其身"是也,鲜有撇下师道尊严、意图自立为王者,而王莽之流遂为千古士林之异数。往白了说,中国历代读书人在尊王、奉正朔等"封建思想"的"荼毒"下,心心念念只是要做帝王的左右"行走",哪怕这帝王其实只是一白痴,倒是文盲、武夫、地痞、流氓凭着一股天不怕、地不怕的蛮性常有"彼可取而代也"的念头,所以中国历史上多有白痴做皇帝、大儒当跟班的情形,"刘项原来不读书"就是对这幅漫画的最好注脚。古希腊的哲人就没那么憨厚了,他们中的一些人老实不客气地要自己来做帝王,绝不陪文盲读书,也绝不给文盲当顾问。苏格拉底就大剌剌地说:"除非哲学家成为我们这些国家的国王,或者我们目前称之为国王和统治者的那些人物,能严肃认真地追求智慧,使政治权力与聪明才智合而为一:那些得此失彼,不能兼有的庸庸碌碌之徒,必须排除出去。否则的话……对国家甚至我想对全人类都将祸害无穷。"(《理想国》第五卷)这番话在中国士人听来,简直是大逆不道,皇帝没教养,只能开导之、教化之,开导不成,或归隐,或死谏,断无自己来做皇帝的道理。刘项可以不读书,但读书人不可以不知书达礼,哲人而欲自立为王,简直是僭越。

其实,即使是在古希腊,苏格拉底的"哲人王"理念也是一种过于前卫的思想,所以他称其为"最大的怪论之浪"。在苏格拉底看来,哲学家是能把握永恒不变事物的人,而其他人都是心灵的盲者,也就是被千差万别的多样性搞得迷失了方向的人,他们不知道每一事物的实在,他们的心灵里没有任何清晰的"原型"(如"理想国"),所以无法制定出"关于美、正义和善的法律",因此,唯有哲学家才有资格出任城邦的领袖。

照苏格拉底的标准，一般知识人也不配做帝王，因为他们虽不是文盲，却是心灵的盲者，缺乏直达实在世界的"灵魂的视力"，也就无法赋予世界以合理的"形式"与和谐的秩序。不过，从人类数千年的政治实践来看，苏格拉底的标准定得太高了些，也绝对了些。历史证明，统治者如果能够理解、接受并推行（政治）哲学家所制定的"关于美、正义和善的法律"，能够以一个国家的"整体幸福"而不是某一个阶级或阶层的幸福为目标，他不必是哲学家，但照样能够使他所管理的国家成为"各部分痛痒相关"的"理想国"。当然，一个能够理解、接受并推行（政治）哲学家所制定的"关于美、正义和善的法律"的统治者，必然是一个向往真知、尊重理性、不囿于一己一党之私的人，他或许读书不多，但必定具有哲学家的潜质。从这个意义上说，"哲人王"的政治诉求看似高不可攀，却可以转换为衡量统治者与政治家的切实标准。以此标准观之，古今中外多少政坛名流，不过是一匆匆来去的政客罢了。对岸的陈水扁就是这样一个靠操弄族群对立、罔顾治下民众"整体幸福"与整体利益的典型政客。

倘以"哲人王"与"帝王师"的理想相比较，则前者的境界明显高出一个档次。甚至可以这样说，一个不能为"哲人王"的梦想提供驰骋空间而只能为"帝王师"的梦想提供滋生土壤的社会，绝不是一个开放社会。孔孟之道是一条通向"天道"与"仁政"的道路，也是一条通向"帝王师"的道路，这条道一转向，就是一条通向"哲人王"的新路，能不能走上这条新路，能不能在这条路上走好，这是对儒家文化现代传人的一大考验。

传统社会中"王者师"而有成者不在少数，而在西方，真由"哲人王"造就的伟业倒是稀少。在西方"王者师"也还是有的，那个给黑森的菲利浦出馊主意的路德不就是么？昆廷·斯金纳《近代政治与思想的基础》中里面的"王者师"也是一捞一大把。我想我有必要强调指出，我的立论重心在这句话："一个不能为'哲人王'的梦想提供驰骋空间而只能为'帝王师'的梦想提供滋生土壤的社会，绝不是一个开放社会。"我并不是在否定"帝王师"或"王者师"的功业，只是从理想境界上来说，哲人王的理想更可以见出一个社会的思想自由度。此外，苏格拉底所谓哲人，是有其特指的。哲人王理想背后的思路是王侯无种，贤者居之；帝王师理想背后的思路是王侯有种，贤者辅之。前者近于民主思想，后者受尊王意识左右，两者的区别是明显的，也许魏武、梁武可以算中国式的哲人王（并不是苏格拉底意义上的哲人王），而儒家思想中不也有"内圣外王"的理念？但在儒家思想中，我们无法找到苏格拉底式的王侯无种、贤者居之的理念，而是强调君君臣臣的等级关系及血统优先论。儒家帝王师理想的目标之一是将帝王（也许是一个白痴）教化为中国式的哲人王，促其发仁心，行仁政。一旦该帝王不吃这一套，儒生就无计可施了。孔孟的遭遇就很能说明问题。此文所谈孔孟侧重义理，确实偏向于"今文经学的微言大义的路子"。我已经说过了，这次读经是一次补课，作为中国人文学者，不读四书五经恐怕说不过去，因为它们确乎是中国传统文化的载体，要对中国传统文化有深切把握，则必须读这些原典。不过，我并无意成为经学研究者，而是希望在阅读中有所启示，并为我所用。戴震主张以词通道，也就是在训诂的基础上考义理。我自问没有考据的耐心，所以我是走六经注我的路子，希望在会通中西理论的基础上因应时势而有所新创，当然尽可能以最好的注本为依据。

钱锺书谈上海人

钱锺书曾在上海寓居多年，对上海的世情风物了然于心。《围城》女角孙柔嘉的精明务实，另一不甚起眼的角色张吉民的崇洋和势利，就颇为符合"外省人"对上海人的想象。

在钱锺书的英文著述中，有一则谈论上海人的短文，题为"Apropos of the Shanghai Man"（《关于上海人》），刊于1934年11月号的《中国评论》杂志。

此文虽极简短，但阅读障碍却不小，其间掺杂着一些法文、术语，如巴比特式的人、拉伯雷式的强健，还引用了法国诗人波德莱尔、波斯王薛西斯（Xerxes）的诗文和议论，用词也相当古奥，接近于《谈艺录》或《管锥编》中的一则。

此文的灵感来自于一个礼拜天的午后。当时，钱锺书正走在南京路上，人流拥挤，天色阴沉，郁闷中，波德莱尔的诗句浮现在眼前：

> 天空：巨大的黑色壶盖，无数世代的人类在壶中沸腾。

钱锺书因而产生了薛西斯式的"感伤"（sentimental reflection）：那些充塞喧闹街头的路人，百年之后，将无一幸存。据说波斯王薛西斯一世有一次骑在马上，看着得胜归来的百万大军，骤然想到，在这庞大的军队中，将不会有太多的人在百年之后还能生活在这个世界上。

抒发完感慨后，钱锺书切入正题说，北京人属于过去，上海人属于现在，甚至属于未来。言辞间对上海人颇为推许。

钱氏著书，雅好"发凡张本"，且寄望后来者"于义则引而申之，于例则推而益之"。此处的上海人北京人之辨，显系张本之论，非"引而申之"不足以畅其义。

北京乃六朝古都，多皇家遗址，多堂皇废墟，百年风沙难掩一脉王气。北京人以天子脚下臣民自居、自傲，遛鸟闲谈间，也透着不可方物的神色。作为北京普通民居的四合院颇有点小紫禁城的意味，门一关，老子天下第一，窗一掩，管他春夏和秋冬。世变虽亟，老北京的舒缓步态却依然故我。北京城因而宜于鲁迅钞古碑，知堂喝酽茶，西谛访诗笺，老舍谈小吃。

上海并无辉煌的历史可供炫耀，开埠之前，不过是一乡野之地，上海人因此也无历史包袱可背，轻装上阵，崇洋趋新，遂建成远东第一大都会，其情形颇似本为小渔村的深圳一变而为繁华之城。

北京人和上海人，一遗老，一新贵，皆有傲慢之底气与心气。浮沉几度的京派、海派之争，表面看来只是学术风格、艺术风格的冲突，一者以严谨保守自持，一者以大胆变革自命，但就其深层的人文气质而言，则是一场文化遗老与文化新贵不可避免的交锋。上海曾以十里洋场著称。十里洋场乃西风东渐之要冲，出入其中之新派文人，寻找的是穆时英式的"新感觉"。当古典主义者怀抱旧梦、浅斟低吟之时，"新感觉派"已划着潇洒的"狐步舞"，冲出了历史的藩篱。钱锺书所谓北京人乃昔之中国人、上海人乃今之中国人之说，于此亦得一佐证。

钱氏又谓，当时中国文学中的"上海人"就像巴比特，他们精明，讲效率，善于克制，自以为是，且有少许市井气。民国时期海上作家张爱玲、苏青以细腻近于琐碎的笔触刻画了不少上海小市民，他们栖居于逼仄的弄堂，精打细算着生计，也精打细算着爱情。张爱玲因而拈出"个人主义"这一当时颇为摩登的新名词标记其笔下人物。钱锺书却将这类人与巴比特相模拟，既表现出他对欧美文化的熟稔，也体现出他的独到眼光。

1922 年，美国小说家辛克莱·刘易斯（Sinclair Lewis）发表了长篇小说《巴比特》。这部小说以漫画式的笔法勾画出20 世纪初美国商业社会光怪陆离的世态，也塑造了一个典型的城市商人形象——巴比特。巴比特是一位成功的地产商，过着富足而又平庸的中产阶级生活。酒肉飘香的物质享受无法掩盖、也无法补偿精神的空虚，他想放弃丰厚的家业，寻找一种"真正的生活"，于是外出漫游，过起落拓不羁的生活，还染上了革命情绪。但他没有勇气承受随之而来的冷眼和冷落，浪荡一阵之后，重新投入了家庭怀抱和商人生涯。在小说的结尾，巴比特将希望寄托在儿子身上。辛克莱通过巴比特这一形象，将城市商人与中产阶级患得患失的特性表现得淋漓尽致。"巴比特"这个名字从此成为这类人的代名词。

民国小说中的一些上海人确实有点像巴比特，只不过，巴比特的病是中产病、城市病，根本不限于旧上海一地。在每个人的世俗生存中，都能看到巴比特的影子，正如每个人的内心深处，都住着一个徘徊于理性与欲望之间的鲁索。

一个偏见：关于香港文化

香港文化的重要组成部分之一就是食色文化。在香港占有最大市场的报纸和刊物，往往将大量篇幅留给了声色与美食。一个神童辉玩弄女人的伪传奇，就能令洛阳纸贵。频频出现的艺人裸照曝光事件，其实不过是食色文化潜在痼疾的一次次发作而已。

对于"食色"二字，无须谈虎色变。但食色毕竟只是人的基本需要，它不是也不应是人类生活的全部。在食色之上或之外，还有创造的欲望、思维的乐趣、回归自然的冲动，诸如此类。

一个长期浸淫于食色文化的人，往往会更多地根据自己的感官感受来判断，来取舍。由于感官感受是非理性的、无深度的，基于感官感受所作的判断或取舍，便难免随意和肤浅之嫌，有时甚至是不可理喻的。

记得多年前我曾参加过一个综艺晚会，好像先是由陈佐湟先生出场指挥交响乐，然后是男高音歌唱家莫华伦先生上台独唱，全场反应一直是波澜不惊。直到主持人宣布下面出场的是香港流行歌手陈什么迅时，场上气氛才陡然热烈起来，尖声怪叫此起彼伏。我心中暗想，这位陈什么迅到底何德何能，竟然力压陈佐湟、莫华伦而引发全场骚动？等到目睹该陈姓歌手上台亮相，并格外卖力地又跳又唱之后，我是气极反笑了：莫非人类社会真是迈入了越平庸越流行的"后现代"了？

后来的事实似乎在验证着这一判断，因为，陈什么迅好像越来越走红了，以至我经常可以在巨幅灯箱广告上撞见他。

该歌手在我看来，属于典型的三无艺人：没气质，没长相，没才情。这样的歌手能够大行其道，如果不是我的鉴赏力出了问题，那就是该歌手流行区域的价值标准或审美标准出了问题。具体点说，一种与理性反思、超越性生存绝缘的肤浅感受和庸常趣味左右了人们的判断力。如果容我更作进一步推论，那么，我想说的是，为肤浅感受和庸常趣味所左右的人们，就是庸众，以此类人群为主体的文化，就是庸众文化。

庸众文化这种提法，容易让人联想起作为人文研究领域热门话题之一的"大众文化"（mass culture）。后者是一种与贵族文化、精英文化相对立的文化类型。以英国伯明翰学派为代表的西方学者通过考察足球文化、酒吧文化这类以大众为主体的文化现象，为长期以来深受歧视的平民审美观及文化趣味加以辩护，从而使"大众文化"或"流行文化"一举浮出海面，成为一贯受精英文化立场左右的西方正统学界的热门研究话题。一个颇具象征意味的例子是，在素以保守著称的牛津大学的考场上，赫然出现了论"披头士"（Beatles）乐队艺术风格的考题。

与伸张平民趣味的趋势相呼应，为女性、少数族裔、非西方文学等同样受到压抑的弱势群体或弱势文化寻求平等地位的研究取向，自上世纪60年代以来，渐渐汇成了一种学术潮流。从这个意义上说，平权意识构成了西方当代学界的主流意识之一。

对于平权意识，我除了脱帽致敬，还是脱帽致敬。不过，平权意识不能成为听任庸常趣味左右的借口。好比"兼容并包"不等于无所不包，"宽容"也不等于纵容。

记得北大百年校庆时，曾邀请香港歌手郭富城歌舞助兴，当他一曲唱罢后，自我感觉良好地问台下学生，要不要再唱一首，得到的是众口一辞的回答：不要！事隔两三年，当周星驰现身北大讲台时，却引来了万头攒动的拥戴。我有点看不懂了，同样是庸众文化孕育出的流行艺人，何厚此而薄彼？况且，郭富城总比陈什么迅看起来体面一些。

"五四"时期，一班热血的北大学人从平民化立场出发，开始对一向被视为不登大雅之堂的民间文学、民间文化进行了"地理大发现"式的挖掘工作。近年来北大先后将大众文化乃至庸众文化明星金庸、周星驰等请上学术讲坛，或许可以视为"五四"时期边缘文化大发现潮流的遗风余韵。

作为民主理念具体体现之一的平民化思想，是非常值得珍惜的。其价值内核，即是人不应有贵贱之分，或如美国《独立宣言》所谓"人是生而平等的"。不过，人不应有贵贱之分，不等于审美价值、文化趣味上没有高下之分。照此推理，从审美价值、文化趣味的角度对文学或文化文本作高下精粗的区分，也并非是学术思路上的不民主。

需要特别说明的是，本文在提到大众文化这个命题时，是从文化文本的流通与接受方式的层面加以客观定位的，并未暗含皮里阳秋的褒贬之意。不难看到，大众文化之上品，其审美价值、文化趣味也不容低估，如金庸的武侠小说、披头士乐队的众多乐曲、BEYOND乐队的《大地》《长城》《农民》、张国荣演绎的《倩女幽魂》等，不一而足。此类艺术品在流行元素之外，还含有超越性的成分，只能意会，难以言传。法兰克福学派代表人物之一的本雅明曾试图用 AURA（在不同译者笔下，它被译成了"气韵"、"光晕"、"辉光"等）一词描述这一成分。那么，什么是 AURA 呢？它是树叶缝隙中闪烁的阳光，它是冰峰折射的夕阳之光，你可以感受到它的美好或玄妙，但很难借助科学的精确性来把握它。

文化史的事实表明，雅俗之间的界限并非不可逾越。如今被奉为高雅文学的《红楼梦》，在当时的文人眼中，却只是一部诗文正宗之外的通俗之作。也许是受此类历史事实的启发，前些年有学者搞了个类似金曲排行榜的中国现代作家排行榜，堂而皇之地将金庸列在第四位。确实，金庸的某几部武侠小说如《笑傲江湖》《射雕英雄传》《天龙八部》等，显现出相当丰厚的文化内涵与颇为精湛的小说技巧，远非一般通俗文学或大众文学所能企及，但它们是否就能进入高雅文学乃至经典文学之林，则尚待时间的筛选，任何人试图抢在历史老人之前发言，都有操之过急之嫌。

与俗文化雅化的趋势相反，作为俗文化之现代形态的大众文化随时有蜕变为庸众文化的危险。一位台湾学人关于台湾影剧媒体的忧思（见《从比利怀德逝世的冷漠报道说起》，台湾：《文讯》，总第 199 期），可以令人窥见大众文化庸常化之一斑：

"或许我们很难否定传播媒体在市场压力下将电影版面报道明星图片绯闻与八卦。但是否可以有小型版面保留给影剧文化艺术的传播与深入报道，否则就干脆把影剧版更名为八卦及明星宣传版，免得混淆视听，使阅听观众对影剧、电视的关心只留在绯闻层次。在过去电影的传播有过多的花花草草，或许来自工业市场的需求，但自从台湾新电影从 1982 年崛起带动电影文化与艺术的创造力时，媒体其实可以调整其对影剧轻蔑的态度，负担一小部分文化的艺术传播的责任，不那么抱持先入为主的成见，一味相信读者、观众只看八卦新闻。"

显然，影剧报道的"绯闻化"与"八卦化"即是大众文化蜕变为庸众文化的信号之一。翻开香港的大报与周刊，艺人们的艳照、三角关系、私人生活细节扑面而来，诸如谁谁和谁偷情、谁谁发型换了之类鸡毛蒜皮的琐事，居然成了比航天飞机升空、诺奖评审、比利怀德逝世等事件重要十倍、百倍的重头新闻。难怪地产破落户罗兆辉玩弄香港女影星的伪传奇满城风传，其轰动效应简直不亚于"9·11"事件。

虽说在大众文化蜕变为庸众文化的过程中，报纸杂志具有不可推卸的责任，但读者、观众也难辞其咎。道理很简单，报纸杂志的发行是以市场需求为驱动力的，如果八卦新闻没有太大市场，报纸杂志的"八卦化"、"绯闻化"倾向，也就不会愈演愈烈。换句话说，庸众与庸众文化是不可割裂的，皮之不存，毛将焉附？

西方有学者认为，传媒一方面在迎合市场需求，另一方面也在制造市场需求。此论颇有见地。但俗话说"孤掌难鸣"，如果受众有很高的鉴别力与很强的自主意识，传媒也就无机可乘了。事实表明，"一味相信读者、观众只看八卦新闻"的办报思路，并非只是想当然的"成见"。

作为一个文化多元论者，我并不反对趣味的多元化。但趣味多元化不等于趣味无高下，也不意味着否定性思维在审美与文化领域的失效。从目前的情形来看，以庸常趣味为表征的庸众文化有逐渐蔓延与扩展之势。文化产业的八卦化是庸众们业已取得文化霸权（cultural hegemony）的重要标志。而频频出现的艺人裸照曝光事件，如前所述，只不过是以食色主义为特征的庸众文化的恶性发作而已。

"你的茶里要搁几块糖？"

北大一位教授在旅澳演讲时提到，近百年来，中国共翻译了近十万部西方著作，而西方仅翻译了百部左右中国著作。

也许实际情况与这一统计数据有出入，但中西文化交流方面存在着巨大逆差，大约是不争的事实了。这使我联想起小说《围城》中的一个画面：中国哲学家巴巴地想和罗素进行理论对话，罗素却问中国学者，你的茶里要搁几块糖？

从前读到这个情节，只觉得是在挖苦褚慎明这个欺世盗名的学术骗子，如今才醒觉，这一情节其实可以看成中西方不平等对话的写照。

虽说褚慎明时代已过去了大半个世纪，但中西方难以平等对话的状况仍然在延续。据一位在哈佛求学的师妹告诉我，她曾经跟一个美国教授讨论过中西学问沟通的问题，该教授对她时时把中国学术与美国学术放在一个地平线上看有些不以为然。他认为中国的学术受传统儒家影响太深，因而是成问题的；除非中国学术"纯粹地西化"，否则就无法和西方对话。

这位美国学者大约是热昏了头。什么叫"纯粹地西化"？希腊化？美国化？怎样才能"纯粹地西化"？弃绝传统，彻底归化，最后成为西方文化的宠妃？还有，至少在人文学术领域，当代中国学者的缺陷并不在于受传统影响太深，而是太浅，试想，受过经学研究传统熏陶的当代学人又有几人？再说，西方学术何以会有今日之势？不是因为他们割裂了传统，恰恰是因为自古希腊哲学以降，历代学人薪火相传，积淀了深厚的学统。

偏见是容易驳倒的，但驳倒了偏见并不意味着就消除了偏见产生的根源。

以前看一个材料说，日本每年只翻译中国五部书，还基本上是数学书。为什么一个曾经狂热学习中国文化的民族不复有往日的热情了呢？道理很简单，自近代以来，中国大大落后了，中国文化也跟着失了势，自己人看不起，外人更是瞧不入眼。

在这样一种历史背景下，所谓中西对话，只是中国人一厢情愿的单相思罢了。在西方汉学界，一度流行过所谓"西方冲击—中国回应"的模式，这种模式的特点就是把西方看成现代文明的传播者，把中国看成被动的接受者。换句话说，中国人只有"听话"的份，没有"对话"的份。

在西方学者关于利玛窦在华传教活动的描述中，中国人成了一群等待"精神药物"疗救的低能儿，西方人则是真理在握的拯救者，所谓中西交流，其实只是西方文化的输出而已，中国人只有被"震惊"的份。耶鲁大学历史学教授史景迁（Jonathan Spence）更是学理化地把利玛窦当年的中国之行表述为西方"改变中国"的单向度进程的开端。

虽说就总体而言，称雄了两三百年的西方人并未将中国文化看在眼里，但在有限的学者圈里，尤其是在东亚学界，中国文化还是颇受关注的。据说，哈佛东亚系的汉学家们正在发疯般地翻译中国历代文献，其热情犹如当年欧洲人对东方香料的癫狂。但不能忽视的一点是，对现当代中国有兴趣的学者也就李欧梵、周爱玲等少数几位，还都是华裔。换句话说，西方人即使愿意屈尊和中国人对话，那也主要是和死了几百年上千年的中国人对话，道理很简单，因为咱们的老祖宗创造了称雄千年的古代文明。

那么，该怎样提升当代中国的文化话语权呢？又该怎样拓展中国文化在国际上而不仅仅是东亚学界的影响呢？

我以为，有意识、有系统的文化输出，或像日本那样以大量赞助吸引西方的东亚学者多多关注日本文学与文化，固然不失为积极的尝试，但归根结底，还是要靠综合国力的提升，否则，任你怎么忧思，任你怎么呼吁中西对话，谁来理你？毕竟，自西方以坚船利炮打开世界市场以来，这个世界就一直为丛林规则所主宰，相形之下，文化的力量当真比莎士比亚笔下的女人还要脆弱。

文化话语权

一

在"二战"后的国际舞台上，英国之听命于美国，恰如传统家庭中的夫唱妇随；与此相反，同属西方大家庭的法国人，却总是扮演着叛逆者的角色，屡屡和以"老大"自居的美国人唱反调。

上世纪60年代的戴高乐政府就不顾美国的百般阻挠，率先承认了中华人民共和国；而在前些年北约轰炸南联盟的行动中，法国政府不但没有积极配合，还常常公开责难，搞得"山姆大叔"颇有些难堪；此外，对印度外长辛格提出的改革联合国安理会以避免美国一意孤行的建议，法国人也毫不掩饰地表示赞同。

2000年6月，法国大财团维旺迪集团（Vivendi）斥资三百三十亿美元收购了旗下拥有宝利金音乐公司及环球电影制片公司的加拿大西格拉姆公司，组建了集电影、电视、音乐、互联网以及电信于一体的大型跨国媒体集团——维旺迪环球集团，成为世界第二大媒体集团。

明眼人不难看出，集电影、电视、音乐、互联网以及电信于一体的大型跨国媒体集团，具有垄断全球"话语权"的巨大潜能。因为，以直接冲击人的视听感官为特征的电影、电视及音乐，虽然对大众而言主要是娱乐品、消费品，但它们同时也必然是文化传统、政治理念或价值观的载体；换言之，它们在娱乐大众的同时，也在向他们暗示着、诉说着关于是非善恶、关于民族国家、关于伦常秩序的种种观念或评价尺度。

在好莱坞的一些"大片"中，恐怖分子往往以中东人的面目出现，《真实的谎言》就是一例，这种"电影语言"完全符合美国政府将某些伊斯兰教"圣战者"定位为恐怖分子的政治理念。又如，在同样由美国出品的一些警匪片或侦探片中，搭档破案的警员往往分别由白人演员和黑人演员扮演，如《目击者》中的约翰和卡特，这无疑又是在图释美国的反种族歧视政策。

此外，像迈克尔·杰克逊、麦当娜这样有着全球影响力的美国歌手，尽管多少带有挑战主流意识形态的色彩，但他们的音乐语言和肢体语言又何尝不是在"诠释"着美国式的生活模式和生存理念？

二

正是意识到了影视与音乐所具有的暗示、诠释生活模式或价值观的"话语功能"，法国文化的忠实粉丝们才敦促议会通过了限制美国歌曲和影视剧在法国媒体上出现频率的法律。

然而，这条保守主义法规的闯关成功，却还是不能满足激进爱国者们的胃口，他们很快又把冒着硝烟的枪口对准了被视为"最新威胁"的媒体：互联网。一个名叫"保护法语"的组织坚持认为，旨在阻止美国文化"入侵"的现行法律应该同样适用于互联网这种新兴的媒体。该组织曾正式向法院起诉美国佐治亚理工大学位于法国梅斯的分校，理由竟然是这间分校在法国开办了一个使用英语的互联网站。

在这种狂热的氛围中反观维旺迪环球公司这一媒体巨兽的出现，就不能不让人怀疑其背后所隐含的遏制美国"话语权"垄断乃至争夺全球"话语权"的政治企图。

有分析家指出，维旺迪公司收购西格拉姆公司的主要目的是为其互联网业务获得更多内容。这种看法显然是皮相之见，要知道，与西格拉姆公司旗下的环球音乐公司签约的男高音歌王帕瓦罗蒂、冰岛流行女歌手比约克和"雷盖音乐"歌王马利，可都是欧洲文化而非美国文化的代言人。

不过，类似上述"保护法语"组织那样的借诉诸法律以限制英语使用范围及美国文化传播的过激做法，尽管引起了文化保守主义者们的共鸣，却也有一些法国人认为，这种举动未免太过火了。巴黎的一位网站设计人员说："互联网是面向全世界的，强行要求它使用某一种语言不仅愚蠢，而且显得非常可怜。"

尽管如此，我们不得不承认，互联网的出现，确实有可能强化英语文化或美国文化在全球范围内的强势地位。许多其他欧洲国家的学者也都对互联网时代如何保障多元文化共存或多种"话语"共存，表达了极度的忧虑和关切。确实，如何确保互联网和其他媒体成为"多极化世界与多边体系的纽带"，而避免某些国家借助垄断"话语权"而将其价值观和标准强加于人，是一个网络内外都不容回避的问题。

美国历史上的四代"左派"

自"浪漫左派"（the Lyrical Left）满怀"审美解放"（aesthetic liberation）的憧憬登上历史舞台，至"新左派"（the New Left）运动的部分参与者随着 20 世纪 60 年代革命风潮的平息而转入学术生涯并占据学界话语权，美国现代左派走过了近百年的历程。如何透过波诡云谲的政治风云厘清这百年历程中的诸多是非，如何超越政治偏见勘定美国现代左派的历史地位，乃是一个不小的学术挑战。自称徘徊于左派与右派之间的美国史学家第金斯（John Partrick Diggins）以一册《美国左派盛衰录》（*The Rise and Fall of the American Left*）回应了这一挑战。

按照作者的描述，美国现代左派并非"一次性的现象"。在过去的一个世纪里，它像火山一样喷发了四次，每一次都震动了美国社会乃至西方世界。它的第一次喷发是在"一战"期间，美国现代政治领域中的第一代左派——"浪漫左派"随之诞生。该代"左派"奉行现代舞创始人、美国女舞蹈家邓肯（Isadora Duncan）为"感性与艺术的解放的象征"，并对"解放人的感性存在"与"融合政治与艺术"怀着"诗性的激情"，这便塑造了其"浪漫"的气质与风格。基于这种气质，他们别有会心地发现了社会革命与社会主义的"审美"品质及意义。从他们的知识谱系来看，惠特曼、马克思、新教传统构成了其基本部分。其代表人物伊斯特曼（Max Eastman）曾标榜自己为"美国式的浪漫主义者——一个由卡尔·马克思抚养成人的沃特·惠特曼的子嗣"。此外，他们对社会主义的热情，对爱与友情的追寻以及对审美体验的渴求又体现了一种内在于新教传统的价值观。因此，尽管他们拒斥资本主义者致力于"成就功业"（make good）的精神特质，却并不拒斥致力于"成就善德"（be good）的宗教伦理。从这个意义上说，"浪漫左派"所体现的是一种"没有基督精神的基督教文化"。

作者随后勾勒了我们所熟悉的兴盛于大萧条时代的"老左派"以及兴盛于 60 年代的"新左派"的衰变史，并介绍了 70 年代以来"新左派"的学院化趋势及"学院左派"的出现。按照作者的看法，尽管"新左派"作为一支现代政治力量已成为历史，但其影响远未消失。在八九十年代美国高校内，"新左派"的残余势力乃是最重要的意识形态存在，其话语霸权很可能会延续到新的世纪。这种状况出现的缘由，可以从美国"新左派"代表人物马尔库塞关于大学之培养否定力量的关键作用的论述中，窥见端倪。马尔库塞认为，大学乃是进行"政治教育"的重要机构，其基本使命便是向学生指出实际的状况如何，以及使文明成为今天所具有的样子和未来可能成为什么样子的动力是什么。由于剥削和屈从的历史是实际上在重演，为了制止它们的重演，就必须认清这一重演是如何发生的及其再生产的方式是什么，这就要求批判地思考。马尔库塞颇具"革命浪漫主义"气息地将此种批判性思考以及着眼于高校的"政治教育"，视为精神领域的"长征"。①

不过，《美国左派盛衰录》一书的精华部分，并非作者关于四代美国左派的历史描述，而在于作者对关于"美国左派"

---

① 马尔库塞等著《工业社会和新左派》，任立编译，商务印书馆，1982 年。

的常见看法中所存在的谬误与局限所作的理论反思。他指出，通常被用来界说"左派"的一些要素与范畴，如1）鼓吹变革，2）自由、民主等政治思想，3）反资本主义立场，4）理性主义倾向等，或者过于宽泛，以至无法将美国左派区别于其他政治流派，或者过于偏狭，以至无法适应于每一代美国左派。对此，作者分别作了要言不烦的解析。

作者首先介绍说，关于"左派"与"右派"的最简单化的通俗定义是：前者试图改变现有秩序，而后者试图维持现有秩序。作者认为，这种区分有着相当的局限性。因为，如果从历史事实着眼，与其说"左派"是变革的动因，毋宁说是对变革的一种回应。在很多情况下，左派对"社会和政治变革"的诉求主要是对右派所造成的广泛而具有破坏性的"经济和技术变革"的一种反动。右翼资本主义者也许未如马克思所预期的那样在制造了工人阶级的同时，为自己制造了"掘墓人"，但他们在彻底改变现代社会的特性时，却决定性地催生了自己的反对派——"左派"。19世纪的工业化可以说是破坏性的"经济和技术变革"的突出例证，它不仅制造了烟尘与脏乱，也导致了人的原子化、人格解体与剥削，整个社会因分崩离析为涂尔干所谓的"一盘散沙"。在19世纪后期的美国，对造成人群离散化的急剧经济变革便是强烈反对的，正是"左派"及"乌托邦与基督教社会主义者"。而在20世纪60年代之后，业已从文化革命和政治反叛的"风头浪尖"退入学术圈的美国新左派，甚至对鼓吹政治变革都失去了既有的热情，而更热衷于考察在历史变革的压力下所丧失的东西。

既然鼓吹变革无法作为"左派"的区别性标志，那么，能否以"欧洲左派"所崇尚的自由、民主等政治理想作为辨识"美国左派"的标记呢？作者对此亦持否定态度。他首先指出，"自由"作为法国大革命的核心理想之一，乃是在贵族与资产阶级的传统对抗中发展起来的。然而，美国人在其所生存的大陆上，从未经历过出现在后封建时代欧洲国家的此类政治冲突。用托克维尔的话来说，美国人是"生而自由"的，他们不像欧洲人那样经受过大革命的血腥洗礼，才能赢来"政治自由"的绚烂绽放。此外，盎格鲁—萨克森式的自由观本质上是一种"消极自由"观，即"宪政自由"并非意在使人实现"更高天性"或达到"本真状态"，而是意在使他人免于国家权力的侵害。从20世纪美国左派的历史来看，他们与"自由"之间仅是恋爱关系，而未缔结婚姻。

与"自由"孪生的"民主"作为欧洲左派的另一大政治理想，较之前者更难以用来界说20世纪的美国左派。历史表明，在19世纪的欧洲，左派曾与工人阶级为获取选票以及从资产阶级手中赢得政治权力并肩作战。但在美国，由于大众民主与资本主义是同步发展的，因此，传统欧洲左派所为之奋斗的那些政治目标早在第一代美国左派出现之前，便已在其国土上广泛地付诸实现。进而言之，虽然在欧洲历史上，为争取民主而斗争和为实现社会主义而斗争，常常是不可分割的政治行为，但在美国历史上，政治领域的民主实践却从未对资本主义构成过直接威胁。因为，在许多美国人都拥有一定数量的私有财产，并且，即使对那些两手空空的人来说，也做梦没想过私人财产居然可以公有化。此外，从"新左派"的政治立场来看，他们主要着眼于少数群体而非多数人的公民权的社会目标。这就与传统欧洲左派力图实现戴维·考特（David Caute）所谓"人民主权"的努力，形成了反差。套用考特的说法，新左派的奋斗目标乃在于"少数人的统治权"。

不过，尽管19世纪的美国历史为20世纪的美国左派预先勾去了政治民主这一奋斗目标，但经济民主的理想却远未付诸实现。自由主义者也许可以自矜业已在政治机构的民主化与财产权的扩大方面取得了成功，但左派却认为，只要工作、工资和福利尚控制在那些掌握生产方式的人手中，大众所拥有的权力的有效性便是可疑的。因此，将民主从政治领域扩展到经济领域便理所当然地成了20世纪美国左派的政治目标。尽管私人企业的社会化是否会导致经济民主的自发出现还是一个悬而未决的疑问，但美国左派却曾天真地认定，真正的自由开始于资本主义终结之日。从这个意义上说，左派如果不是反资本主义者，便成了空洞的存在。事实上，20世纪的每一代美国左派均受到了社会主义的影响，并均为生产方式的公有化或国有化及经济活动的民主管理而摇旗呐喊。因此，尽管他们所构想的社会新秩序各具面目，但却有着如下一致的内在取向，即自由竞争式的个人主义还被当成某种合作的理想所替代，通过这种合作，人类将从经济需要所驱使下的强迫劳动中解放出来，并在创造性工作中充分实现自我的所有天性。

不过，"反资本主义"倾向虽然是左派为之左派的必要条件，却不是充分条件。用作者的话来说，它仍然无法作为美国左派的区别性标志。因为，美国的自由主义改良者（liberal reformers）也提倡对私人企业的公共管理，并且，在对资本主义的最尖锐批评中，有一些并非出自左派，而是保守的右派。例如，保守派作家艾伦·泰特（Allen Tate）、欧文·白碧德（Irving Babbit）便对工业资本主义进行了富有洞见的批评，原始法西斯主义者（protofascisists）埃兹拉·庞德（Ezra pound）、劳伦斯·丹尼斯（Lawrence Dennis）等人对华尔街的诟骂则丝毫不逊色于《真理报》的编者。由此可见，"反资本主义"有着丰富的内涵，它未必是左派的同义语。

关于左派，还有一种比较流行的观点，即他们都是理性与智识的倡导者，并都乐观地相信人性本善。相反，据说右派都认为感情先于理性，恶乃是人的固有品性，因此，人类的生存状态注定是不完美的。以上关于左派和右派的二分法对独立战争时期而言，尚不失其有效性。当时的启蒙主义者潘恩（Tom Paine）便宣称人类智力拥有无限潜能，保守主义者如约翰·亚当斯（John Adams）则力图阐明关于理性的无数错觉。但时至 19 世纪，激进的改良运动却常常启灵于宗教启示、唯心论或对道德习俗的崇信。20 世纪的浪漫左派则既强调理性的力量，又充分肯定诗歌与"感情"的狂热爆发。虽说 30 年代的老左派在马克思主义的影响下，一度转向对理性、科学和技术进步的崇拜，但随后的新左派却很快抛弃了这一遗产，其直接体现便是 60 年代的年轻激进分子对理性主义的极度怀疑。对新左派而言，虽说敌对面依然是资产阶级社会，后者通过要求社会服从、经济竞争和性压抑而损害了原始人性，但他们对启蒙运动的解放力量却不抱幻想。在上世纪之交，美国的社会主义者曾一起捧读朱利叶斯·维兰德（Julius Weyland）的《诉诸理性》，但到了 60 年代，理性却转变为左派的敌人，心灵的共鸣则成了检验真理的真正标准。

在对关于"美国左派"的常见看法中所存在的谬误与局限进行了逐一理论反思后，作者从自身的研究视角出发，对其作出了如下历史定位：从政治上来看，他们是资本主义体系内永恒的"反对派"；从哲学上来看，他们体现着"否定意识"；从历史上来看，每一代美国左派的特性均深受其"代际经历"（generational experience）的影响。作者还不无同情地概括说，美国左派的命运便是"有德者在不道德的社会的命运"：他们不得不寻求"不可能的胜利"，也不得不学会适应"必然的失败"。

卧读《资治通鉴》和《西方古代神话》

做了多年学生，一听到"三好学生"之类有劝导意味的说词，就不免头大。如果还处在读书混学分的阶段，自然得强迫自己多用点功。脱离了学生阶段之后，读书就应该全凭自己的兴趣、喜好，所谓"古之学者为己"，每读一书，但求有得于我心，而不必介怀别人对你品位高低的评头品足。

回顾一年来的读书经历，别的不敢说，自己引导自己这一点是百分百做到了。至于读书情状，有灯下卧而读之，是为卧读；有案头危座而读，是为苦读；有不拘何地，翻开一本就读，是为乱读。王安忆写过一篇名为《乱读与自觉》的小文，文中开列了一张推荐书目，并说其中的一半来自于年少时候的"乱读书"。王安忆的年少时候，也就是"文革"时期："这时节并不像外人所以为的荒芜，书其实是有的，只是没有在它应该在的地方。而是，不期然地，出现在某个无关的地方，比如，废品收购站；女人生煤炉的引火纸可能是半本名著；甚至，马路边上。所以，它们反而呈现出一种漫生的状态。"我觉得"漫生状态"这个说法很好，在漫生状态读书，才是为自己读书，才能得读书之趣。生为读书人，自然离不了读书，而读书之趣，确为人生大乐趣。书卷的构成以文字为主体，自然不如音像制品来得刺激、撩人，却是更耐久的寄托。与多读书、善读书的人打交道，也觉更亲切有味。当然本人平生最怕腐儒，这一节也是不得不交代的。

我在 2004 年的卧读之书是《资治通鉴》和《西方古代神话》（*Classical Mythology*），这是两部重到足可用以练腕力的大部头书。

《资治通鉴》有许多版本，我读的这个版本自然不是白话版、插图版，但也不是中华版的缩印本，那玩意儿字小，部头更大，卧在床头捧读，看坏了眼睛不说，一不留神掉下地，还不得砸出个坑来？我读的是以涵芬楼宋刊本为底本的岳麓书社标点本，全四册，每册一千页左右，拿在手里还能支持得住。该版本为节省篇幅，没有任何注释，以我半吊子的古文修养，自然得大段大段地生吞活剥，钱锺书少时读《西游记》时把"㺄子"念成"岂子"的类似情形，在我睡眼渐朦的阅读中，肯定是免不了的。好在这不过是枕边闲读，不是做专门研究，消化不了也就算了，反正不会有冬烘先生来质问"你知道还是不知道"的。

说来惭愧，一两个月下来，我还只读到世宗孝武皇帝中之下，也就是还停留在蔑视秦皇汉武文采不足的阶段，离品评唐宗宋祖的不够风骚还差着十万八千里的路头。但我已然有了感慨，没办法，这就是文人心性，尝了大锅里的一勺汤就会感慨万端，一有感慨就要大发议论，一发议论就恨不能语惊四座。

我目前最大的感慨就是极权之下，显贵宠臣鲜能善终，任你一时间何等受宠、何等风光，如擅弄权术的张汤、大玩巫术的少翁，甚至供在那儿做做样子的周亚夫，只要皇帝老子一个不高兴，就免不了或贬或诛或自杀或弃市的结局。张汤的例子更值得玩味，此君"好兴事，舞文法，内怀诈以御主心，外挟贼吏以为威重"，死在他手下的直臣能臣为数甚多，他发明的以"腹诽"论罪的法门，更是为后世以整人为业、为乐者开掘了取之不尽的灵感源泉。就是这样一个恶煞式的人物，最后也逃不过别人的暗算而被迫自杀。暗算他的人自然不是泛泛之辈，而是有"三长史"之称的当朝显贵朱买臣、王朝、边通，这三人为求自保而先发制人，虽然计谋得逞，酷吏得诛，但他们最后因张汤老母用计而被汉武帝下令一并诛杀，也还是难得善终。这个事例让人不禁感叹人生无常，善恶相噬，害人者终被人害，整人者难逃人整，王权独大之下，真是无所逃于天地。

《资治通鉴》一书的书名是宋神宗定的，之所以定这个书名，是因为该书能"鉴于往事，有资于治道"。但我现在还没有看到治道，我看到的只是诡道。孔子说，未知生，焉知死？套用他的说法，未知恶，焉知善？也许这样来看待《资治通鉴》，才算是读书得其法了。

《西方古代神话》一书是美国大学的通用教材，有七百多页，由英语教学界鼎鼎大名的朗曼出版公司（Longman Publishing Group）出版，已出到第四版。该书本名《古代神话》，但其内容却是介绍古希腊、罗马神话及其对后世的影响，如在音乐、电影中的体现，并未涉及其他文明体系中的神话故事，我所以就老实不客气地把它意译成《西方古代神话》。类似情形我们经常能遇到，比如伊格尔顿的名著"Literary Theory：An Introduction"，直译该是《文学理论概论》，但究其实，不过是介绍 20 世纪 80 年代之前的西方文学理论，该老是英国学界的老顽固，学院左派的代表人物之一，居然也没点"国际主义"精神，径直拿白马当马，把西方文学理论当成世界文学理论，骨子里还是个西方中心主义者。从这一点来看，比较文学学者的"先进性"可就相当突出了，如法国著名比较文学家艾田伯（R.Etiemble）就正确地指出："没读过《西游记》，正像没读过托尔斯泰或陀思妥耶夫斯基，却去讲小说理论，可算是大胆。"这话听着多受用。套用艾老先生的话说，没读过《山海经》《封神榜》《搜神记》，没读过《摩诃婆罗多》《罗摩衍那》，没读过《一千零一夜》，居然敢来写"古代神话"，也真够大胆老脸的。

我手头这本《西方古代神话》是二手货，扉页上盖着"USED"这一触目的红字，左下方还盖着现金收讫章：

CASH FOR YOUR

BOOKS

OFF CAMPUS COLLEGE BOOKSTORE

1020 HENDERSON ROAD

HUNTSIVILLE, AL 35816

205-837-9529

AL 是美国阿尔巴马州的英文简写，HUNTSIVILLE 是该州的一个城市，通译为汉斯维尔，阿尔巴马州立大学在此地设有分校（UAH），不知道出售《西方古代神话》的书店是不是隶属该校？但有一点我都可以打包票，倒卖我手头这本书的学生（如果是学生的话），肯定不是好学生，因为整本书光鲜无比，一道折印和划痕都没有，如果二手货都是这个水准，那淘旧书的人就有福了。

我数月前开始卧读此书，到年尾才读完"创世神话"，还有大半部分等着来年慢慢消遣。所读虽然不多，但照例已有了感慨。以我目前的粗浅体会，一部神话学，其实也就是一部人类学，人的弱点、品性，如好色、弄权、贪婪、残暴，列位尊神们是照单全收，而且因为他们拥有神力，所以表现得更夸张，破坏力也更强。比如宙斯他老爹泰坦巨人 Cronus 为了避免后人夺取其神界的至尊地位，把他自己的孩子一个个生吞了（Great Cronus swallowed his children as each one came from the womb to the knees of their holy mother），唯有宙斯幸存下来，而且成功地抢班夺权，这或许可以视为有史以来打倒"父权"的最早范例，可惜的是，打倒了旧神，又立起了新神，而且同样地专权、跋扈，简直就是后世人类文明史的一个缩影和预兆，用陈寅恪的话来说，这叫"蚤为今日谶"。

《易经》中有"天地不交、万物不兴"的观念，所谓天地交，在西方神话里可以转译成"The Sacred Marriage of Heaven and Earth"。可见，在对天父地母相交以孕育万物的想象上，中西方先人的大脑是按照同一个思路运转的。按照赫西俄德勾勒的"神谱"，天父、地母又皆为 Chaos 所派生，Chaos 也就是"yawning void"（敞开的虚无）之意，和中国古语所谓"混沌初开"可谓相视莫逆，也深合无中生有的道家玄理。钱锺书博通中西而惊叹"东海西海，心理攸同"，初窥中西如我辈，也不免要跟着惊叹一声。

《庄子》札记

1. 梦中人

《南华经》(《庄子》)是一部奇书,古称"三玄"之一,其要旨与外儒内法的统治术格格不入,所以历来都没有被统治者奉为经典。对中国思想史稍有常识的人都应当知道,连《孟子》都要到宋代才正式确立了经典的地位,何况玩世不恭、大搞解构的《南华经》?时人误以为《南华经》为历代所推崇的经典,可以说是一种根本性的谬误,这和误将"茴"字写成"回",性质完全不同。当然,如果照现代的标准,《南华经》无疑堪称经典,既是学术经典,也是思想典籍。可是历史就是历史,在王朝历史的语境中,能够被历朝历代奉为经典的,只能是四书五经、十三经这类被纳入主流意识形态的典籍。

孔孟着眼于建构,庄子着眼于解构,这是他们的根本区别。从深层指涉来看,解构(deconstruction)实在是一个很沉重、甚至很沉痛的概念。真正的解构主义者,绝不是"啥也不干,专门挑刺儿,没有任何对行为的指导能力"的主,不光庄子不是,王朔也不是。昆德拉所谓"生命中不可承受之轻",恰恰是解构主义者们忧伤而深沉的感触。他们看到了既有建构(有形或无形)的"伪与偏",所以要拆解。拆解之后呢?像荀子一样继续在尘世建构秩序,还是像庄子一样索性遁入无境之域,不陪你玩了?

面对礼崩乐坏的野蛮世界，面对"管晏之功"和"齐桓、晋文之事"为世人所津津乐道的时代，孔子和仲尼之徒们希望建构起一个超越于权术和霸术的人文秩序，所以他们提倡礼乐教化，提倡仁心王道，提倡君子人格，提倡圣人境界。但在庄子看来，那都是骗人的玩意儿，尘世中的经营，都脱不了功、名、利、禄、权、势、尊、位的追逐，尘世中的种种思想流派，都不过是各师成心的狭隘之见，不能揭示普遍的真理。（后现代主义的最深刻处，也不过如此。）所以他说："此亦一是非，彼亦一是非。"所以他说："圣人不死，大盗不止。"所以他说："丘与汝，皆梦也。"也就是说，圣明如孔子，也不过是一梦中人。

孔孟的仁心王道之说，固然是在经营一个大梦。庄子的无己无名、无待而游之说，又何尝不是一场大梦？

2. 永结无情游

"回首向来萧瑟处，也无风雨也无晴"，苏东坡的这一名句，洒落旷达，历来深得文士之心。"无晴"也就是"无情"，但不是"多情总被无情恼"的"无情"，而是"永结无情游，相期邈云汉"的"无情"。李太白的"无情游"和苏东坡的看"晴（情）"为"无"，都是道家的境界，是写意，而非写实。

"藐姑射之山，有神人居焉。肌肤若冰雪，绰约若处子；不食五谷，吸风饮露；乘云气，御飞龙，而游乎四海之外；其神凝，使物不疵疠而年谷熟。"庄子《逍遥游》一篇中所虚构的这个情境，正是李太白"无情游"的着落点，所以说，"无情游"也就是"逍遥游"，超然物外，无待而游，远离人世间的阴谋诡诈、纷争纠结，也远离人世间的恩怨情仇、是非妄念。

和乍寒乍热的人生况味相较，"无情游"是一种很清凉、很高远的境界。

时人有以"永结无情游"譬喻胡兰成、张爱玲之恋者，显然是没有读懂庄子所谓"无情"二字的真义。庄子说，"吾所谓无情者，言人之不以好恶内伤其身，常因自然而不益生"。这就是说，庄子所谓"无情"，不是指冷漠无情，而是指顺其自然，没有主观好恶，不以人为的做作损害天性。张、胡之恋的意蕴恰好与之相反。就张爱玲而言，她是以其好恶内伤其身，连胡兰成的人品也顾不得了。就胡兰成而言，他是"落花有意，流水无情"，先是玩赏、玩弄，继之以作秀、作态，说什么"张爱玲便亦是这样的莲花身"，说什么"我与爱玲却是桐花万里路，连朝语不息"，真正让人作呕。

然而，人世间正多胡兰成式的人物，所以荀子说，"人之性恶，其善者伪也。今人之性，生而有好利焉，顺是，故争夺生而辞让亡焉；生而有疾恶焉，顺是，故残贼生而忠信亡焉；生而有耳目之欲，有好声色焉，顺是，故淫乱生而礼义文理亡焉"。

如果说，孔孟犹是梦中人，荀子就不同了，他是一个唤醒迷梦的哲人，他清醒地看到，人性有恶，其善者伪也，"伪"就是"人为"的意思。换句话说，顺人性之自然是行不通的，欲使人性趋向正道，绝对少不了人为的造作，所以他说，"必将有师法之化，礼义之道，然后出于辞让，合于文理，而归于治"。

"高处不胜寒，何似在人间"，苏东坡已然感受到了道家出世的寒意。这份寒意，渗透在"永结无情游"的浪漫幻念之中，也渗透在"也无风雨也无晴"的旷达心性之中。你我皆凡人，我们的双脚终究离不开大地。以荀子的眼光入世，以庄子的妙悟出世，在梦与非梦的交界，安顿性命，这才是最高意义上的儒道互补。

《纯粹理性批判》札记

1. 康德虽然特别声明他尽量不举例以使论述"通俗化"，但在他有限的"通俗化"论证中，却可以看到香水、玫瑰花、酒等意象，看来在这个最枯燥的哲学家心底，也荡漾着旖旎情思。不过，康老的绮思异想当然可以毫无幽默感地解释为是源于"纯粹"直观，而不依赖于和直观对象相关的生活经验。

2. 怀特海说：西方哲学史就是对柏拉图思想的一连串注脚。这话也适用于康德的哲学。康德对经验知识／先天知识，现象领域／先验范畴的二分，明显有柏拉图《理想国》之思的痕迹在，柏老爷子还有灵魂视力说，也可以说是开了关于先天认识能力这一认知的先河的。这就难怪康老在导言部分就特意对柏拉图作了批判，这个或者也可以算作"影响的焦虑"。

3. 康德所说先验，是就先天认知能力而言的，而所谓"先天"，也就是不依赖于经验，或者说是超出经验范围之外的。有人在运思中将"超出经验范围之外"压缩成"超验"，无疑是不当操作，因为超验主义是有其特指的。牟宗三以为，超验不同于先验，先验不依赖经验，但又回过来驾驭经验。超验则是超绝经验，和经验认知无关，如作为无条件者的上帝。康德的贡献或者应当定位在对先天认知能力的系统、深入的分析上，他或许没有发明什么新范畴，但他集大成的系统总结，这当然也应当视为新贡献。

4. 关于经验与先验的统一，照我目前阅读经验来说，还只能说是经验判断中有先天认识能力和先天知识的成分，还无法上升到灵魂和肉体统一这个层次上。灵魂、上帝、自由、不朽这些所谓"无条件者"也是康德推崇的，而且把它们视为理性研究的对象，而不是知性在现象领域内把握的。康德所谓理性，是指提供出先天知识的诸原则的能力。所谓纯粹理性，就是包含有完全先天地认识某物的诸原则的理性。很明显，康德试图给予理性更严格、更科学化的界定。而柏老夫子所谓理性，是相对激情、欲望而言的，泛指人的自控和反思能力。两者的区别是否是神启和（人之）良能之别，还有待分析。所谓灵魂视力，是指从现象世界的遮蔽中超脱出来，直接面对本体世界的能力。这可以说对人类超越经验的思辨理性、纯粹理性的一种隐喻。至于其玄学色彩，其实并不影响其对人类认知特性的揭示。

5. 如果"自然法"确乎是先验意义上的价值，也就是属于康德所谓纯粹德性论范畴的价值信条（请注意，这是一个假言判断），则平等、自保、财产权这三个"自然法"法条中恐怕只有平等可以视为不证自明的先验价值，并可以作为其他派生价值的合法性来源，后两者一则基于心理事实，一则是人类成为经济动物后的特殊权利类型或诉求，恐怕不能归之于先验层面，也许该算是实践理性层面的概念。我目前还无法确"信"平等就是不证自明的，只是在平等被认定为自然法法条，而自然法又被视为先验价值的意义上，我才这样推论的，因为，相对而言，平等更像是先验的。

6. 刘小枫说：古典形式的政治思想所谓"自然性"特征实际上是"超自然的"，后来所谓"超自然的"在古希腊人那里恰恰是"自然的"。这个说法有些意思。不过，关键要看怎样解释自然（nature），自然有自己如也的意思，大概可以说是自在的（物自体？），不因人的认知限度而不存在，也不因人的实践而有所变易，它不是可以经验直观的对象，也不是自然界般的现象世界、生灭世界。所谓自然权利（natural right），在这个意义上也可以说是自在的权利，也就是超自然的权利。当然说到底，天也好，上帝也好，神法也好，自然法（本身就是正当的法则：套用柏拉图善本身、美本身的说法，这个可以称为法本身（law-in-itself？）也好，甚至康德所谓先验形式，都是人之主体认知的投射，只不过这些范畴虽然属人，却又不以人的意志为转移，所以人义／神义的区分才是可以被理性确认的。借此机会顺便交代一下我的"世界观"、"人生观"：为了生存的慰藉，我愿意趋向我信：为了我在的澄明，我愿意趋向我思。换言之，我是一个肯定神之意义的有限无神论者。

7. 先天知识与纯粹知识在康德那里是同一个概念还是两个不同的概念？先天知识和先验知识在康老那儿是两个概念，康老以为，只有那种使我们认识到某些表象（直观或概念）只是先天地被运用或只是先天地才可能的，并且认识到何以是这样的先天知识，才必须称之为先验的。照我的理解，先验知识属于认识论层面的先天知识，它不仅是不依赖于经验本身而自明的和确定的（相对于经验知识而言），而且还必须指向对先天认知能力、结构或形式的理性分析，比如康德所开列的逻辑机能表、范畴表，就可以归于先验知识的范畴。

8. 康德眼中的现实就是现象世界这个观点基本可以得到确认，由此牵连出的客体、现象、表象这几个概念倒是更值得辨析。至于康德的先验哲学能不能视为自然哲学，这恐怕也是一个问题。即使是在第一批判里，也多处触及了价值问题。我觉得，厘清"客体、现象、表象"这三个概念的相互关系，对把握康德先验哲学的实质很有帮助，因为这关涉到先验与经验、主观与客观、人与自然、直观形式与质料、概念思维与感性直观，以至先验直观与经验直观的关系，我们可以藉此来验证康德的先验哲学能否自圆其说。

9. 康德所谓直观，可以从两个层次来看，首先是作为形式因的感性直观的纯形式（即时空形式），这是使感性直观成为可能的先天的普遍形式，它与人和人之间的差异是毫不相干的；其次是作为质料因的在直观中被给予的杂多表象，而这些表象必然全都属于一个自我意识，康德称之为直观中被给予的杂多的统觉，而统觉的综合统一乃是先验的统一，决定着先天知识产生的可能性，从认知能力的角度而言，这种统觉的综合统一就是知性本身，看来，即使在这个层次上，我们仍然撞不到具体的个人，也就是说，某一个人是白痴或是天才，并不会影响直观形式，也不会动摇先天知识的基础。

10. 康德固然强调人在认知领域的主体性，但这一点恰恰是我在阅读《纯粹理性批判》时最不关注的。我关注的是他在思辨领域精深地展开以及我在思辨上能得到多大程度的训练。也就是说，我关注的是思考形式与结构的问题。至于和人的理想生存有关的问题，我可以求之于他的《历史理性批判文集》，如什么是启蒙运动、永久和平论等诸话题。

11. "思想家要善于将艰深的理论通俗化，可不能掉入生涩的术语里难以自拔，想想胡适先生的告诫，少谈些主义，多研究些问题。"其实，需要多研究些的问题也可以是理论问题，而且也可以纯思辨地来探讨，胡适之所以研究了很长时间哲学却比金岳霖、熊十力、牟宗三等差了一大截，关键在于他欠缺了那份对理论问题进行纯思辨的超然和热情，他太想介入现实生活了，所以他在事功方面的成就就更突出一些，他对自由主义、实证主义、实用主义的研究和引介，在思想事业实质进展的层面上并无贡献，但对变易一个时代之风气，却有着不可抹杀的意义。

12. 柏拉图和康德在总体思式上的区别是，前者的玄学色彩更浓，后者的科学色彩更重。西方近代自然科学的发展及其范式对康德思式的影响是决定性的，而形式主义、结构主义也是以自然科学范式为依归的。无论是康德的纯粹理性批判，还是形式主义、结构主义对叙事话语的形式、结构、机能及模式的分析与归类，其实都是试图在人文思考中达到或接近自然科学式的精密、客观与明晰。从这个意义上说，康德思式和形式主义、结构主义思式有着更为相通的背景，所以我猜测，康德思式派生出了托马舍夫斯基、什克洛夫斯基、托多罗夫、格雷玛斯等人的形式化文评。我以为，在趋向尼采、德里达、罗兰巴特等臆想色彩偏重的哲人、学人之前，在奔向维柯所谓诗性智慧之前，在批判科学主义之前，先接受康德式严密思维的训练，也许是一个更为明智的选择。好比搞抽象画的人，最好先过了素描、写生这一关，否则，那抽象画就该是一团乱象了。

13. 有人以为柏拉图的理想原型可能有开创性，但也只是人类理智的初步，是简单化的表现，是也许你我也可以想得出来的，是人脑固有倾向的表现。简单化的意思该是只看到问题的一个方面，而没有注意到问题的复杂性，或是干脆就是肤浅之意。事实上，柏拉图是在层层深入地探讨了理想城邦的价值基础和伦理原则，并在细致区分和比较了五种政治模式的背景下，将贵族政治请上理想原型的神坛的。我想，只要一个字一个字读完了《理想国》，恐怕以简单化来评断之，至少是持论过苛了。其次，怀特海强调的是柏拉图的思维方式、所开辟的知识领域及问题意识对后人的长远影响，康德在主观上是不宗柏的，客观上也不能视为柏拉图的异代门徒，他可不是什么新柏拉图主义者，但他到底没有跳出柏拉图的问题视野，尤其是他对知识学和正义论的热情，更像是柏拉图之思的近代回声。

14. 康德划定了认知的界限，他所谓先天认知能力可不是指对天命、神意等"无条件者"的认知能力，而是指不依赖经验的认知能力或形式，比如直观形式、纯粹统觉等。不过，把先验纯粹解释成人的思想的形式就有把先验等同于人这样一个特殊生物的心理构造的经验问题。这就涉及一连串问题：人的具体心理何解？所谓人的心理是否是把情感、意识与思维活动都包含在内了？或者用柏拉图的说法，它是否是把人的欲望、激情和理性都包含在内了？而所谓具体心理的具体，是否是相对一般而言的？又或是相对抽象而言的？我觉得，如果从类的角度来谈心理构造，则其所指向的是一般心理结构，而不是具体心理结构。对于人类一般心理结构的了解，自然得凭借心理科学的实证研究，也就是离不开经验认知，但如果没有先验认知形式的驾驭，人类的经验认知就无法上达真正的普遍性，而只能藉归纳而认证其广泛适用性。

15. 康德构造了一个自成一格的思维体系和符号帝国，也许只有长期浸淫于他的思维方式之中，并学会像他一样思考问题、运用理论符号，才能真正地贴近他、理解他。这事实上是一个改造阅读者的思维惯性、锤炼阅读者的思辨能力并考验阅读者智商的精神探险，充满了智性的诱惑，也布满了思想的荆棘。能够活着出来的人，也许从此就可以自如地从事哲学思考。正是在这个意义上，我赞同《纯粹理性批判》是哲学入门书的说法。我愿意诚实地告诉大家，我对一切大学者的观感都力争从原典出发，学报论文式的研究我是从来不关注的。我目前还只能说是对《纯粹理性批判》的价值有了一点意见，这个意见用一句话来说就是：康德此书的贡献或者应当定位在对先天认知能力的本源、形式及结构的系统、深入的分析上。我愿意大胆地推测，此后文学理论领域的形式主义、结构主义其实是康德式纯粹理性思考的延伸或派生。

第三辑　濠上谈艺

卢梭最喜爱的书

在晚年的一篇随笔中，卢梭写道："在我现在偶尔读一读的少数书籍中，普鲁塔克的那部作品最能吸引我，这是使我得益最大的一部。它是我童年时代最早的一部读物，也将是我老年最后的一部读物：他几乎是我每读必有所得的唯一的一位作家。"（《漫步遐想录·漫步之四》）这部深受卢梭喜爱和推崇、与他的一生相终始的作品，就是普鲁塔克的代表作《希腊罗马名人传》。

普鲁塔克（Plutarch）是罗马帝国早期的希腊作家，与《汉书》编撰者班固基本上是同时代人。他的作品在文艺复兴时期大受欢迎，对人文主义思潮的兴起影响很大。《希腊罗马名人传》是一部史学名著，人物传神，叙述生动，富有人生哲理。结构安排上，更是独树一帜。全书共五十篇，其中四十六篇成双成对，所以此书本名《对传》（*Parallel Lives*）。普鲁塔克从希腊和罗马历史上的古代伟人中，各挑选出一个他认为命运和气质相类似的人物，以对照比较的形式分别为他们立传。譬如：他把马其顿的亚历山大大帝与罗马的西泽大帝组成合传，就是因为他认为这两个人都是杰出的军事家和政治家，都怀有极大的野心，又都精于战术、富有冒险精神。

在《亚力山大传》的序言中，普鲁塔克写道："一些小小的行动及言语，常常比造成数万人死亡的战争、或大规模的布阵、或对城市的攻防，更能显示出一个人的性格。……我把大事迹或战争的部分让给他人去写，我只写人物心理方面的特征，用这种方法来叙述或描写每个英雄或伟人的传记。"这样的写法，对法国作家蒙田的思想随笔及卢梭的自传体名著《忏悔录》的影响是显然的，这两个人通过自己的思想与心理活动分析人性，大大推进了人类的自我认识。

卢梭是在七岁那年（即1719年）的冬天发现了《希腊罗马名人传》。他一遍又一遍，手不释卷地阅读这本书，由此获得的乐趣，使他扭转了对流行小说的兴趣。不久，他对古希腊罗马英雄如布鲁图斯等的喜爱，就超过了对流行小说中的人物的喜爱。他回忆说："我竟自以为是希腊人或罗马人了，每逢读到一位英雄的传记，我就变成传记中的那个人物。读到那些使我深受感动的忠贞不贰、威武不屈的形象，就使我两眼闪光，声高气壮。有一天，我在吃饭时讲起西伏拉的壮烈事迹，为了表演他的行动，我就伸出手放在火盆上，当时可把大家吓坏了。"

幼年卢梭所模仿的西伏拉，是古罗马英雄。《忏悔录》的中译者黎星、范希衡对他的事迹作了如下注解："根据传说，当伊特拉斯坎人于公元前507年包围罗马时，他曾前往行刺侵略者的国王波森纳，但认错了人，刺死了国王的助手，他在被逮捕审问时，把手勇敢地放在火盆上烧，一声不响，以显示罗马人抵抗侵略的决心。"

这个西伏拉本名穆修斯（Mucius），西伏拉是他的绰号，拉丁文原文是"Scaevola"（left-handed），意为"左手"。黎星、范希衡在注脚中既未交代西伏拉的本名，也未对这个绰号的来由加以说明，似乎稍欠严谨。

翻查卢梭所钟爱的《希腊罗马名人传》，果然找到了西伏拉传奇的出处，摘引如下，以资对照：

"波森纳按照计划紧密包围整座城市，饥馑在罗马人中间蔓延开来，托斯坎人（即伊特拉斯坎人，Etruscans）新组成一支军队正在入侵之中……他决心要杀死波森纳，穿着托斯坎人的服装，讲托斯坎人的方言，来到营地，接近国王在贵族围绕之下的座位。他无法确定谁是国王，而且怕受到盘问，于是拉出佩剑，准备刺杀他认为最像国王的人。穆修斯在行动中被捕，正在他接受审问的时候，一盆炭火送到国王前面用来献祭。穆修斯将右手伸进火焰之中忍受烧灼的痛苦，带着坚定和无畏的神色注视波森纳。最后波森纳为他的坚忍所感动，赞许一番加以释放，离开自己的座位将佩剑赐还给他，穆修斯用他的左手去接剑，因而获得 Scaevola 的称号，意为'左手'。"（《波普利柯拉传》）

这个左撇子穆修斯（Mucius Scaevola）可是西方历史上的名人，不少画家、雕塑家以他的故事为题材绘画、塑像，他的烧手壮举可与荆轲刺秦、壮士断腕相媲美。

不过，《希腊罗马名人传》对卢梭的影响，不仅体现在古希腊罗马历代雄主与谋臣勇将的英雄气概、壮烈事迹对他的鼓舞、感召，也体现在古希腊罗马人"爱自由爱共和的思想"、"不肯受束缚和奴役的性格"（《忏悔录》）对他的感染、激励。可以说，卢梭就是被普鲁塔克的历史叙事所塑造的，也一直影响着后人。

柏拉图说，"谁会讲故事，谁就能支配世界"，我友北大刘勇强教授说，"谁会听故事，谁就能享受世界"。在我看来，整个世界就是一个文本，通过听故事，我们了解世界、享受世界，上升到哲学层面上，我们解释世界、支配世界。在汇通中西思潮之后，我们可以找到一种全新的叙事来重塑自己。那么，你情愿被哪一种叙事所塑造？

在肖洛霍夫的文字中贪婪呼吸

在肖洛霍夫的文字中呼吸，深呼吸，贪婪地呼吸。虫声，鸟叫，藤蔓，浸在春水中的树林，奔腾的野马，高高的天空，天空中的雄鹰，耳畔的蛙鸣，相互呼唤的公鸭、母鸭，草叶和铃兰的清香，还有哥萨克身上的那一身烈酒味，全从肖洛霍夫的文字中跃然而出，扑鼻而来。这是一个生机勃勃、热烈而性感的自然天地，真想躺倒在这片辽阔的文字原野中，嚼着清甜的草茎，倾听和仰望，让无羁的阳光照亮我的每一个细胞和毛孔：

> 雁行和叫起来像钢喇叭似的鹤群，在高不可攀的蓝天上追逐着白云，飞呀，飞呀，向北方飞去。在淡绿的草原上，水塘边，落下来觅食的天鹅，像遍地的珍珠似的闪闪发光。顿河边的草场上，一片鸟的喧杂讯。河水淹没的草地上，露出水面的地垄和沙角上，大雁在互相呼唤，准备起飞；爱情冲动的公鸭在融雪汇成的水洼里不停地呱呱叫。柳枝条上的芽苞已经泛青，杨树上黏腻芳香的花苞也鼓了起来。开始返青的草原上洋溢着解冻的黑土地的古老的气息和总是那么清新的嫩草的芳香。
>
> 带苦味儿的风把马群的骒马和种马的鬃毛吹倒。干燥的马脸被风一吹，散发出咸味，于是马就呼吸着

这种又苦又咸的气味，用像缎子一样光滑的嘴唇嚼着，嘶叫着，感到嘴唇上既有风又有太阳的滋味。上面是低垂的顿河天空，下面是亲爱的草原！

在肖洛霍夫的笔下，静静的顿河充满喧哗与骚动。就在热烈而多情的顿河草原上，残忍的虐杀，夺去了无数年轻的生命，人的无情、肮脏、酒神附体般的狂热，令顿河吹来的夜风，浸染着血腥与癫狂：

利哈乔夫把鼓胀的芽苞放到嘴里嚼着，朦胧的眼睛凝视着摆脱了严寒、生机勃勃的白桦树，刮得光光的嘴角上露出了一丝笑意。

他也就是这样嘴唇上沾着芽苞的嫩片死去了：在离维申斯克七俄里的一片荒凉、阴森的沙丘上，押解的哥萨克残忍地把他砍死了。

乱世之中，人命如草。然而，辽阔的大地包容了一切，在阿克西妮亚——葛利高里情人的新坟上方，高高的白桦树抽出了粉嫩的新芽，预示着周而复始的生命，就像我们身周的春天。

和昆德拉的思想赛跑

昆德拉是作家中的哲人，和他来一次思想赛跑肯定过瘾。让我们就从"天使"这个概念起跑。

天使存在吗？也许存在，也许不存在，而且不存在的可能性更大。不过，天使存在的信仰又的确是人生意义的真实来源，它体现了人类试图超越自身的意向，以及在一个超越现世的制高点上反思现世的理性诉求，——尽管这一理性诉求的终极依据是不可实证的。任何价值体系与思想体系大概都无法避免这种矛盾。所以罗素说，伟大的哲学，始于怀疑，终于信仰。在以天使信仰为基本内涵的神学思想体系中，天使的存在与否就是一个不能证明的真命题。神学思想与迷信观念的区别在于，一者是融合了非理性的我信与理性的我思，一者则只是非理性的我信。

《生命中不能承受之轻》中的特丽莎，温婉矜持，作为游荡者托马斯的有力反衬，令人印象深刻。她对"一"的执著，对终极归宿的哲性乡愁，就体现出天使的品性。她并非假道学，因此并不排斥与托马斯的情爱，但她的情人必须是唯一的，永恒的。也就是说，托马斯的肉身和灵魂都是她的唯一归属。因此，特丽莎所面对的困境，不仅仅是灵肉冲突，不仅仅是忠诚与自由的冲突，更主要的是永恒的"一"（本体世界）与变化生灭的"多"（现象世界）之间的矛盾。

当一个已经看到并向往本体世界的天使与一个尚在现象世

界徘徊、也就是尚在性漂泊中寻找归宿的堕落者相遇的时候，自然会给彼此带来痛苦与煎熬。小说最后，堕落者在天使的怀抱中找到了归宿，也就是从现象世界上达到了本体世界，这就是古希腊哲学家色诺芬所谓"灵魂的上升"。他们"处在最后一站"的翩然而舞，无疑是一种象征，象征着灵魂的得救、快乐，然而悲凉：

　　　　他们随着钢琴和小提琴的旋律翩翩飘舞。特丽莎把头靠着托马斯的肩膀，正如他们在飞机中一起飞过浓浓雨云时一样。她体验到奇异的快乐和同样奇异的悲凉。悲凉意味着：我们处在最后一站。快乐意味着：我们在一起。悲凉是形式，快乐是内容。快乐注入在悲凉之中。

本雅明三题

1. 不规范的思想者

1940 年，纳粹德国占领巴黎。

一位寄居巴黎的德国犹太人学者不得不再次逃亡。

他和一伙人结伴出逃，最后来到法国南部的波港镇（Portbou）。这是一个背山临海、毗邻西班牙的边境小镇。那位犹太学者准备按计划经西班牙逃往大洋彼岸的纽约，和他的法兰克福学派同仁会合。可是，他的出境申请未获批准。当晚，在绝望和恐惧中，他在波港镇的一家小旅馆里服吗啡自杀。令人扼腕的是，第二天，边境开放，所有与他同行的人均安全抵达西班牙。

2005 年，为了纪念这位学者，有人拍摄了一部探究他的死因的纪录片。一位波港镇的旅店老板在片中说，他记得很清楚，数十年前，有位游客在当地的一家旅馆中自杀，这个人是德国哲学家，据说是为了逃避盖世太保的追捕。

这位脆弱而不幸的逃亡者死于四十八岁，生前籍籍无名，仅出版了两部著作——《德国悲剧的起源》（*Ursprung des deutschen Trauerspiels*）和《单向街》（*Einbahnstrasse*）。《德国悲剧的起源》是这位忧郁王子的唯一一部体系化的学术专著，深入分析了古希腊悲剧与 17 世纪德国巴洛克悲剧的异同，目的是为了获得法兰克福大学的一席教职。结果，梦想破灭了。因为他的这部专著没有一个评委能读懂。这是他的悲剧的起源，也是他的波希米亚式的游荡生涯的开始。《单向街》是由六十篇随感、格言等组成的文集，话题林林总总，赌场，广告，火警，古董商店，天文馆，通货膨胀，偷吃甜食的回忆，何止是不成体系，简直是东拉西扯。

时至今日，这位在众人的怀疑中坚持自己的思考、又在众人难以理解的敏感中凄凉死去的逃亡者，已跃升为大师级学者，他的东拉西扯的社会文化随笔，被奉为现代性反思的经典。这个人的名字叫本雅明（Walter Benjamin, 1892—1940），一个与梵高、卡夫卡有着相似命运的伟大天才，一个姓名写在水上的诗人哲学家。

在拍摄于 2005 年的那部纪录片（*Who killed Walter Benjamin*）中，一位受访者正确地指出，本雅明是一个难以被归类的学者，他不是学究气的哲学家，而是一个活生生的思想者（thinker）。

美国潮女作家苏珊·桑塔格比本雅明晚生四十一年，却比许多与本雅明同时代的大学者更能理解本雅明。想当年，本雅明踌躇满志地将他的教授资格论文《德国悲剧的起源》交给法兰克福大学德文系的舒尔茨教授，满以为可以顺利通过答辩，从此过上舒适安稳的学院生活。没想到舒尔茨看了论文后，认为论文不属于文学史领域，将它踢给了哲学系。哲学系的两位学者审阅后表示，论文如一片泥淖，令人不知所云。讽刺的是，这两位学者中的一位后来成了本雅明的同道，他就是霍克海默，20 世纪卓有建树的社会哲学家。

阅读本雅明的著述，绝对是一种挑战，他的思路如此诡异，他的表达如此飘逸，哲人的思辨，诗人的感悟，小说家的笔法，彼此融合，难解难分，也难怪舒尔茨、霍克海默等学术大腕都一时不明所以。这是一种不规范的思想，也是一种瑰奇跃动、不可归类的思想，令人晕眩，也令人着迷。苏珊·桑塔格《本雅明〈单向街〉导读》中正确地描述了本雅明的风格：

> 他的行文语句似乎天生就不循规蹈矩，不接前连后，写下的每一句话都好像是第一句或者最后一句。精神和历史的过程被展现为概念的舞台造景，观念被推向极端，智力的洞察令人头晕目眩——这一切构成了本雅明思考和写作的风格。

桑塔格评判说，"实施这种风格是一种折磨，在他凝聚着全部注意力的内向的目光融化主题之前，他仿佛要让每一个句子都说出所有的意思"，"这种风格被不正确地称为格言式的，其实称之为'定格的巴洛克'（freeze-frame baroque）也许更恰当些"。

多么犀利的论断，令人叫绝！折磨，巴洛克，时间意识的瞬间定位，正是我所理解的本雅明！"在写每一个新句子的时候，一个作家必须停下来，然后重新开始。"本雅明在《德国悲剧的起源》的开场白中如是说，这个说法正好为桑塔格的评价提供了浑然天成的注脚。

熟读艺术史的人都知道，巴洛克（Baroque）一词源于西班牙语和葡萄牙语"Barocco"，意指不够圆的珍珠，最初是建筑领域的术语，后逐渐用于艺术和音乐领域，以强调"运动"与"转变"为特点。巴洛克音乐节奏强烈、短促，旋律精致。本雅明著述中的句子和段落恰像巴洛克音乐的一个个瞬间的定格，瑰奇而富于包孕性，宛如一粒粒变形的珍珠。

2. 解开卡夫卡之谜

一天，一个叫舒瓦尔金的小文书碰巧走进了女皇叶卡捷琳娜的宠臣波将金的候见室，看见大臣们聚集在那里抱怨。"怎么啦，诸位先生？"热心的舒瓦尔金问。他们向他解释说，由于波将金抑郁症复发，大批文件无法签署，他们正为此犯愁。"如果就这么点问题的话，"舒瓦尔金说，"那就把文件交给我吧。"由于没什么可损失的，大臣们同意把文件交给他，舒瓦尔金把一沓文件夹在腋下就出发了，穿过长廊和走廊，来到了波将金的寝宫。他没有停止脚步，也没有费心敲门，便转动了门把；门没有锁。半明半暗之中，波将金身穿破旧的睡衣正坐在床上咬指甲。舒瓦尔金没说一句话便把笔塞进了波将金的手中，同时把一份文件放到了他的膝盖上。波将金双目空空地盯着这位入侵者；然后，仿佛在梦中一样，他开始签字，一份又一份的文件上都签署着舒瓦尔金……舒瓦尔金……舒瓦尔金……

这是本雅明给我们讲述的一个故事，一个冷笑话，很好玩，很深刻，意味无穷，奇趣陡生，让我大呼过瘾。最后的悬念在于，波将金怎么会变成了舒瓦尔金？

可以这样来理解，波将金虽然权倾一时，但也不过是叶卡捷琳娜的橡皮图章，对他来说，签署文件不过是机械地重复签名这个动作，决策权并不在他的手上，因此，他的签名不过是个空洞的符号，没有任何实质性的意义，也就是说，在文件上签上波将金或舒瓦尔金，并无分别，哪怕是画上一只小乌龟，也没什么不可以，反正只是走走形式。所以，当波将金双目空空地盯着舒瓦尔金之后，下意识地在文件上签下了后者的名字，如果这个时候出现在他眼前的是泼留希金，他会签下泼留希金，如果是霍尔金娜，他也会不分男女地签下霍尔金娜。

本雅明说，这个故事早在两百年之前就预示了卡夫卡的作品。笼罩这个故事的疑云也就是卡夫卡的谜。热心的舒瓦尔金，对一切都漫不经心，最后落得个两手空空，就是卡夫卡的K。在遥远而不能接近的房间里昏昏欲睡的、不修边幅、无所事事的波将金，就是卡夫卡作品中那些掌权者的祖先。

本雅明于上世纪30年代写过四篇评论卡夫卡的文章，篇幅不长，却能洞见卡夫卡小说世界的精神实质。他是卡夫卡生前未能等到的知己，却终于在文字和思想中相遇。

在《历史哲学纲要》一文中，本雅明如是说：

> 保罗·克利的《新天使》画的是一个天使看上去正要从他入神地注视的事物旁离去。他凝视着前方，他的嘴微张，他的翅膀展开了。人们就是这样描绘历史天使的。他的脸朝着过去。在我们认为是一连串事件的地方，他看到的是一场单一的灾难。这场灾难堆积着尸骸，将它们抛弃在他的面前。天使想停下来唤醒死者，把破碎的世界修补完整。可是从天堂吹来了一阵风暴，它猛烈地吹击着天使的翅膀，以致他再也无法把它们收拢。这风暴无可抗拒地把天使刮向他背对着的未来，而他面前的残垣断壁却越堆越高直逼天际。这场风暴就是我们所称的进步。

这场风暴有它的具体所指，那就是1939年苏德签订互不侵犯条约，这恶魔与天使的拥吻，有如晴天霹雳，瞬间摧毁了西方自由知识分子对非资产阶级政权的幻梦。这场风暴也有它更宽泛的所指：自工具理性成为这个世界的主导逻辑以来，技术文明的发展令人目眩神驰，天上方一日，地上已三年；但在这场"伟大的进军"中，有多少梦想被摧毁？有多少爱可以重来？有多少悲伤留给别人？在冷气房里梦想速度，结果把极速升官的想象置换成了高铁的生死时速，最后因为"信号错误"酿成追尾惨剧。这种"信号错误"，不是技术上的，而是意识上的，就像波将金变成了舒瓦尔金。这是权力对人的异化，利益对人性的扭曲，也是速度对人命的践踏。

面对过去的灾难，"天使想停下来唤醒死者，把破碎的世界修补完整。可是从天堂吹来了一阵风暴，它猛烈地吹击着天使的翅膀，以致他再也无法把它们收拢。"卡夫卡就是这样一位"新天使"，波德莱尔、本雅明、海德格尔、汉纳·阿伦特、福柯、罗兰·巴特、桑塔格、齐泽克，这些力抗主流的诗性思想者，也都是挣扎于进步风暴中的"新天使"。

本雅明说，卡夫卡在他的小说世界"没有建立起宗教（He did not found a religion）"。这不奇怪。既然从天而降的救赎渺不可期，还有什么比阳光灿烂的世俗生命更值得追求？在这个问题上，卡夫卡代表作《变形记》的结尾给人以深邃的启示：

> 随后三个人便一起离开寓所。他们已有好几个月没这样做了，他们坐电车出城到郊外去。这辆电车里只有他们这几个乘客，温暖的阳光照进了车厢。他们舒舒服服地靠在椅背上谈着未来的前景。其实，细想起来，他们的前景一点儿也不坏，因为他们彼此还从未询问过各自的工作，原来这三份差使全都蛮不错，而且特别有发展前途。目前最能改善他们状况的当然

是搬一次家，他们想退掉现在这幢还是由格里高尔挑选来的寓所，另租一幢小一些，便宜一些，但是位置更有利尤其是更实用的寓所。就在他们这么闲谈着的当儿，萨姆沙夫妇几乎同时发现，他们这位心情变得越来越轻松愉快的女儿已经变了。最近的种种忧患尽管使她的面颊变得苍白，但她还是长成一个美丽、丰满的少女了。默不作声、几乎下意识地交换着会意的目光，他们想到，现在已经到了为她找一个如意郎君的时候了。到达目的地时，女儿第一个站起来并舒展她那富于青春魅力的身体，他们觉得，这不就是对他们新的梦想和良好意愿的一种确认吗。

3. 谦卑与诗意

19 世纪 20 年代的某一天，捷克青年诗人古斯塔夫·雅努斯（Gustav Janouch）来到卡夫卡博士的办公室，神情激动，面色苍白。

"发生了什么事？"卡夫卡问。

"有人把我看成酒鬼，而我不是。"

约一小时前，雅努斯走在路上，头痛病忽然发作。一阵呕吐后，他一动不动地站在广告牌旁边，两条腿在发抖。一位上了点年纪的女人从他身边走过时，对陪伴她的年轻一些的女人说："你看那个人！年纪轻轻的就像老酒鬼那样烂醉如泥。简直是猪猡！以后能有什么出息？"

卡夫卡闻言拿出文学刊物《树干》的某一期，放到雅努斯面前说："第 1 页上有四首诗。有一首特别令人感动。这首诗的标题是《谦恭》。"诗是这样的：

> 我越长越矮，越长越小，
> 变成人间最矮小的人。
> 清晨我来到阳光下的草地，
> 伸手采撷最小的花朵，
> 脸颊贴近花朵轻声耳语：
> 我的孩子，你无衣无鞋，
> 托着晶莹闪亮的露珠一颗，
> 蓝天把手支撑在你的身上，
> 为了不让它的大厦
> 坍塌。

雅努斯读完低声说："这是诗。""对，"卡夫卡说，"这是诗——包着友谊与爱情的文学外衣的真理。我们每一个人，不管是蓬乱丛生的蓟草，还是挺拔优美的棕榈，我们大家都支撑着我们头上的苍穹，免得这个大厦，我们世界的大厦坍塌。"

是的，这是诗。富有童话色彩的想象，轻柔而有韵味的诉说，最后抵达灵魂与世界的深处，给人以不期而至的诗性感悟，就像树缝中跌下了阳光。英国诗人华兹华斯说："诗起于沉静中回味得来的情绪。"这话的意思是说，嚎叫不是诗，狂热不是诗，嚣张更不是诗。能够让沸腾的热血冷却下来，才能获得宁静的力量。

本雅明在一首小诗中说，

And thus love wanted you
Humble and small

So that I win you

with Being alone

（爱需要你

多么卑微

只有在独处中

我才能得到你）

　　面对无限与偶然，所有的人都很渺小，很无力。不懂得谦卑，也就不懂得爱，不懂得诗，也不懂得生命。

对话《小世界》

　　S 和 Z 是某高校研究生楼出了名的夜猫子，天一亮就犯困，晚上一过 12 点就两眼放光、谈瘾大发。A 是 S 和 Z 的老友，深知二位秉性，每每于午夜时分赶来为 S 和 Z 的夜话助兴。A 自称魔鬼辩护士（Apologist），据他介绍，天主教在举行祝圣仪式时，安排有"魔鬼辩护士"的角色，其任务是想方设法对祝圣之举唱反调。因此，A 在三人谈中，总是横挑鼻子竖挑眼地处处抬杠。由于字母 S 反过来就是字母 Z，反之亦然，因此，你不妨把 S、Z 的对话想象成一个人分身为二的思考；而 A 的唱反调，则是潜意识浮出海面。

　　S：昨晚熬了一夜，总算看完了英国作家戴维·洛奇的讽刺学人小说《小世界》。这部小说堪称笑里藏刀，刀刀见血。它的主线是一曲变调罗曼史：英国某学院讲师柏斯满世界追逐古典美人兼学术混混安吉丽卡。伴随着这曲变调罗曼史，呈现在我们眼前的这样一幅荒诞图景：大大小小的学者们满世界飞来飞去，参加各种各样的国际学术研讨会，表面上是为了进行学术交流，实则是为了追名逐利，寻欢作乐。整个一部西方学界的现形记！像《围城》，更像《儒林外史》。

　　Z：落魄文人吴敬梓老先生的《儒林外史》痛痛快快地揭下了某些传统中国知识分子的假面具，英国老教授的《小世界》可说是遥承吴老衣钵，将那人文学术在当代西方的异化真相暴露无遗。这异化真相的实质可用四字来概括：游戏学术。

小说中，那些玩儿学术的"者"们、"家"们为了四处找乐（美其名曰"追求常新的欲望"）而频频扮演着"文化旅行家"的角色。他们为了赚得不掏腰包满世界周游的肥差而死乞白赖地申请出国讲学开大会，然后又挖空心思地炮制形形色色的无聊论文。随便举一个例子：英国某大学英文系主任菲力浦教授为了到东土胜地土耳其一游，不得不接受对方的要求而硬着头皮杜撰了一篇题为《文学与历史与社会与哲学与心理学》的讲稿，结果闹了大笑话，因为土耳其方面只是要求他讲个宽泛一点的题目，比如"文学与历史"、"文学与社会"等等，由于电传传递时把电文弄混了，才迫使可怜的菲力浦教授准备了一个"文学与所有东西"的演讲。

S：还有更滑稽的论文。你还记得小说中美国教授扎普的那篇题为《文本性质如同脱衣舞》的会议讲稿吗？这位教授宣称，脱衣舞女挑逗观众，正如文本挑逗它的读者，给人以裸露的希望，但又拖延。因此，我们这些被文本"玩弄"得晕头转向的读者与其殚精竭虑地去把握文本的隐秘，不如在它的挑逗中寻求愉悦。

A：这正说明，学者需要深入基层体验生活与民同乐，否则哪儿来的灵感打破雅俗界限把文本性质与脱衣舞并论？

S：没人会否认扎普的"胆"识与灵"性"。不过，从西方到东方，这种"胆"识和灵"性"在人文学术中早已泛滥成灾了。当你读到那些路子更野的文学批评与文化批评，你会觉得自己是在阅读生理学论文。

Z：此种人文学术向生理学的伟大进军和自以为是的术语玩弄，构成了东西方"游戏学术"的另一种景观。人文学者的传统神圣感、虔诚感和使命感就这样被消解了。

A：你以为你是谁？你不就生活在这样的圈子里吗？如果不去努力恢复如你们所说的神圣人文传统，而只是在边缘上笑骂两声，这是不是在寻求另一种具有"自我伟大感"的"愉悦"？这种情况好像也在流行——这是"游戏学术"的第三种景观。

小议《红楼梦》

1

宝玉就一多情种子，什么女人味他都想尝尝，男女间的所有风情他都想试试，一大堆丫环和贵小姐还有那个妙玉，都是他的高级玩物罢了，他和谁联姻打什么紧，要紧的是他还能不能风流下去？贵公子得了花痴，人们会宽容地艳羡地视之为富贵风流，一旦落魄为平头百姓，那可就只是笑料而已了。宝玉（欲）和多（欲）姑娘倒是有结构上的对应关系，一男一女，一雅一俗，何以就有了高下之分？总不成任何变态、不伦的行径，只要一经诗化、雅化，就可以在阳光下风情万种了？一个痴人，一个笑料，还有一个伏在破桌上遥想当年风光的追梦人，这就是《红楼梦》的真面目。

宝玉置身大观园，就是一泥做的臭男人闯入了女儿国，他就是独一无二的情圣和帝皇，对他而言，根本不存在一个情爱角逐的竞争环境，所有的丫环、贵小姐围着他转，就像三宫六院的佳丽纷纷向皇帝邀宠，各施其技，各展其能，但不论你是世外仙姝也好，山中高士也好，终不过是宝玉的高级玩物、精神玩物罢了，就像琴棋书画、诗词诔赋这些高雅的文化资本，都不过是贵公子闲来消遣的玩意儿罢了。

大观园就一小后宫，贾宝玉就是声色世界的帝王。他的所谓"博爱"与"人道主义"，属于帝王体恤后宫佳丽情感需要和性需要式的人道主义，他算是小后宫里的好"皇帝"，懂得照顾到不同层次女子的需要和情感，假若他一心功名，甘做禄蠹，这帮终日锁在大鸟笼里的大小金丝雀们岂不是都要郁闷而死了？对贾宝玉在声色世界的独尊地位构成冲击和挑战的先后有玉面情种秦钟、冷面郎君柳湘莲、儒雅君子甄宝玉，但秦钟在勾走了一个丫环的芳心后就早早夭折了，柳湘莲绝对一酷男，他也只不过拨弄得大观园外围的尤三姐抹了脖子，甄宝玉不过一匆匆过客，或许在大观园诸位女史的心中激起了一些涟漪，但很快就平息了，那只不过是一片随风而逝的云影罢了。贾宝玉并非有倾倒众生的过人魅力，他只不过是一不公平竞争的得益者。有人说贾宝玉式的花痴是两厢情愿、授受无悔的，窃以为不然，倘若大观园不是一小后宫，而是一开放的庭园，如贾宝玉般娘娘腔式的人物绝对不会那么抢手。

金庸笔下的段正淳有点贾宝玉的影子，他也是一花痴，表面看起来，他和其众情人的关系也是授受无悔的。但不要忘了，他对每一个情人都隐瞒了他的情史，所以他也是一不公平的情爱关系的受益者。段正淳以为自己将死于人手时说了这样一句话，我享福已多，死而无怨了，颇有点大彻大悟的派头，可那是造尽一切孽缘后的彻悟，而不是真正的通达超脱。这种彻悟是虚伪、投机的彻悟，好比沙场上杀一个够本、杀几个有赚的市侩心理。

贾宝玉在极尽尊荣之后陷入大地茫茫的绝境，遂生遁入空门之心，这一份看透倒有几分真诚、无奈和血泪，这自然是曹雪芹繁华落尽后的悲凉体验的写照。色即是空，空即是色。未空之前仍是色？已空之后何来色？禅宗这玩意儿不是做了投机者的托辞，就是做了失意者的安慰。贾宝玉好在不是一个投机者，只是一个需要安慰的失意者。且遁入空门，把色看成空，偶尔遥想一下世外、山中的芳魂，也算得晨钟暮鼓中的一瓣心香了，虽然终不过是镜花水月。正所谓"假作真时真亦假，无为有处有还无"。

2

色即是空，空即是色。未空之前仍是色？已空之后何来色？

红楼一梦据说是对色（不仅仅是女色）—空关系的参悟，但这种参悟在我看来也是不干净的，除了那两只不言不动、无心无情的石狮子，没有人是干净的，谁又能真正看破？

崇伟的灵魂也是人的灵魂，谁敢说自己的灵魂没有阴暗的一面？人性有善有恶，谁能独超然其上？老曹写这部书就是落魄时的慰藉与寄托，他可没想到后人会把伟大、崇高这类高帽戴到他头上。

我这样说丝毫没有贬低《红楼梦》的意思，能把一个痴人的故事写得如此精致有味，如此荡气回肠，如此倾倒众生，恰恰反证了曹的天才，而且可能是空前绝后的天才。此外，这也是一部写出人性恶的书，这丝毫不减其杰出，或者说伟大。我不否认贾宝玉对女性的态度不同于琏字辈的，但不要忘了，贾宝玉是个穷极无聊之人，他的特点就是贪新鲜，也讲究个情调，看起来较高尚，本质上也不过是玩儿罢了。如前所说，贾宝玉的博爱是皇帝在后宫式的博爱。

多情是"花痴"的面具。指出贾宝玉的"痴"，甚至其"花痴"倾向，并不可怕。可怕的是某些人"义愤"当头，真以为自己有多优越了。这种"义愤"正是前现代的产物。

此外，所谓宝玉的反抗封建精神云云，实在是硬往上架，他要不是封建贵族，他能反抗什么，早就像焦大那样被塞上马粪了，哪里容得他毁僧谤道？

　　说起高鹗的续笔，颇有可议之处。不可否认的是，高鹗的文字功力远在俗手之上，但从人生感悟上来说，他大概没有曹雪芹来得透彻，他安排的兰桂齐芳的结局实在是个败笔，愣是把曹雪芹对世相的色空体悟拉回到了儒家伦理秩序的正道上，这种由禅入儒的改造，简直有卫道士之嫌了。有一比，好比是白茫茫大地上竖起了一座大牌坊。这让我总觉得有些滑稽。

　　贾宝玉和曹雪芹自然不可同日而语，贾宝玉是一富贵痴人，套用"雅谑"的说法，他是一"雅痴"，曹雪芹则是一以文字寄余生的追梦人。有人拈出"罗袜音尘何处觅，渺渺予怀孤寄"一语作为曹雪芹写红楼的标签。我以为，红楼一梦乃风月无边的怀旧，它的魔力就在于它让你在真幻之间永远也走不出来。

我为什么爱读金庸小说？

关于金庸，总有说不尽的话题，雅俗啊，精神鸦片啊，算不算大师啊，够不够格做历史系副教授啊，在我眼里，全是无谓之谈，反正我就是爱读金庸小说，而且是一读再读。我为什么爱读金庸？因为读金庸的小说能让我有精神上的大放松。

江湖霜重，世事如棋，金庸笔下人物常有的那种洒落不羁的风神、仗义行侠的做派，直如一道辟邪驱妖的凛凛剑光，让人有一种俗累全消、浊气尽出的释然。每读至令狐冲、向问天快意对答，刘正风、曲洋共奏"笑傲江湖"等节，胸臆中便会涌出豪侠之气，恨不能跃入书中，与此二三子把酒共醉，临风长啸。

"沧海一声笑，滔滔两岸潮，浮沉随浪只记今朝。苍天笑，纷纷世上潮，谁负谁胜出天知晓。"这是黄霑的歌词，我以为颇能传达金庸小说的侠文化精神，正如罗大佑的一曲《让青春吹动了你的长发》写尽了传奇女作家三毛洒脱然而忧伤的心境。

古龙的武侠小说也好看，情节离奇，悬念抓人，但不如金庸的小说耐看。读古龙，只要悬念冰释，就不再有回头重看的兴趣。读金庸就不同了，即使悬念、情节已了然在胸，我还是有一读再读的兴致。道理很简单，因为金庸善用"闲笔"，文字有"厚味"，读其书好比饮醇酒，久而愈出味。

严家炎在《一场静悄悄的文学革命》中赞叹："我们还从来不曾看到过有哪种通俗文学能像金庸小说那样蕴藏着如此丰

富的传统文化内容，具有如此高超的文化学术品位。"这种说法虽然深刻，却也容易让人发生误解。事实上，武侠小说的创作不可能是一个"掉书袋"的过程，其中无论蕴涵着多么丰富的文化知识，都应当以一种发乎性情的文人情趣加以转化，才不至于生涩和牵强。金庸对于"闲笔"与文字质感的讲究，正是他的文人情趣在创作手法上的自然流露。

我以前说过，在我的文学价值谱系中，"闲书"是一个很高的评价。不少今人的小说都达不到可以一再当闲书来"品"的境界，虽然这些小说的作者中颇有以高雅文学作家自命者，但在我看来，以他们的文字修养、文化底蕴，连给金大侠提鞋都不配。

小说这道菜

在文学之宴中，小点心是要的，但大菜必不可缺，否则何以称之为盛宴？在写作时，率性为文是对的，因为只有这样才能纵横自如，但是不是在写作时就要否弃反思之维或人文关怀了呢？我个人认为：在伟大的作品中总是体现着哲性的思考，而且也应当体现哲性思考。而在小说中哲性问题的思考又有三种形式：一是陀斯妥也夫斯基式的直接哲理思考，一是以昆德拉为代表的"哲理抒情"，还有一种就是内含生命哲学的，比如呈现某种禅境的小说，或者是批判意识的"缺席的在场"，如新写实小说的还原策略。一部仅有生活智慧或优美表达的小说，可能是一部好的小说，但只有同时体现了哲性体认或终极思考的小说才是一部伟大的小说。

小说应是技巧与境界的结合，技巧是可以通过一些快捷方式较为快速地掌握的，但是境界却是长期修炼的结果。小说的境界说到底就是一种终极关怀，它源自人的内心，与作家的生存理念有很大关联。文学既是人学，就离不开对人性的观照，离不开对人与人之间关系的揭示。伦理是人与人之间关系的规范化，道德是人类利益冲突的产物，没有任何作品可以遮蔽伦理与人性。自觉不自觉的伦理意识观对文学叙事有重要的影响。人们是无法超然于伦理规范之上的，只能反思其在不同的历史阶段的不同的定位。一部小说的深度取决于作家对人性理解的深度，伦理的浅薄往往就是艺术的浅薄。适当地看一下哲学方面（伦理学、生命哲学是重点）的书对作家，对研究文学或从事文学创作的人来说是很有益的。在有着很好的小说创作技法的基础上，还应有意识地提高创作的境界，不能满足于创作出好的小说、有市场的小说，还要创作出伟大的小说。

长久以来，批评界与创作界存在这样的分歧：批评家认为作家的创作不合乎理想标准，而作家则认为批评家只会说不会做。其实这都是没有必要的争论，作家与批评家只不过是各行其职而已。批评家往往喜欢站在理想的高度上衡量作品，对作品做理想的要求；作家呢，他无法超出自身能力的水平线，只能在一种现实的状态中创作，两者其实是互相影响的，互动的。作家们虽然有意地悬置或是没有意识到理论的影响，但它又确实存在着，体现在作品中。

与徐訏感受北平的风度

北平是干冷之地，忙活上好几天，兴许都不会出汗。因为不容易出汗，所以也就不必天天洗澡，所以北平也就特别宜于懒人居住。倘若生活在终日湿热的南粤，洗澡可就成了每日的急务，不冲不爽，不凉不快，所以粤人呼洗澡为"冲凉"。更有一班患洁癖的人，一天冲上几次凉，仍觉意犹未尽。陈寅恪说，"粤湿燕寒俱所畏"，确是对两地风土的精当断语。

一般忆北平的文字，多以"悠闲"二字状写北平人的情致。北平人之所以在改天换地的大变局中仍能保持悠闲的步调，撇开人文精神之类的高调，不用天天洗澡实是一个不容忽视的原因。在"老北平"的眼里，洗澡不是每日必行的功课，而是一桩享福的事，尽可好整以暇，慢慢消遣。所以浴堂对他们来说，简直就是茶馆、戏院之外的又一休闲场所。

现代文人中，以《风萧萧》等传奇小说名世的徐訏，便是一位深得洗澡之趣的妙人。他在《北平的风度》一文中说，老北平有不少处所能显出"闲情别致的来处"，"然而更甚的还是浴堂"。他随后对泡浴堂的种种讲究和情趣作了精细描摹，着实令人歆羡，当然更令我这个因命运的吊诡而客居岭南却终日心向魏阙的半天吊之人，生出无限的向往之意，也便在双目微闭的怠懒中，神游了一回老北平的浴堂。

那是"早晨八点钟"光景，徐訏叩响了我的房门。我伸了一个懒腰，披上一袭长袍，就着脸盆里的冻水，草草抹了把脸，然后踱到客厅；只见熏黄的榆木桌上已经摆着热腾腾的包子和小米粥，还有几碟酱菜、干肉之属。徐訏正忙着打理换洗衣服，足有两大包之多。

见我吃完早餐，徐訏提起扎好的衣物袋，偕我出了小四合院，那斜照的阳光，冷而悠远。走到胡同口，徐訏向一间茶叶铺的掌柜买了"一听香烟，四包好的茶叶：二包龙井，二包香片"，这是点讲究，洗澡不是洗干净了身子那么简单，还得有一番身心的享受，徐訏怕我不明白这阵仗，意有所指地向我解释说。

"到浴堂大概是九点半的左右"，我们叫伙计"把茶泡来，把衣服脱光，用大毛巾披上"，顿有身无物役，磊落坦荡之感。古人不古，常以"衣冠禽兽"、"优孟衣冠"，又或"衣冠楚楚"之类说词相互讥讽，相互揶揄，不论其修辞技巧如何变幻，总之是说"衣冠"这玩意儿就是人形动物的装饰，卸了这层装饰，便都是本来面目，赤条条来去无牵挂。三国枭雄们又喜欢唱什么"女人如衣服，兄弟如手足"之类的滥调，我和徐訏这当儿既脱卸了形役，也便脱卸了女人的束缚，唯剩兄弟高谊了。

"你们可以谈了，谈些风风雅雅的事情，抽抽烟，伙计会一次次给你手巾揩脸。"

高卧于一几之隔的床榻，我和徐訏抽着哈德门烟，不时啜几口温香的龙井，确实谈了很多风风雅雅的事情，比如《鬼恋》中的那个黑衣女子可有原型，张爱玲为什么会迷上胡兰成那种娘娘腔的文字，赵清阁在日记里说，洪深请人吃过花酒，不知是真是假，但她自己为了《蝶恋花》的剧本，可的确探访过八大胡同。

这样有口无心地闲聊着："一直到十一点钟。这才洗盆的叫他们放水，洗池到楼下，一个半钟头以后，大家方才出浴，于是揩干了身体，漱漱口，围上干的毛斤，这样，该修脚的修脚，理发的理发，刮脸的刮脸，这一来大概三点钟左右了"。

徐訏问我可是觉得有些饿了，我点点头，虽说刚才那一个半钟头只是懒懒地泡在浴池里，听由烫热的池水、熏蒸的雾气逼出体内的浊汗，痛快自然是痛快了，可精气神也跟着泄了不少，于是不免有些乏，也因此更觉得腹内空空。徐訏见我点头，又问道，想吃大馆子的大菜，还是小馆子的点心？我们可以叫伙计去叫，"吃大馆子可以打电话，小馆子在附近，他可以为你跑一趟，你爱吃什么有什么。当然，叫四两白干或玫瑰助助兴，这是雅人的雅事"。

我说，就叫伙计到附近的小馆子叫些卤牛肉、卤水花生、酱猪蹄之类冷菜吧，再捎上一瓶白干，两三个新鲜出炉的高庄馒头，这个也不过是水浒粗人的闲常口味，可算不得雅人雅事。徐訏笑了笑，也不反驳，只是照我的意思吩咐了一个手脚麻利的伙计。一杯茶光景，那伙计提着一瓶白酒，好几个油纸包，兴冲冲走上楼来。徐訏让他把油纸包摊开，斟上酒，然后塞给他几角铜子做小费。那伙计退下后，我们便不紧不慢地吃将起来。几杯酒落肚，谈兴又生，徐訏问我何以偏爱《水浒》这类草莽传奇，口味未免低了。

我解嘲说，宋人苏舜钦以《汉书》下酒，实雅人深致。不肖如我，恒以一册《水浒》为经年消暑之闲书。《水浒》较之《汉书》，一野史，一正史，一白话，一雅言，一为娱性之小说，一为资政之大书，境界高下，自不待言，然贤愚各得其趣，亦无所谓孰是孰非。每读至性起，恨不能呼酒保曰："小二，上一壶冷酒！"徐訏闻言，给我满斟了一杯白干，我酒到杯干，又夹了几片卤牛肉过口。

"酒醉饭饱以后你可以睡一觉，一小时或者两小时。醒转来以后，茶与手巾当然不可省，嘴内无味，于是你的朋友会拿钱叫伙计去买几串冰糖葫芦，或者顺便买些花生、柿子、萝卜。于是笑笑说说，天已大黑；再打电话给你别的朋友，到东来顺涮一次羊肉，今夜梅兰芳的《洛神》是雅人们不得不去的雅集！"

在民国的烟尘中：也谈徐志摩、林徽因

一双不大的眼睛，细，长，顾盼之间，有一丝冷漠。长发披下来，身材薄薄的，像镜中的影。这是一个幻化在民国烟尘中的女子，一袭旗袍，一双高跟鞋，幽幽淡淡地从洋车上走下来，走下来，走入旧上海的弄堂。鞋跟一转，转出香港的魅惑。梁朝伟和她，两个柔弱的人儿，在花样年华的暗影中相遇，同病相怜。这一缕怜惜中的羞怯，西方人永远读不懂，就像他们读不懂黛玉和宝玉的含蓄。这就是西方文化，他们懂得威士忌加冰的口感，却不懂得欣赏透明的冰块在淡橙色的酒精中慢慢溶化的过程。

阴丹士林旗袍，淡绿色的对襟毛衣，在流言和传奇的波光中，投下一个清丽的侧影，倾倒了半个民国的士林。喜欢英国电影，喜欢精致的生活，也满怀诗意的憧憬：

> 我说你是人间的四月天
> 笑音点亮了四面风
> 轻灵
> 在春的光艳中交舞着变
>
> 你是四月早天里的云烟
> 黄昏吹着风的软
> 星子在无意中闪

细雨点洒在花前

那轻，那娉婷
你是，鲜妍
百花的冠冕你戴着
你是，天真，庄严
你是夜夜的月圆

雪化后那片鹅黄
你像
新鲜初放芽的绿
你是，柔嫩喜悦
水光浮动着你梦中期待的白莲

你是一树一树的花开
是燕在梁间呢喃
你是爱，是暖
是诗的一篇
你是人间的四月天[①]

"你是人间的四月天。"谁当得起这般美好的赞叹？梁思成？徐志摩？还是其他的名流学士？恐怕都受不起。有人说这是在歌咏她对春天来临时万物新生的喜悦，还有人说这是为她刚出生的儿子梁从诫而作，我觉得都对，也都不对。人间四月天，明媚，温润，像一个容易惊破的梦。这是对爱情的爱情，

[①]　林徽因：《你是人间的四月天》，刊于 1934 年 5 月《学文》一卷 1 期。

美好得不容他人逼视。可是偏有无事生非的好事者，附会出自以为香艳的流言，陡然流露出世俗的浊臭。她把名字中的"音"改成"因"，也许是早就预见了人世间的因果。

> 轻轻的我走了，
> 正如我轻轻的来；
> 我轻轻的招手，
> 作别西天的云彩。

> 那河畔的金柳，
> 是夕阳中的新娘；
> 波光里的艳影，
> 在我的心头荡漾。

> 软泥上的青荇，
> 油油的在水底招摇；
> 在康河的柔波里，
> 我甘心做一条水草！[①]

　　写这几节诗的时候，徐志摩的心中并没有陆小曼，也许有一点林徽因的影子，因为他们曾经同在康桥。可是这些诗句里所流溢出的清淡中带些世俗气的韵味，却正是陆小曼给人的印象，像"波光里的艳影"，并无冰清玉洁的风致。在爱、自由与美"三位一体"的浪漫想象中，徐志摩的意中人或许会是林徽因。当他的小资本性不可抑制地爆发之时，陆小曼就成了他

---

① 　徐志摩：《再别康桥》。

最后的寄托。小资情调不同于浪漫心性，它有点俗，正是这份俗，成就了王家卫，成就了陆小曼。也为了这份俗，徐志摩得到了他的报应，同时也成就了他的"想飞"的冲动：

> 阿，飞！不是那在树枝上矮矮的跳着的麻雀儿的飞；不是那凑天黑从堂匾后背冲出来赶蚊子吃的蝙蝠的飞；也不是那软尾巴软嗓子做窠在堂檐上的燕子的飞；要飞就得满天飞，风拦不住云挡不住的飞，一翅膀就跳过一座山头，影子下来遮得阴二十亩稻田的飞，到天晚飞倦了就来绕着那塔顶尖顺着风向打圆圈做梦。这一通飞可真谓是畅快淋漓，把心里的所有郁闷和烦恼都飞掉。[1]

想飞掉烦恼，却终不免烦恼，这是人生的无奈，也是人生的反讽。

---

[1]　徐志摩：《想飞》。

野狐诗话

前些日子集中看了一批 80 后、90 后的诗作，对这伙新新人类的诗歌风格可以说是了然于胸。这些诗人大概都处在青春冲动、被各类欲望追逐的年纪，或者迷失于爱中，或者沉浸于爱中，或者有了点情爱经验就像母鸡下蛋式的叫得天下皆知，属于典型的青春期写作，好处是情感丰沛，意象饱满，语言有鲜活之气，动人之处在于情，在于感伤，在于赤子之心。

在这样的诗歌生态中，学院派诗人的后青春期写作属于典型的另类，好比青春派对中的冷眼旁观者，不时发出几声窃笑，对满座春衫少年来说不免刺耳。学院派诗人长期处在浮士德式的书斋问道状态，有一种历经世事后的看破与看淡，两者决定了诗体的干枯和诗思的冷涩，我把这类诗歌戏称为"瘦金体诗"，诗友九华山人拈出"瘦硬"二字涵盖之，又以"瘦硬如铁画"状之，实深获我心。

后青春期写作与青春期写作的区别在于，一力智，一主情。情易动人，智性之美则非多经世事者所能领略，如穆旦的《鼠穴》《出发》之类。

诗友崇拜摩罗大概是要挑战我的机械二元论，特意给我寄来了一首他的近作，题为"情人节的道别"，节录如下：

飘着青丝的小溪从客厅流向寝室
嫩蓝的水仙插满披着长发的香肩

你的容颜生出很多疼痛

能有多少这样的夜晚　嘴唇呼吸到背影沉没的声音

忧伤在指间剧烈地痉挛

我是个泪水轻轻的男人

渴望一个温暖的身体欢笑的眼神

在房间里我们飞来飞去

离别的影子比光阴还长

你眼睛和三千秋水

隐隐绰绰　淹没我沉重的行囊

墙壁和床头的等待

比月光更美的只有一个人的目光

问：老兄，你看我这是什么东西？

答：哈哈，这个当然是青春期写作了，属于"沉浸于爱中"者，"好处是情感丰沛，意象饱满，语言有鲜活之气，动人之处在于情，在于感伤，在于赤子之心"。至于弊端嘛，则是比较幼稚，让旁观者看着有些肉麻，钱锺书说得到位，"沉浸于爱中"的言辞与举动经不起第三者的冷眼旁观，语出《围城》某某章，请自行检索。

我被这样的诗打动

最近读到两首诗，第一首被人讥为"不是诗"，第二首则好评如潮，抄录如下：

河边的笑容

坐在长椅上不动
呼吸河面上吹来的风

阳光下难得的朦胧
自己要溶解在风景之中

作为一棵树，挺拔
长成一朵花，艳红

生命留恋原始的轻松
小河边，我找回了笑容

想你的时候，我去看佛

想你的时候，我去看佛。
你知道我并不是一个信徒，
但我想你又找不到你，你叫我怎么办？

这个世界上，跟你相像的，
除了佛的那张脸，还有什么？

哎！明知道你什么也不再说了
可我还是习惯遇事找你诉说

你不再絮絮叨叨
你现在什么都不需要了
除了一朵莲花、几个供果。

其他的东西因为你的不再需要
在我眼里也失去了拥有的意义

　　反复看了几遍第一首诗，感觉还是颇有诗味的。诗人注重押韵、诗行的整饬，这可能是脱化自古典诗词的痕迹。但诗人没有强求一律，在文字上也未刻意雕琢。总体来说，还有一种淡然述说的语气，没有强加于人的感觉。

　　仔细体会，诗人表现自己融入风景、融入自然的意愿，有树的挺拔，有花的艳红，还原到轻松自在且富有原始生命力的存在。这是河边的呼吸给诗人带来的感悟慰藉，令他找回了笑容。

　　我觉得这样的意愿和感悟还是耐人寻味的。从表达效果上来看，让我想起印象派的画作，朦胧而不至于模糊，淡淡的，却又有一种力量。缺点是稍嫌单薄，未能在更丰富的意象空间中拓展一时一地的思绪。

　　读第二首诗的时候，深深感动。此处被想念的人，应是祖母或母亲。看似漫不经心的述说，细细体会，却是如此刻骨铭心！

结尾有添足之嫌。其实只要反复吟咏相关诗句，已经能够感悟到"其他的东西""在我眼里也失去了拥有的意义"这一层意思。"看佛"意味着超越现世，"一朵莲花、几个供果"是天堂的供品，寄托着深深的哀思与圣洁的信念，相比之下，"其他的东西"都不过是俗累，在超越的世界里，没有任何意义。世俗与天国的对照，恰恰是这首诗的内在张力。

我始终认为，诗歌应该让读者感悟到诗人感悟到了什么，而不必告诉读者诗人感悟到了什么。

一首有趣的诗

一位诗友最近发表了一首很有趣的诗，题目叫"你个臭小子"，全文如下：

臭小子　我用肩膀

扛你进幼儿园

牵着手　送你进小学

无数个失眠把你喂大

直到某个晚上　你大醉而归

望着我"嘿嘿"傻笑

拍我的肩膀叫"哥们儿"

给你一个篮子

给你一根棍子

兜屁股一脚踢出家门

然后拍拍手上的尘土

点一根烟　开始回忆

诗友乙评论说，有点粗鲁，还是好好沟通下好。难道儿子拍着肩膀喊老爸"哥们儿"的时候，作为老爸的诗人不觉得这种叛逆已有过了？现实中很多的家庭，孩子和父母之间的沟壑，缺少的就是沟通。如果平时多点沟通，也不会最后"拍拍手上的尘土，点一根烟，开始回忆"。

我的观感不同于诗友乙。在这首诗中，不羁少年闯入成人世界，并且和成人称兄道弟，让呵护其成长的大人有一种权威受冲击的惊异与喜见少年成长的欣慰，感受很微妙。"兜屁股一脚踢出家门"，看似暴力的动作寄寓着令其独自闯荡的期许。然后"拍拍手上的尘土"、"点一根烟"，很潇洒，很释然：孩子终于长大了！然而也有些惘然，于是陷入回忆。这是父与子的微妙互动，也是孩童世界与成人世界碰撞出的火花。

诗友甲解释说，我儿子拿到名校录取书当天，从不外出的他拿走我的"狼头"伏特加白酒与好友大醉而归。儿子能大醉而归是长大了，是高兴；儿子叫我哥们儿是没有隔阂，是窃喜；"踢出家门"，不忍但必须；"开始回忆"，压不住的慈爱，没流泪算好的。真的，你们没有养大一个好儿子，你们还不能知道这里面的味道。这不是你们的错。

我回复说，好的诗歌具有多义性，不同于说明文，更不同于说明书。如果诗人很直白地将高兴、窃喜、不忍、压不住的慈爱等等感受说出来，那就诗不成诗了。通过形象、动作间接地表现情感，就有可能从个人化的体验通达集体记忆，关于成长，关于父爱，甚至关于父权。文字的容量也就随之扩展。这首诗的好处，除了语言的爽利风趣，正在于给人以回味的空间。

如果有一天，我那两个臭小子也在考上大学之后喝得大醉而归，我也不会介意他们拍我的肩膀叫一声"哥们儿"的。

点评网友 X 的诗

X 的诗风大抵有两类：一类是纤巧的抒情，一类是奔放的抒情，纤巧处如闺阁女子，奔放处如关东大汉，前一类诗读来如"小词"，或者说是如"妇人语"，如"女郎诗"，后一类诗则有奔雷激荡之感，一身而兼有豪放、婉约两种诗风，当得起"铁汉柔情"这四个字，可算难得。

其女郎诗，喜以佛理谈情，结句轻灵短小，诗思飘逸，用情深挚，颇似席慕蓉；其豪放诗，喜铺排，喜用惊叹语和粗犷意象，境界阔大，气势如虹，接近雪莱、拜伦所代表的所谓"积极浪漫主义"诗风。

从音乐性而言，X 非常注重经营诗语的外在韵律，音调协和，节奏明朗，所以非常适于吟诵。女郎诗那一类，可于午夜时分，配上小夜曲播出，豪放诗一类，宜于临风畅饮之际，高声诵读。这和一般人惯常对诗歌的理解完全合拍，诗歌就其本源来说，其实就是歌词，要能唱、能诵，至于是以编钟配乐，还是以七弦琴配乐，倒在其次了。

X 的女郎诗弊在纤巧有余，创意不足，说实话，类似的意思在郭沫若，尤其是席慕蓉的一些抒情小诗中，都似曾相似地见过了；X 的豪放诗弊在激情有余，节制不足，虽然华兹华斯说，诗是内在激情的自然流露，但缺乏了节制，也就没有了余味，中国古典诗学的意在言外之说，不能不察，通俗点也有林黛玉的"滋味"说，有滋味的东西通常都是耐人回味，如果入口即消，就显得底韵不足了。

诗不是不可以铺排，不是不可以运用宏伟的形容词，但最好能够自铸伟词，而不是袭用过于常见的表述，如"激流轰鸣的峡谷"，"掠过骏马驰骋的草原"，"大地如此辽阔"之类。

自诗歌产生以来，诗的品类已相当繁富，诗缘情，诗当能歌之类保守观念早就失去了统治地位，以逻辑入诗，以玄理入诗，皆不鲜见，如荷尔德林，如博尔赫斯，如穆旦，更不用说英国的玄学诗和中国的悟道诗，而在有些诗歌流派中，诗已经与歌词彻底划清了界限，如口语诗，X君或应拓宽眼界，转益多师，期有真正突破。

请亮出你的"奥卡姆剃刀"

一位初出茅庐的诗友刊发了一首名为"玉米地"的诗作，一读之下，让我惊艳：

> 走进玉米地，一个人与玉米说话
> 新耕的泥土气息已经散去，丰腴的是祖先们玉米
> 　　的长发
> 微风捋过一垄垄光影，一茬茬背影儿
> 从玉米中来，在玉米地生长，摇曳
> 父亲在写爷爷的故事，爷爷在写爷爷的故事
> 他们弯腰，起身……
> 写字，写诗，写从前与未来的肥沃光阴
>
> 我在笔耕，在玉米的诗行笔耕
> 比父亲更加小心翼翼。我怕耕伤
> 父亲的灵魂，十四世祖先的灵魂
> 我学着父亲为祖宗们理发，挠痒，洗澡
> 从受旱的玉米苗上看到自己露出的惊慌
> 我像一株正在扬花的玉米，努力在成熟的路上
> 不！我是一块玉米地，正被腹中的蠕动耕伤

此处的"玉米地"好比海子的"麦地"，融合着关于大地

与灵魂的双重记忆。诗人和玉米，由物我两分到物我合一，从玉米的清香枯荣，感受到生命的质感与律动，营造出属于诗人的幻觉世界，令人回味不已。

这位诗友很快写出了"玉米地2号"：

再次来到玉米地，大红的绢花遍地开放
一顶顶安全帽将玉米地团团包围
小红花簇拥着大腹便便、西装革履，洋洋得意
小白花，肃立在不起眼的地儿，追忆往昔
摇曳的玉米，勤耕的背影，歇息的先人。呜呼
玉米地要种植棋牌、洗浴、KTV……
开工的礼炮没把我炸晕，轰鸣的机器又在心头挖掘

我的祖先，早已聚集这里。劳作。憧憬。安息。
　　而今
森森白骨，被千斤铁爪从地下刨出，丢弃一地
我轻轻地捡拾，抚摸，分不清辈分与男女
轻轻地将他们安放我贫瘠的诗行。想不到
诗歌竟然绽放铮铮铁的声响。我骤然觉得，我的
　　诗歌
就是一块玉米地，祖宗们的灵魂正在里面哼唱
我们是玉米，我们是玉米，我们的家园在玉米地

前后"玉米地"的对照，就像余华的《活着》与《兄弟》的对照。后者多了调侃、讽刺和戏剧性对照，体现出商业化社会对乡土文明的侵蚀，也体现出诗人在风格上求变的倾向。诗

作的最后一部分显然是要用诗意的力量对抗玉米地的"沦陷"，也就是对抗乡土文明的"沦陷"。但在诗情的过渡上有些急，意图也太明显。从总体的语言风格来看，也不如第一首精练，需要用删繁就简的"奥卡姆剃刀"好好修理一下。

韩国诗人的东方之恋

在韩国现代华文文学的芳草地里，许世旭是最先萌动的生机与希望。20世纪60年代初，许世旭便成为台湾现代诗坛的一员，倡导现代诗歌，与现代派诗人洛夫等结为好友。

1961年起，许世旭开始用中文写作，迄今为止，已出版中文诗集《雪花赋》《东方之恋》，散文集《城主与草叶》等。近期出版的《移动的故乡》是作者"投入中国散文界四十多年的结晶"。

作为一名韩国作家，许世旭对汉语有着特殊情感。他曾说过，"华文是世界历史上最悠久最完美的文字之一，华文是宜于写诗，宜于抒写东方情怀的工具"。

许世旭青年时代曾在台湾求学八年，专攻中国古典文学。优雅的中国古典文化艺术如一瓣心香，萦绕在他的审美与精神世界。与此同时，许世旭的诗歌风格也应和着台湾现代诗歌艺术的律动。

20世纪50年代，纪弦创办《现代诗》季刊，标志着台湾现代派文学的发端。台湾现代派强调新诗是"诗的新大陆之探索，诗的处女地之开拓，新的内容之表现，新的形式之创造"。受此影响，许世旭在诗中表现出注重运用象征主义、表现主义、超现实主义手法的倾向。如写于20世纪70年代的诗歌《一条命》，"数着青山的峰峦，数着鹭鸶之行踪。或者轻踏着，五月的麦浪"，扑面而来的是浓郁的台湾现代派诗风。

明明如月，今夜可掇。乌鹊绕树，仍依故枝。许世旭诗中的最大亮点无疑是对中国古典诗境的现代演绎。如《雪花赋》："少小离家的浪子，老大回家，就想跟着星星的母亲，抱头痛哭一夜。"诗句显然是由贺知章"少小离家老大回"一句演化而来。

"故乡"是许世旭文学创作的母题。他的作品中所渗透的"乡愁"，是具有广泛意义的流浪情怀。他的"东方之恋"，他对自然和乡土的热爱，对中国传统文化的追寻，对华文书写的认同，都是他的"故乡情结"的一部分，具有文化乡愁乃至我在评论郑愁予时所说的"哲性乡愁"的意蕴。

台湾诗人痖弦在《〈城主与草叶〉序》中评价许世旭，"横跨两国文化，创作不辍，有同获肯认的创作者，古今中外毕竟不多"，"他创作时不但可使用相异的语言思考模式，更精通两国古典现代作品，同时享受了两种文化的精美，在两国文化的相互交流上也是最重要的媒介者"。

大诗人与小诗人

陕西蓝田县西南二十里，有一山明水秀之地，古称"辋川"。唐初，大诗人宋之问在此地建了别墅。

天宝三载后，一位更出名的大诗人，携着一小诗人，驾临此地。

他们穿林涉水，四处悠游，心有所感，辄赋诗唱和。

不觉间，便就辋川二十景，各诵一诗，共得四十篇，结成《辋川集》传世。

这大诗人，便是堪与李白、杜甫比肩的"诗佛"——王维。

那小诗人，便是托赖"诗佛"而扬名后世的"裴秀才"裴迪。

可是，我们禁不住要怀疑：

上天到底是在抬举裴迪，还是在捉弄裴迪？

他似乎很荣幸，有二十首诗，与一代大诗人的佳制乃至绝唱，比武过招似的，一首对一首地排在一起。

他似乎更倒霉，他那二十首平平无奇的山水田园诗，在王维同题诗作的巨大光环下，仿佛成了命运的"弃儿"与醒目的反衬。

我们不禁要问：

面对同样的山水，运用同样的体裁，描写同样的景色，王维与裴迪的唱和之作，何以会有如此的悬殊？

这是一个谜。但谜底并不难于索解。

首先，大诗人与小诗人本来就有天分上的差别。

其次，他们的生活感受有"深浅的不同"。

其三，具体操作时"处理虚实"与否得当，也是要害所在。

如，同写辋川一景：文杏馆。

裴迪诗云：

> 迢迢文杏馆，跻攀日已屡。
>
> 南岭与北湖，前看复回顾。

此诗可谓有头有尾，游踪历历：从仰望山馆，到跻攀以上，到登顶顾盼，写来也不乏情致，且道出了该景点的基本特色："地势高远"。可读下来，总觉得不对劲，似乎这不是诗，没有灵动之情致，没有跳荡之感，只是紧扣游程板板写来。结尾"前看复回顾"句，颇有开拓诗境、振起全篇之意，却又显得过于笨拙。

概而言之，全篇失之太实。

那位裴秀才，似乎跳不出当下的自我、当下的体验，像写游记一般，去写一首诗，结果只能是徒具诗形，而无诗意。

那么，什么是诗意？

诗意是大美，是诗的灵魂，它可以被描述，却无法被确切地定义。

它是一种灵性，一种气韵，一种超越于现实经验（"此在"）之上的感觉。它指向"存在"。

清人吴乔在他的《围炉诗话》中说：文是饭，诗是酒。

那么，诗意，便是酒中那醉人的力量。作为酿酒人的作者，不知这力量如何融入了诗中；作为饮酒人的读者，也不知这力量如何渗入了心中。

当现实的景观与经历，面对诗人富于情感与想象力的观照，并被富有节奏感的语言不失时机而又苦心经营地摄取——

诗意，便诞生了！

就像玉肤冰肌、光彩照人的维纳斯，乘着海浪，踏着睡莲，从大海深处，袅袅而来！

让我们把目光转向王维的《文杏馆》：

> 文杏裁为梁，香茅结为宇。
> 不知栋里云，去作人间雨。

这是真诗！

有诗形，五言为瓶。

更有诗意，化文为酒！

不为物役的诗人，跳出了当下体验的大圈，跳出了游程的限制，像面对神祇一般，面对并无惊人之处的文杏馆，以他的性灵与想象，以诗的音律和节奏，去召唤诗意，去创造真诗！

且看起句："文杏裁为梁，香茅结为宇。"

此句是于写实中，暗运巧思，化入司马相如《长门赋》"饰文杏以为梁"和左思《吴都赋》"食葛香茅"二典故，而又妙合无痕，当得起《红楼梦》第三十七回贾宝玉对林黛玉海棠诗起句"半卷湘帘半掩门，碾冰为土玉为盆"一联的喝彩："从何处想来！"

以上笔法，可称实中有虚。从中，我们读出了灵性，读出了气韵，读出了诗意。

结句："不知栋里云，去作人间雨。"是以"虚笔"写山馆的高峻与境地的幽静，可谓"超以象外"，有鬼神莫测之灵心，又当得起大观园中众姐妹对黛玉海棠诗第二联"偷来梨蕊三分白，借得梅花一缕魂"的叫好："果然比别人又是一样心肠。"不用说，裴秀才定无此心肠。

不过，"不知栋里云，去作人间雨"句，又非凭空结撰，它脱化于文杏馆"地势高远"这一基本特色。正所谓"超以象外，得其环中"。

以上笔法，可称虚中有实。

它是有内容的虚，有意味的虚，它是醇正的诗意。这样的诗句，正好比《水浒》中深得好汉们赞许的所谓"有力气的老酒"。

同样写"地势高远"，裴迪则以"迢迢文杏馆，跻攀日已屡"加以描绘。这是文，是饭，是对王维"超以象外"之思的散文化蹩脚注解。

清人吴乔在《围炉诗话》提出"诗酒文饭"之说：

"文之词达，诗之词婉。《书》以道政事，故宜词达；《诗》以道性情，故宜词婉。意喻之米，饭与酒所同出，文喻之炊而为饭，诗喻之酿而为酒。文之措辞必副乎意，犹饭之不变米形，啖之则饱也；诗之措词，不必副乎意，犹酒之变尽米形，饮之则醉也。"

这段话的意思是说，诗与文的功能都是传意，但文以实用为主，所以要直接明了，犹如"饭之不变米形"；而诗以抒发性情为主，所以要婉转蕴藉，以营造强烈的艺术感染力，犹如"酒之变尽米形，饮之则醉也"。

很显然，裴迪的诗才与王维的诗才，不在一个重量级：一个只能煮"饭"，一个却能酿"酒"，而且是"有力气的老酒"。

对不起裴秀才得很，为了避免以偏概全之讥，我们还得颇有不恭地将他与王维的另两首同题诗作，摆在一个台面上，做一番"较量"、"比试"：

鹿柴：

空山不见人，但闻人语响。

返景入深林，复照青苔上。（王）

日夕见寒山，便为独往客。
不知深林事，但有麏麏迹。（裴）

辛夷坞：

木末芙蓉花，山中发红萼。
涧户寂无人，纷纷开且落。（王）

绿堤春草合，王孙自留玩。
况有辛夷花，色与芙蓉乱。（裴）

其实，即使不加标注，以上各诗的版权所有者，也是判然可分：

一个是跳出游踪之线，聚焦于一点，由景造境，得其天趣；

一个是泥于游踪之线，视点分散，就景写景，了无诗意。

宋时，李清照之夫赵明诚，忽为李清照所作《醉花阴》一词所激，不信夫不如妻，一气炮制了五十首《醉花阴》，并将它们与其妻之词混在一起，交与友人陆德明审阅。陆德明阅后，评道："唯'莫道不消魂，帘卷西风，人比黄花瘦'三句绝佳。"此系李清照所作。

乱曰：

文章自有命，半点不由人。
都说诗道诡，比较露玄机。

与友人论诗书

文友赠诗，中有"我是青山山是我，湾藏明月月藏湾"一联。

首句从"我看青山多妩媚，料青山看我应如是"化出而别具匠心，可称佳妙，次句造作，有硬凑之嫌，可改为"环如满月月如环"，更显自然浑成。改句用纳兰性德《蝶恋花》"辛苦最怜天上月，一昔如环，昔昔都成玦"句意。环、玦皆为玉佩，在纳兰词中，分喻满月、残月。"情人怨遥夜，竟夕起相思。"月圆惹相思，古今同慨。

文友回复说，改句虽有出处，仍觉不尽意，而湾水虽浅，有明月珍藏，亦平生快事；故"环如满月月如环"未如"湾藏明月月藏湾"来的蕴藉清贵些。况"环"者，一字多义，并非专指玉环，且古人有水如环佩之说，明指水声而言。

余答之曰，水如环佩拟其声，月满如环象其形，一物多义，一喻多柄，此修辞常法也。晚唐诗人杜牧名句"水如环佩月如襟"，显从柳宗元《小石潭记》"闻水声，如鸣佩环"化出，皆以声音设喻，取其环佩叮咚之意。若无柳柳州"如鸣佩环"之语在前，则杜樊川"水如环佩"之喻亦失其依傍矣。所谓"环佩"，亦作"环珮"，特指衣带上所系佩玉，环系绦而为玉佩，或在匣中，或纫于身，在匣则无声，在身则时鸣，其理至明。《礼记·经解》例曰："行步则有环珮之声。"

纳兰词中，环、玦皆为玉佩，一圆一缺，以像月之盈亏，构思甚巧。如抽离此语境，则"环"有多解，既可特指圆形而中间有孔之玉器，亦可泛指圆环，要者有"超以象外，得其环中"，不可一概而论。若以"环"拟声，则"佩"字似不可少，观乎"行步有环珮之声"、"闻水声，如鸣佩环"、"水如环佩月如襟"诸例，其义自明。况有"一夕如环"佳句在前，更应有所趋避。

要言之，"一夕如环"、"如鸣佩环"之"环"，一与"玦"字两相呼应，一以"佩"字限定其意，读者一望可知两者皆指玉佩，然前者象形，后者拟声，乃所喻之不同，非吾言之相矸也。西人所谓语境决定意义（马林诺夫斯基），确有其道理。

适逢玉兔呈祥，万家团圆，遂乘兴涂抹，草成一联，以贺新禧：

兔跃莲峰峰跃兔，环如满月月如环。

与文友笔谈词赋

有文友名君不器者，示我以《黄金阁赋》，盖为山东省招远市新建之黄金阁而作，文词华赡，气韵浑成，其点题一节曰：

"观乎三层高阁，十叠雕檐，需扶风而上，以尽观瞻，极目高眺，气象森严：依罗峰且带沽河，挟界水而威北海。天眷宝疆，物华俊彩。蕴矿多奇，惟金是宰。金者，国之重器。若见兵戈，能绝庚癸之呼。若安靖固，可壮风云之色。是故黄金之贵，非浮贵于泉帛，乃昭重于社稷！"

我动问道，此赋何体？君不器答曰：

"如今作赋，大多只能算文体赋罢，我个人认为，赋中最高者应是律赋，但需要有赋题，勒八韵，并多在三百六十字下，连'壮、紧、隔、漫'皆需仔细揣度，如按此作来，是颇费工夫的。对于应景之作，一是不值得如此去考究，毕竟律赋在唐宋是考状元的玩意儿；二是即便如此作出来了，那也肯定是合不了出题方之意的，所以只能以文体赋是最佳的应景体裁。多少勒几支韵，加一些'漫'句式便可。而骚赋比兴太过，骈赋通篇四六，皆不合适应景之作，故窃以为，应是取律赋之风骨，文赋之内涵，才是应景作赋之道。"（文中个别字句略有改动，谨此说明。）

我于词赋一体，一向生疏，但观乎君不器所言，触绪感怀，有不能自已者，故不揣浅陋，答之曰：

"关于今人作赋，君之所论甚佳，亦颇见功力。愚以为，自苏东坡《前赤壁赋》出，赋之境界全开，诚可谓'一洗万古'（唐子西语）。今人作赋，当效其神理，以散驭骈，自如挥洒。

　　"苏东坡上承杜牧（以《阿房宫赋》为代表）、欧阳修（以《秋声赋》为代表），以文豪之大手笔，开文赋（又名文体赋、散赋）之新天地。我辈处白话通行之世，傥习为赋作，自以采文赋之体为宜，亦可兼纳律赋之音色，骈赋之工对，骚赋之比兴。

　　"自文体规模而论，我辈可于抒情小赋一体多所修习，务求以灵动之文，写真挚之情，不溢美，不流俗，庶几有成。至如汉大赋之体，则难望其项背矣。未知不器君以为然否？"

第四辑　小说评话

引言　小说识"趣"

宋人龚明之《中吴纪闻》卷二记同朝苏舜钦饮酒轶事曰：

> 子美豪放，饮酒无算，在妇翁杜正献家，每夕读书以一斗为率。正献深以为疑，使子弟密察之。闻读《汉书·张子房传》，至"良与客狙击秦皇帝，误中副车"，遽抚案曰："惜乎！击之不中。"遂满饮一大白。又读至"良曰：始臣起下邳，与上会于留，此天以臣授陛下"，又抚案曰："君臣相遇，其难如此！"复举一大白。正献公闻之大笑，曰："有如此下物，一斗诚不为多也。"

此斗酒品书之苏子美，亦即"时榜小舟，幅巾以往（沧浪亭），至则洒然忘其归，觞而浩歌，踞而仰啸"者，端的是风雅超尘。

书之可以下酒，其理在于酒能助读书之兴，亦在于其书能激发酒兴，"惜乎"也罢，慨叹也罢，皆付之于一大白。明末金圣叹品评才子书，动辄大呼小叫"当浮一大白"，俨然以"酒兴"深浅为衡文标准。好书助酒兴，庸文败酒兴，此亦为艺术生活化之一端。时人有雅好观球赛者，常手握啤酒一罐，且观且饮，胜败得失之怅意欢情，皆穿肠而过，其与汉书下酒之境界，似卑实同耳。

书可下酒，亦可消暑。当烁石流金之际，出门无心，困居无聊，捧读高文典册则徒增烦乱，何如手持一卷闲书，摩挲以消永昼。闲书之为闲，当有三义，一为非关宏旨，一为清通耐读，一为情致超然。书关宏旨，则闲情无所寄；文义难通，则闲兴无所托；用情过深，则闲趣无所彰。故世之大经大典，不可为闲书；高头讲章，主义教条，不可为闲书；浓情、深情、艳情、悲情之作，不可为闲书；莫测高深之现代派文学如《尤利西斯》之属，不可为闲书；快餐文学，时髦读物，亦不可为闲书，以其细品而无味也。

苏舜钦以《汉书》下酒，实雅人深致。不肖如我，恒以一册《水浒》为经年消暑之闲书。《水浒》较之《汉书》，一野史，一正史；一白话，一雅言；一为娱性之小说，一为资政之大书，境界高下，自不待言，然贤愚各得其趣，亦无所谓孰是孰非。

回首入上庠至今，忽忽已十数寒暑。每逢炎天当道时节，慵懒之意便漫涌而至，摊开凉席，掇出电扇，闲卧床榻。微《水浒》，吾谁与归？

《水浒》之为书，深合非关宏旨、清通耐读、情致超然三义。非关宏旨者，以其书所状无非一干草寇之江湖生涯，并掺和以山川景物、市井风物之描摹；清通耐读者，以其书文字疏朗，无赘言，无铺排，观之可亲，品之有味；情致超然者，以其无所用心，生死离合，喋血恩仇，人伦惨剧，蛇蝎毒计，皆付于闲言淡语，殊无大悲大喜之慨。

《红楼》较之《水浒》，情过深；《三国》较之《水浒》，文过雅；《西游》较之《水浒》，事过离奇，皆不如《水浒》之淡然而有深味，亦不如《水浒》之宜于炎天卧读，每读至性起，恨不能呼酒保曰：

小二，上一壶冷酒！

第一章 《十日谈》《红楼梦》等中外小说的叙述层次

一 那一年

意大利名作家薄伽丘（Giovanni Boccaccio）谈到男女之别时说，一个男人如果因为爱情受挫而心里昏闷，有许多消遣解脱的办法。只要他高兴出去走走，可以让他看看听听的东西多的是，他可以去打鸟、打猎、钓鱼、骑马，也可以去赌博或是经商。有了这种种消遣，一个男子至少可以暂时摆脱了，或者减轻了他心里的愁苦。他到头来不是在这里就是在那里得到了安慰，逐渐忘却了痛苦。

可是女人家因为胆怯、害羞，只好把爱情的火焰包藏在自己的柔弱的心房里，这一股力量比公开的爱情还要猛烈得多。她们整天守在闺房的小天地内，昏闷无聊，仿佛有所想望而又无可奈何，情思撩乱，总是郁郁寡欢。为了给怀着相思的少女少妇一点安慰和帮助，薄伽丘写了一部书。这部书里讲了一百多个故事，这些故事都是在瘟疫盛行的时期、由一群有身份的青年男女讲述。

那是 1348 年，意大利佛罗伦萨城中暴发可怖的瘟疫，每天，甚至每小时，都有大批大批的尸体运到城外。从 3 月到 7 月，病死的人达十万以上。一个礼拜二的早晨，七个穿着黑色丧服的年轻女子在诺维拉教堂邂逅三位青年男子，他们相约带上仆人，一起逃离这座弥漫着死亡气息的空城。两天后，他们来到郊外一座小山上的别墅。那里翠绿的树木环绕，还有走廊、壁画、清泉和悦目花草，地窖里还藏着香味浓郁的美酒。他们除了赏玩风景、欢宴歌舞，便是开故事会，在其中十天的时间里，每人每天讲一个故事，由轮流执政的"女王"或"国王"规定故事主题，如第八日的主题是"男人作弄女人，或女人作弄男人或男人之间相互作弄"。十天里，他们总共讲了一百多个故事，合在一起就是大名鼎鼎的世界文学名著《十日谈》（Decameron）。

在这些故事中，包含着许多悲欢离合的遭遇，以及古往今来的一些离奇曲折的事迹。薄伽丘希望淑女们读着这些动人的故事，说不定会得到一些乐趣，解除一些愁闷，同时还可以从中得到一些有益的启发，因为借这些故事，她们可以认识到什么事情应当避免，什么事情可以尝试。

二 《十日谈》里的三则趣事

从叙事时间看，1348年佛罗伦萨的瘟疫应该是作者亲身经历。第一，在中世纪，尸横遍野、死则城空的瘟疫时有发生。第二，那时的文学还没有现代派文学的荒诞夸张的想象。因此可以推测，《十日谈》实际的写作时间是在1348年之后。这一场瘟疫使得整座城里的"小强"都变成最可爱的动物。与死神光顾的佛罗伦萨城相对照，风景如画的郊外别墅俨然成了"世外桃源"。也正是在这个死亡边缘的叙事空间里，十个幸存的青年男女成了反思人生的讲故事的人。

小说的叙事结构因为"十人轮流讲故事"的独特方式而形

成一种嵌套的模式。第一层次的叙事者是薄伽丘，第二层次则是书中讲故事的十人。小说中的人物通常有三类，第一类是叙事者，也就是讲故事的人；第二类是此人所讲的故事中的人物；还有一种情况就是既是叙事者又是故事中的人物。在《十日谈》里，最特殊的就是第二层次的叙述者（也是小说人物中的第一类），他们在讲故事之前也有简单的互动。但是薄伽丘对这些人物并没有多着笔墨，他们就成了泥塑木偶般的存在，西方文学理论称之为"paste board"，即"剪贴板"。意思是平面的，只有叙事功能的。薄伽丘之后的被称为英国文学之父的乔叟的《坎特伯雷故事集》，继承了《十日谈》的叙事模式，只是讲故事的人更有性格，更有生命力，彼此之间的互动也更加频繁。

在《十日谈》中的上百个故事里，以下三个颇具代表性：

一是小修女的故事。这个故事讲述了小修女伊莎贝达与小帅哥的爱情。某天晚上，他们在修道院里幽会，众修女赶到女院长住处告发。结果女院长乌辛巴达也正在和修士偷偷亲热，匆忙之中误将修士的短裤当作头巾戴在头上。小修女在接受院长义正辞严的训诫和说教之时，本来还羞愧难当，但她发现了女院长头上的异状——原来院长也是"同道中人"，于是理直气壮地说："院长，天主保佑你，请你把头巾扎好再跟我说话吧！"女院长起初还惊愕与恼怒于她的态度，后在众人的注视中发现了自己头上的短裤，顿时无地自容，但她故作镇静地说："硬要一个人抑制肉欲的冲动，却是比登天还难的事，所以只要大家注意保守秘密，不妨各自去寻欢作乐吧。"

二是绿鹅的故事。讲的是一对住在山中的父子，儿子从来没有见过女人。父亲第一次带他下山进城，儿子看见一群可爱的女子就问父亲这是什么。父亲不愿意让儿子知道她们是女人，生怕会唤起他的邪恶肉欲，所以哄骗他说："它们叫作'绿鹅'。"可是儿子冷不防地说，"啊，爸爸，让我带一只绿鹅回去吧。"

三是宗教裁判官的故事。有一个有钱人，在酒馆喝酒，说了一句："这酒实在太好喝了，连耶稣都会喜欢的。"宗教裁判官听到了，并没有因为此人渎神而愤怒，而是分外开心——他又可以借机敲诈了！那个酒鬼因为有钱，所以被抓，但又因为有钱，所以生还。

这三个故事大致可以体现《十日谈》的宗旨：讽刺教会及其弘扬的禁欲的虚伪和其绝对权力下的腐败；反对极端的宗教神性，弘扬世俗的人性。值得注意的是，绿鹅的故事并不在一百个故事之内，它是在十人互动之中讲述的，是一百个故事之间的插曲。

三　爱上不该爱的人

法国文豪巴尔扎克（Balzac）写过一篇情节极为离奇的短篇小说《萨拉辛》（Sarrasine），这篇小说和意大利名著《十日谈》一样，都是大故事里套着小故事，主叙事下藏着次叙事，就像地摊上常见的嵌套玩具，揭开一个，里面还藏着一个，煞是好玩。

1968 至 1969 年，法国学者罗兰·巴特在巴黎高等研究实验学院开一门研讨课，论题为"叙述文的结构分析：巴尔扎克的《萨拉辛》"。1970 年，讲稿整理出版，书名为："S/Z"。S 指男主人公萨拉辛（Sarrasine），Z 指女主人公赞比内拉（Zambinella）；书中讨论萨拉辛对赞比内拉由爱转恨的内心纠葛；"/"有互动、对抗之意。

那是 19 世纪的巴黎，在一个衣香鬓影萦绕的晚会上，"我"

邂逅了美丽的德·罗歇菲德夫人。为了博取这位侯爵夫人的好感，"我"对她讲述了萨拉辛和赞比内拉的爱情故事。

萨拉辛是巴黎破落贵族后裔，有一回流落到意大利罗马，遇见了女高音歌手赞比内拉。他第一眼看到赞比内拉就感到了加拉泰亚一般的美。加拉泰亚是塞浦路斯国王皮格马里翁雕刻的一座象牙少女像。皮格马里翁不喜欢塞浦路斯的凡间女子，所以把全部的精力、全部的热情、全部的爱恋都赋予了这座雕像。在萨拉辛眼中，赞比内拉具有加拉泰亚般的魔力，她美妙的歌声又如泉水一般浸润了他的心灵，诱惑他将整个灵魂化为耳朵去接纳歌声中迷人的性感。可是，萨拉辛的爱情最终失败了，因为，赞比内拉不是女人，而是个被阉割过的男性！

法国叙事学理论家惹内特注意到，萨拉辛和赞比内拉的爱情故事与"我"和侯爵夫人的浪漫邂逅，有着交感与互动。他还发现，"我"是一个穿越于主叙事与次叙事之间的双层叙事者：在当天的晚会上，"我"和侯爵夫人看到一个古怪老人。翌日，"我"到夫人家中，把这老人的一段历史讲给她听。显然，"我"是主叙事层次的叙述者兼主角，也是次叙事层次的隐身叙事者。惹内特认为，这种会穿越的双层叙事者，仅见于《萨拉辛》。这个说法是否过于武断？巴尔扎克的小说是否真有那么神奇？且听下回分解。

四 翠环 VS 惹内特

上一回提到，法国叙事学理论家惹内特认为，巴尔扎克中篇小说《萨拉辛》中的"我"，既是主叙事层次的叙事者兼主角，也是次叙事层次的隐身叙事者，这种会穿越的双层叙事者，在文学史上独此一家。

可巧，我正在翻阅清末刘鹗的《老残游记》，无意中发现了一个足以撼动惹内特这位大理论家的大判断的小人物，这是一个家败后被逼卖身的小女子，名叫翠环。

话说游方郎中老残云游到山东地界的齐河县，此时适逢寒冬，地裂风号，长冰蔽河，旅客皆不能渡。其中一位旅客是山东小吏黄人瑞，因公干来到齐河县，亦被困城中。某晚，人瑞约老残到他住处饮酒吃火锅，还找了两个妓女作陪，一个鸭蛋脸儿，一个瓜子脸儿，鸭蛋脸儿的叫翠花，瓜子脸儿的那位就是翠环。

席间，老残架不住人瑞的起哄，在客店墙上题诗一首。诗中有"河曲易为塞，嵯峨银桥架。归人长咨嗟，旅客空叹诧"等句，无非是说黄河冰塞，旅人叫苦，文意并不艰深，但对翠花、翠环辈，已是难如天书。

翠环便问老残："铁老，你贵处是哪里？这诗上说的是什么？"

老残（本名铁英）一一告诉她听。

翠环听后说："我在二十里铺的时候，过往客人见的很多，也常有题诗在墙上的。我最喜欢请他们讲给我听，听来听去，大约不过两个意思：体面些的人总无非说自己才气怎么大，天下人都不认识他；次一等的人呢，就无非说那个姐儿长得怎么好，同他怎么样的恩爱。"

在这个大文人与小文盲谈诗的情节中，翠环既是女主角，也是叙事者，所述过客题诗一事，令人想见古时诗风之盛与客中风雅。再看她的"诗评"，虽是外行看热闹，倒也切中骚人墨客言志抒情的弊端，煞是可爱。

其后翠花讲述翠环卖身为娼的遭遇，剧情就肃杀多了。讲到沉痛处，当事人翠环忍不住接过话头，倒米袋一般细述了她家在黄河决堤后人财两空的惨剧，令人痛感庸官治水无道，误尽天下苍生。

回到叙事学理论，翠环虽是小角色一名，但她不经意地实现了从主叙事到次叙事，又从次叙事回到主叙事的穿越。惹内特的论断虽不至于被她的穿越所颠覆，但也摇摇欲坠了。

五　曹雪芹的"分身术"

上一回谈到，清末刘鹗《老残游记》中的小角色翠环穿越于主叙事和次叙事之间，动摇了惹内特所谓"双层叙事者"仅见于巴尔扎克中篇小说《萨拉辛》的论断。

不过，动摇不同于推翻。动摇只是晃了晃，好比闪了一下腰，推翻的结果则是轰然倒塌，卧地不起。如果要让惹内特的论断轰然倒塌，还得请出中国小说史上的第一才子——曹雪芹。

曹雪芹的《红楼梦》简直就是叙事学上的百宝箱，要什么有什么，诸如元叙事、主叙事、次叙事、现身叙事、隐身叙事、时间变形、空间对照、跨层、跳角、抢话、悬疑、伏笔，甚至如现代派小说中常见的时空交错、内心独白、意识流等众多叙事手法、叙事现象，这些学术圈内所谓"行话"、"切口"，都能在《红楼梦》里找到例证。

法国著名比较文学家艾田伯（R.Etiemble）指出："没读过《西游记》，正像没读过托尔斯泰或陀思妥耶夫斯基，却去讲小说理论，可算是大胆。"这个说法简直就是扇在学术媚外者脸上的一记老大耳光，真是太解气了！不过，艾老先生的说法还不够全面，他应该说，"没读过《西游记》《红楼梦》，却去讲小说理论，可算是大胆！"

《红楼梦》的开端讲述写作动机与成书来历，大玩叙述"分身术"与时间"穿梭机"，让人前生今世，云里雾里，晃晃荡荡，直犯迷糊。唯有细细推敲，才能看出点门道。

从小说叙事者的身份来看，第一撰稿人是那块大荒山青埂峰下无材补天，幻形入世，蒙茫茫大士、渺渺真人携入红尘，历尽悲欢离合炎凉世态的顽石，昵称"石兄"；抄录者是几世几劫后无意中看到"石兄"所编故事的空空道人；最后的修订成书者才是于悼红轩中披阅十载，增删五次，纂成目录，分出章回的曹雪芹。

这样的"分身术"真是让人眼花缭乱，几疑行者老孙附体也。事实上，石兄也好，空空道人也好，都不过是曹雪芹的化身。曹大才子之所以大玩叙事分身和时空腾挪的把戏，无疑是要制造一种亦真亦幻、恍兮惚兮、色不异空、空不异色的氛围与基调。

《老子》第二十一章曰："道之为物，惟恍惟惚。惚兮恍兮，其中有象；恍兮惚兮，其中有物。"《红楼梦》开篇所营造的"恍兮惚兮"的氛围，莫非是要让读者生出"道心"，以免往后观赏石兄的肉身——贾宝玉的传奇时，泥于色相，而不能悟其深意？

欲知"端的"（意为"究竟"，明清小说常用语），且听下回分解。

六　进入它，看透它，超越它

上回提到，曹雪芹之所以要在《红楼梦》的开篇营造一种恍兮惚兮的氛围，可能是要激发出读者的道心，以免他们泥于色相，不能悟其深意。

鲁迅在《〈绛洞花主〉小引》一文中说：

> 《红楼梦》是中国许多人所知道，至少，是知道
> 这名目的书。谁是作者和续者姑且勿论，单是命意，
> 就因读者的眼光而有种种：经学家看见《易》，道学
> 家看见淫，才子看见缠绵，革命家看见排满，流言家
> 看见宫闱秘事……

鲁迅的眼光的确狠辣，不要说清末民初的读者乐于从《红
楼梦》中"见淫"、"见缠绵"、见"宫闱秘事"，当今之世，那
些真真假假的才子们不也常以万千娇宠集于一身的贾宝玉自
居、自诩？朦胧诗人顾城之死，难道不是伪男们的贾宝玉情
结、韦小宝情结在作祟？

曹大才子想必是预见到了他的风月传奇可能会引发后世自
恋者的"意淫"，所以一开篇就把读者抛入时光穿梭机，让他
们在时空的穿越中获得一种超越性的眼光和通达心境，藉此超
脱物欲情累，彻悟生命本质。

十丈红尘，卷起多少恩怨情仇；十方之内，汇聚多少悲欢
离合。进入它，看透它，超越它，为了告别而相爱，为了忘却
而纪念，这就是曹雪芹对读者的期许。且看《红楼梦》"抄录
者"空空道人与"原创者"石兄的对话（经剪辑）：

空空道人："石兄，你这一段故事，其中只不过几个异样
女子，或情，或痴，或小才微善：我纵然抄去，也算不得一种
奇书。"

石头答道："我师何必太痴？历来才子佳人等书，开口文
君，满篇子建，竟不如我这半世亲见亲闻的几个女子，虽不敢
说强似前代书中所有之人，但观其事迹原委，亦可消愁破闷。

世人把此一玩，不但是洗旧翻新，却也省了些寿命筋力，不更去谋虚逐妄了。我师意为如何？"

空空道人听如此说，思忖半晌，将这《红楼梦》的"底本"再检阅一遍。因见上面大旨不过谈情，亦只是实录其事，绝无伤时诲淫之病，方从头至尾抄写回来。从此，空空道人"因空见色，由色生情，传情入色，自色悟空，遂改名情僧"。

所谓"由色生情，自色悟空"，正是《红楼梦》的真意所在！至于曹雪芹的创作意图与惹内特所谓"双层叙事"有何干系，就得下回分解了。

七　谁是梦中人？

上回提到，"由色生情，自色悟空"乃是《红楼梦》的真意所在。明眼人不难看出，如果没有这种透彻的人生感悟，从没读过现代派小说的曹大才子不可能如此灵活自如地运用法国叙事学家惹内特所谓"双层叙事"。

《红楼梦》开篇说：

　　今风尘碌碌，一事无成，忽念及当日所有之女子，一一细考较去，觉其行止见识皆出我之上，我堂堂须眉，诚不若彼裙钗。我实愧则有余，悔又无益，大无可如何之日也！当此日，欲将已往所赖天恩祖德锦衣纨袴之时，饫甘餍肥之日，背父兄教育之恩，负师友规训之德，以致今日一技无成，半生潦倒之罪，编述一集，以告天下。

这种自报家门，一上来就向列位看官交代小说来历与创作动机的叙述，在叙事学上称为"超叙事"（super-narrative）。此处的"我"，既是叙事者，又是主人公。作为叙事者的"我"，是一个饱尝离合悲欢、兴衰际遇的忏悔者，作为主人公的"我"，是一个锦衣纨绔、饫甘餍肥而又背父兄教育之恩、负师友规训之德的纨绔子弟。

在作完真情告白后，曹雪芹立刻来了个乾坤大挪移，变身为女娲补天时遗弃的顽石，随后又幻形入世，化身为史上第一小白脸、集万千娇宠于一身的贾宝玉贾二公子，在那花柳繁华之地、温柔富贵之乡潇洒走一回，然后是盛极而衰、看破红尘，一场游戏一场梦。

妙的是，大荒山上自怜自艾的石兄，大观园里风流自赏的贾二公子，明明都是曹大才子的化身，但他却能超脱其外，有如穿上隐身衣一般，真事隐去，假语村言，以貌似客观的叙述视角，讲述自家的白日梦。从叙事层次来看，曹大才子连续穿越了三个叙事层次，从"官二代"的忏悔，到石兄的自怜，再到贾二公子的红尘逆旅。与此相比，法国大文豪巴尔扎克在小说《萨拉辛》中的双层叙事，简直是小菜一碟。

可叹的是，学识渊博如胡适之辈，却看不到曹雪芹在文学技术上的超前超凡，居然说出"在那一个浅陋而人人自命风流才士的背景里，《红楼梦》的见解与文学技术当然都不会高明到哪儿去"之类的昏话。欲知详情，且听下回分解。

第二章 《红楼梦》的景物描写

一 天下才子谁敌手？

上回提到，胡适先生认为，世所公认的文学经典《红楼梦》在见解与文学技术这两个方面，都不高明。1925年冬，他为新版《老残游记》写序，毫不留情地批评了《红楼梦》等小说名著的艺术手法。

在他看来，《老残游记》在描写的技术上，可算是前无古人，不但力压《儒林外史》，也盖过了《红楼梦》《西游记》《水浒传》。他评论说：

> 古来作小说的人在描写人物的方面还有很肯用气力的；但描写风景的能力在旧小说里简直没有。一到了写景的地方，骈文诗词里的许多成语便自然涌上来，挤上来，摆脱也摆脱不开，赶也赶不去。《儒林外史》写西湖只说"真乃五步一楼，十步一阁；一处是金粉楼台，一处是竹篱茅舍；一处是桃柳争妍，一处是桑麻遍野"。《西游记》与《红楼梦》描写风景也都只是用几句滥调的四字句，全无深刻的描写。我们试读《红楼梦》第十七回贾政父子们游大观园的一大段里，就处处都用现成的词藻。但《老残游记》无论写人写景，作者都不肯用套语滥调，总想熔铸新词，

作实地的描画。

直到晚年，胡适依然坚持他的"崇刘抑曹"立场，这里的曹刘，当然不是"天下英雄谁敌手"的"曹刘"，那是指政治上的老冤家曹操和刘备，而是被胡适抛到文学擂台上放对的曹雪芹和刘鹗。

我们试看胡适在1960年冬写给另一位反曹派大将苏雪林的一封信。信中说，他写了几万字考证《红楼梦》，只说过"《红楼梦》只是老老实实地描写这一个'坐吃山空'，'树倒猢狲散'的自然趋势，因为如此，所以《红楼梦》是一部自然主义的杰作"这样一句赞颂《红楼梦》的文学价值的话。他反省说，"其实这一句话已经过分赞美《红楼梦》了。《红楼梦》的主角就是含玉而生的赤霞宫神瑛侍者的投胎；这样的见解如何能产生一部'平淡无奇的自然主义'小说！"

胡适曾见到曹雪芹同时的一些朋友如宗室敦诚、敦敏等人的诗文；也曾仔细评量《红楼梦》的文字以及其中的诗词曲子等。他的平心静气的看法是：在那些满洲新旧王孙汉军纨绔子弟的文人之中，曹雪芹要算天才最高的了，可惜他虽有天才，而他的家庭环境及社会环境，以及当时整个的中国文学背景，都没有可以让他发展思想与修养文学的机会。在那一个浅陋而人人自命风流才士的背景里，《红楼梦》的见解与文学技术当然都不会高明到哪儿去。

胡适的看法貌似中肯，实则大谬不然。欲知端的，且听下回分解。

二 《红楼梦》是陈腔滥调之作?

上回提到,胡适先生认为,《红楼梦》描写风景只是用几句滥调的四字句,全无深刻的描写。试读《红楼梦》第十七回贾政父子们游大观园的一大段里,就处处都用现成的词藻。到了晚年,他连"《红楼梦》是自然主义杰作"也不认了,因为以曹雪芹的"见解",不可能创作出一部"平淡无奇的自然主义"小说。

先来看看《红楼梦》里的风景描写是否真如胡适所说的那么不堪。就以第十七回为例好了。这一回的回目名是"大观园试才题对额,荣国府归省庆元宵",讲的是元妃贾元春定于元宵节返家省亲,荣国府大兴土木,建成了大名鼎鼎的大观园;荣国府二老爷贾政率众清客视察园景,正好逮到他的不肖子——游手好闲、终日出没脂粉堆的贾宝玉;贾政命其同游,每到一景,令其题名题联,俨然是当堂测验,可把我们宝兄弟折腾坏了。

在这一回里,清客们的帮闲嘴脸,贾政的道貌岸然,贾宝玉的不学有才,表现得活灵活现,写景、写人,难分彼此:

> 贾政刚至园门前,只见贾珍带领许多执事人来,一旁侍立。贾政道:"你且把园门都关上,我们先瞧了外面再进去。"贾珍听说,命人将门关了。贾政先秉正看门。只见正门五间,上面桶瓦泥鳅脊,那门栏窗槅,皆是细雕新鲜花样,并无朱粉涂饰,一色水磨群墙,下面白石台矶,凿成西番草花样。左右一望,皆雪白粉墙,下面虎皮石,随势砌去,果然不落富丽

俗套，自是欢喜。遂命开门，只见迎面一带翠嶂挡在前面。众清客都道："好山，好山！"贾政道："非此一山，一进来园中所有之景悉入目中，则有何趣。"众人道："极是。非胸中大有丘壑，焉想及此。"说毕，往前一望，见白石崚嶒，或如鬼怪，或如猛兽，纵横拱立，上面苔藓成斑，藤萝掩映，其中微露羊肠小道。贾政道："我们就从此小径游去，回来由那一边出去，方可遍览。"

这一段写大观园正门景观，文风可算明快，显然不是仅用几句滥调的四字句。比如"桶瓦泥鳅脊"这五个字，桶瓦是指半圆的瓦，泥鳅脊是形似泥鳅的屋脊，都是建筑用语，如刻意追求四字句，曹雪芹该将它压缩为"桶瓦鳅脊"，这样才和"雕梁画栋"登对。其他如"凿成西番草花样"，"下面虎皮石，随势砌去"，皆可见作者用语遣词不强求、不造作，亦不过"随势砌去"而已。

三 《红楼梦》全无深刻的风景描写？

上一回谈到，《红楼梦》中的风景描写并非如胡适所言，只是用几句滥调的四字句。

由于孤证难以服人，让我们再来看几个例子。

话说贾母携刘姥姥及本府的一大群姨妈姑姐巡游大观园，先去了林黛玉的潇湘馆，贾探春的秋爽斋，然后坐棠木舫来到花溆的萝港之下。贾母看到岸上一栋清厦，便问："这是你薛姑娘的屋子不是？"众人道："是。"贾母忙命拢岸，顺着云步石梯上去，一同进了蘅芜苑。

接下来，曹雪芹将镜头对准了蘅芜苑内的景致：

> 那些奇草仙藤愈冷愈苍翠，都结了实，似珊瑚豆子一般，累垂可爱。及进了房屋，雪洞一般，一色玩器全无，案上只有一个土定瓶中供着数枝菊花，并两部书，茶奁茶杯而已。床上只吊着青纱帐幔，衾褥也十分朴素。

这样的描写，称得上是朴素雅洁，淡定从容，没有刻意的雕琢，也没有酸腐的造作。更重要的是，从这段描写中，可以感受到蘅芜苑主人薛宝钗这位"冷美人"的气质，人与景，物与我，性情与摆设，水乳交融。西方人说，一个人的书房是他的性格的延伸。蘅芜苑的园景和屋内布置，也分明是薛宝钗的性格的延伸。曹雪芹以短短一段景物描写，点出了女主人公的性格特质，不可谓不老到，不可谓不深刻。胡适认为，《红楼梦》描写风景不仅是只用几句滥调的四字句，而且"全无深刻的描写"，未免有些托大了。

再来看第四十九回中的雪景：

> （宝玉）掀开帐子一看，虽门窗尚掩，只见窗上光辉夺目，心内早踌躇起来，埋怨定是晴了，日光已出。一面忙起来揭起窗屉，从玻璃窗内往外一看，原来不是日光，竟是一夜大雪，下将有一尺多厚，天上仍是搓绵扯絮一般。宝玉此时欢喜非常，忙唤人起

来……忙忙的往芦雪庵来。出了院门，四顾一望，并无二色，远远的是青松翠竹，自己却如装在玻璃盒内一般。于是走至山坡之下，顺着山脚刚转过去，已闻得一股寒香拂鼻。回头一看，恰是妙玉门前栊翠庵中有十数株红梅如胭脂一般，映着雪色，分外显得精神，好不有趣！宝玉便立住，细细的赏玩一回方走。只见蜂腰板桥上一个人打着伞走来，是李纨打发了请凤姐儿去的人。

这一段描写有何妙处？且听下回分解。

四 《红楼梦》写景三特点

上一回摘录了《红楼梦》第四十九回中的雪景描写。这段文字以非常精练的笔触，描写了窗上的雪光、大观园的雪色、雪中梅的寒香、栊翠庵的红梅映雪、蜂腰板桥上打着伞踏雪而来的丫鬟，有全景，有近景，有中景，融和着光色声香，交错着静态动感，活画出一幅立体的、多层次的雪后景观。几个比喻也很提神，如"四顾一望，并无二色，远远的是青松翠竹，自己却如装在玻璃盒内一般"，如"十数株红梅如胭脂一般，映着雪色，分外显得精神"。更妙的是，这一切都不是旁观者的打量，而是从贾宝玉早起后急切期待天雪未晴、以便为他们当日的海棠诗会助兴的眼光中写来，人的心情，人的意趣，人的欢欣，便和"琉璃世界白雪红梅"融为一体，冷中见热，更显生气勃勃。

接下来上演的，就是"芦雪庵争联即景诗"这一幕大戏了。名震宁荣二府的泼妇凤姐儿也赶来凑趣，她笑道："我想下雪必刮北风。昨夜听见了一夜的北风，我有了一句，就是'一夜北风紧'，可使得？"众人听了，都夸这句诗粗而不俗，正是会作诗的起法。李纨便记下王熙凤的起句，自己也联了一句，随后，黛玉、宝钗、宝玉纷纷加入战团，煞是热闹，以下是即景诗的开局部分：

> 一夜北风紧，开门雪尚飘。入泥怜洁白，匝地惜琼瑶。有意荣枯草，无心饰萎苕。价高村酿熟，年稔府梁饶。葭动灰飞管，阳回斗转杓。寒山已失翠，冻浦不闻潮。易挂疏枝柳，难堆破叶蕉。

喜欢看中国古典小说的人一定会感到很亲切，因为，这样的以诗写景实在是中国文人的惯用手法，《水浒》《西游》《三国》，莫不如此。胡适说，古来作小说的人在描写人物的方面还有很肯用气力的，但描写风景的能力在旧小说里简直没有。我觉得胡适可能不太了解古代文人写景的手法与特点，所以会有此议。

其实，中国古典小说家并不是不重视写景，只不过他们有自己的习惯与趋尚。我总结了一下，《红楼梦》在写景上有这样三个特点：一是前文提到的以诗写景；二是罕有大段大段景物描写，不像英国作家哈代（Thomas Hardy）的《还乡》之类的西方小说；三是大多在写人及描写情节的时候，顺势写景，如第二十六回"蜂腰桥设言传心事，潇湘馆春困发幽情"的结尾。欲知端的，且听下回分解。

第三章 《红楼梦》与《还乡》中的"闭门羹"事件

一 闭门羹

话说林黛玉前往怡红院探访贾宝玉,结果吃了闭门羹,还被小丫鬟晴雯数落了一通,不由得越想越伤感。小说中这样描写道:

> (林黛玉)也不顾苍苔露冷,花径风寒,独立墙角边花阴之下,悲悲恻恻呜咽起来。原来这林黛玉秉绝代姿容,具希世俊美,不期这一哭,那附近柳枝花朵上的宿鸟栖鸦一闻此声,俱忒棱棱飞起远避,不忍再听。真是:
>
> 花魂默默无情绪,鸟梦痴痴何处惊。
>
> 因有一首诗道:
>
> 颦儿才貌世应希,独抱幽芳出绣闺。
>
> 呜咽一声犹未了,落花满地鸟惊飞。
>
> 那林黛玉正自啼哭,忽听"吱喽"一声,院门开处,不知是那一个出来。

这一段描写见于《红楼梦》第二十六回的结尾,称得上是境由心生,天人交感——"苍苔露冷,花径风寒"的黄昏园景,恰是林黛玉此刻心境的外化，柳枝花朵上的宿鸟栖鸦，本是无知的飞禽，却为人间的美色与悲情所触动，以至不忍再听林黛玉的呜咽悲啼。这是典型的移情手法，正是借助这种手法，曹雪芹写出了林黛玉的悲感之深，怎能说不"用心"，不"深刻"？

说来也巧，哈代名著《还乡》中也有一个吃闭门羹的情节，也触发了当事人的深深感伤。

说起英国作家哈代，一般读者可能比较陌生。但提起苔丝（Tess），知道的人恐怕就多了。由波兰斯基执导、金斯基出演女主人公的电影《苔丝》，以英国工业化时期的乡村生活为背景，在舞蹈、收割、劳作、乡村酒吧、原始铁路交错呈现的影像美感中，演绎了乡村女子苔丝饱受命运玩弄之后愤而与命运抗争，最终手刃夺走其贞洁与幸福的恶少埃里克（Alec），并在曾弃她而去的安吉尔（Angel）的身边被英国骑警逮捕的悲剧故事。这部电影震撼了一代观众，苔丝这个人物迅即成为堪与郝思佳、卡门、简·爱分庭抗礼的经典艺术女性。她的创造者不是女演员娜塔莎·金斯基，而是托马斯·哈代。

除了苔丝，哈代在小说《还乡》中也塑造了一个很有个性的乡村女子游苔莎（Eustacia），她给她的婆婆吃了一个闭门羹，结果酿成了一场人伦惨剧。要知端的，且听下回分解。

二　黑夜的皇后

上一回谈到，英国作家哈代在小说《还乡》（*The return of the native*）中塑造了一个很有个性的乡村女子游苔莎（Eustacia），她给她的婆婆吃了一个闭门羹，结果酿成了一场人伦惨剧。

《还乡》初版于1878年，是一部极具代表性的"性格与环境的小说"。小说女主人公游苔莎出生于沿海城市布达茅斯（Budmouth），由于父母双亡而投靠生活在爱敦荒原上的外公。她憎恨荒原世界的单调与沉闷，一心向往大都会的繁华，因而追求克林（Clym），希望克林能把她带到当时的世界之都巴黎。克林的母亲姚伯太太（Mrs Yeobright）不喜欢这个傲世不群、自由不羁且不乏绯闻的"坏女人"，竭力反对两人的结合。可是孝心颇重的克林却敌不住游苔莎的魅惑，还是与后者结了婚。婚后，两人居住在远离村庄的一栋山间小楼，度过了一段你的眼中只有我、我的眼中只有你的浪漫时光。可惜好景不长，克林由于读书过勤，双眼半盲，为了打发寂寞，克林放下绅士身段，做起了砍草人。虚荣的游苔莎为此深感羞愤，再加上克林一心想留在荒原办学，无意重回喧嚣纷扰的繁华都会，两人之间的裂痕越来越深。游苔莎的旧情人伍德伊夫（Wildeve）见缝插针，常常在克林和游苔莎的那栋见证过"牢笼之爱"（love in a prison）的小楼附近徘徊。某天夜晚，他终于抓住游苔莎这个"黑夜皇后"（queen of night）单独外出漫步的机会，邀请她参加了山间草坪上的一次月光舞会，两人再次擦出火花。

小说里的"闭门羹"事件就是在这样的背景下发生的。话说姚伯太太有意与儿子、儿媳修好，特地准备了一份珍藏多年的瓷具，然后以老迈之身，徒步穿过漫长的荒原小径，前往儿子、儿媳离群索居的小楼探访。当她精疲力竭抵达小楼后的山坡时，不巧，或者说正巧，伍德伊夫也来到了这栋小楼，并被游苔莎请进客厅晤谈，此时此刻，砍了一上午荆棘草木的克林正倒在沙发呼呼大睡，对正在发生和将要发生的事浑然不觉。姚伯太太走下山坡敲响了儿子家的大门，游苔莎从窗口看到了她的婆婆，不觉惊慌失措。欲知后事如何，且听下回分解。

三 门边的误会

上回讲到，姚伯太太走下山坡敲响了儿子家的大门，游苔莎从窗口看到了她的婆婆，不觉惊慌失措。

接下来的对话与情节很有戏剧性，试译如下：

"我该走了？"伍德伊夫站起身。

"我也不知道。"

"她是谁？"

"姚伯太太。哦，那天她都对我说了些什么！我不能理解她的到访——她有什么企图！而且，她还怀疑我们的过去。"

"我听你的。如果你认为她最好不要看到我，那我走到隔壁房间？"

"嗯，也好。去吧。"

伍德伊夫立即退身离去；但在他走进相邻房间后不到半分钟，游苔莎就跟了进来。

"不行，"游苔莎说，"我们不必这样做。如果她进来，就必须看到你——我又没做错什么。可是，既然她希望看到的不是我，而是她儿子，我为什么要为她开门？我不想开门。"

姚伯太太再次敲响了大门，声音比第一次要高。

"她这样敲门像是要吵醒他，"游苔莎说，"然后，他会亲自请他进来。啊——听。"

他们可以听到克林在隔壁房间翻动身体，他似乎被敲门声所惊扰，嘴里喊着"妈妈"。

"是的——他醒了——他会去开门。"她松了口气说。"来这边。她对我印象不好，你一定不能让她看见。我之所以表现得这样偷偷摸摸，不是因为我做错了什么，而是人言可畏。"

游苔莎把伍德伊夫送到后门，看着他渐行渐远，直到他的背影消失在爱敦荒原那浓密的灌木丛中，才缓缓转过身。她留心倾听房内动静，希望母子俩已经在谈话。可是，一点声响都听不到，克林依然倒在炉前的地毯上呼呼大睡。她急切地打开门往外看，人踪全无，眼前只有空空的小径，半开的园门。更远处，紫色荒原中的大山谷在阳光下静得令人不寒而栗（the great valley of purple heath thrilling silently in the sun）。姚伯太太走了，并被蝮蛇咬死在归途中。欲知后事如何，且听下回分解。

第四章 姚伯太太之死与克林的 "破案" 心路

一 谁杀死了姚伯太太？

上一回讲到姚伯太太吃了她儿媳妇游苔莎的闭门羹后，黯然离去，在归途中不幸被出没爱敦荒原的蝮蛇咬死。当姚伯太太独卧黄昏后的茫茫荒原痛苦呻吟之际，正好被她的儿子克林撞见。

克林急火火去找村民帮手，大家都很热心，有的抱来被子、枕头，有的拿来灯笼、火柴、白兰地，还有人骑上马去请医生。有个叫山姆的村民居然抓到三条蝮蛇，并把它们斩首剥皮后放在油锅上煎，照他的说法，只有用蝮蛇的油脂涂抹被蝮蛇咬过的伤口，才能克制蛇毒。外科医生也随后赶来，可惜都无济于事，姚伯太太如风中残烛，渐渐失去知觉，至死没能说出一句话。就在这当儿，一个叫庄尼（Johnny Nunsuch）的小男孩闯进茅屋，不顾他妈妈的阻挠，凄厉地哭喊道："我有一件事要告诉你，妈妈。躺在那里的那个女人今天曾经和我一起走过一段路；她要求我告诉大家，我看见过她，而且，她是一个被儿子抛弃的心碎的女人，然后我就往家走了。"听完小庄尼的这番话，克林抱头呜咽，痛不欲生。

此后的两个月，克林一直陷于锥心的悔恨中，难以自拔。守在他身旁的游苔莎也是痛苦万分，克林的每一次自责，都像一把刀子，扎在她的心头，让她觉得自己就像出卖耶稣的犹大，但她又不敢说出事情的真相，这是她和伍德伊夫之间的"秘密"。

时间的流逝渐渐冲淡了克林的忧伤，当他神志较为清明之后，第一个念头就是：他妈妈死去的那天到底发生了什么？

一个叫克里斯汀的村民告诉克林，当天早上，姚伯太太从他那儿经过，对他说，"我要去看他，所以没必要给我送蔬菜做晚饭了"。克里斯汀认为，姚伯太太想要去看的人应该就是克林，但他不能百分百肯定。克林不肯罢休，就问他，是否有人和他妈妈说过这件事。克里斯汀很巧妙地以托梦的方式告诉克林（就像沈从文《边城》里看碾房的老伯以讲故事为幌子替人说亲），"红脸人"迪格瑞·韦恩（Diggory Venn）曾在前一晚拜访姚伯太太，两人交谈了很久。

韦恩是一个驾车兜售红粉笔、在爱敦荒原上来去无踪的神秘人物，他默默地守护着克林的堂妹——已嫁给伍德伊夫的汤姆辛（Thomasin）。克林听懂了克里斯汀关于韦恩的"梦话"，于是决定去找他。欲知后事如何，且听下回分解。

二 人心之谜

上一回讲到克林试图查清他妈妈死去的那天发生了什么。一个叫克里斯汀的村民以托梦的方式告诉克林，"红脸人"迪格瑞·韦恩曾在前一晚拜访姚伯太太。

克林找到了"红脸人"。"红脸人"告诉他，在姚伯太太出事前，他们的确有过一番长谈。在这次谈话中，姚伯太太流露出想去探望克林夫妇的心愿。克林表示怀疑，于是和"红脸人"展开了一番对话，试译如下：

"可是，她既然对我如此反感，为什么想来探望我？这是一个谜。"

"我觉得她已经原谅你了。"

"迪格瑞，你认为一个已经原谅了她儿子的女人，在她前去探望儿子的路上感到身体不适，会对人说，因为她的儿子虐待她，所以她感到心碎吗？绝不会。"

"就我所知，她已经不再责怪你了。对于所发生的事，她只怪她自己。这是我亲耳听到的。"

"你从她那儿听到，我并没有虐待她；但别人从她那儿听到，我虐待了她。我妈妈不是一个冲动的女人，不会毫无理由地随意改变主见。韦恩，你说她有可能会在相隔那么短的时间里讲述截然相反的故事吗？（told such different stories in close succession）"

"我觉得不会。这事真让人奇怪。她明明已原谅了你，也原谅了你夫人，而且准备前去探望你们，借此与你们和好。"

"如果整件事有什么让我困惑的地方，就是你说的这一点，它让我百思不得其解。……迪格瑞，如果活人能和死人对话——仅仅一次，时间很短促，甚至像探监时那样隔着铁栅栏——我们会知道什么！有多少装出笑脸的人将会掩面遮羞！（How many who now ride smiling would hide their heads！）关于这个谜，我也会立刻看到谜底。可是，她已经躺进了坟墓，永远无法出来，该如何才能查明真相呢？"

对于克林的疑问，"红脸人"无言以对。在"红脸人"离去后，克林陷入了深深的忧伤和迷惘之中，难以自拔。忽然间，灵光一闪，他想到了那个事发当晚闯进荒原上的茅屋、哭喊着传达姚伯太太口讯的小男孩庄尼。克林决定去找他，以探明真相。欲知后事如何，且听下回分解。

三　还有一个疑点

上一回讲到克林决定找到小男孩庄尼，以探明他妈妈的死因。

在庄尼家中，克林和小庄尼展开了一场对话，两人一问一答，宛如抽丝剥茧一般，再现了事发当天的场景，试译如下：

"你第一次遇见我妈妈时，她正在去我家的路上？"

"不是。她是在回来的路上。"

"这不可能。"

"就是这样。她和我一起走了一段路。我也在回来的路上。"

"那你在什么地方第一次见到她？"

"在你家。"

"注意，你要说真话！"

"是的，先生。我就是在你家第一次见到她。"

小庄尼的妈妈苏珊听到这里，脸上露出诡秘的笑容，好像在说，"邪恶的事情就要发生了"（something sinister is coming）。

克林继续盘问道：

"她在我家做了什么？"

"她走到山坡的树下坐下。"

"仁慈的上帝，这对我来说，真是新闻！"

此时，苏珊插话说：

"你从没对我说过这件事。"

"是的，妈妈。因为我不想告诉你我走得那么远。我到那儿采黑心果，它们长在离家很远的地方。"

"然后她做了什么？"克林问。

"看着一个男人出现，并走进你的家门。"

"这是我本人吗？一个砍草人，手上拿着荆棘？"

"不，他不是你。他是一个绅士。你在他之前已经进去了。"

"他是谁？"

"我不知道。"

"那就告诉我，然后发生了什么。"

"那个可怜的女士走过去敲你家的门，一个黑头发的女子从侧窗往外看她。"

"继续，继续。"

"当年老的女士看到那个年轻女子从窗口张望她，就再次敲门，可是没有人出来。她拿起扒草的钩子看了看后放下，又看了看捆成一束束的柴草，然后就走了。她从我身边经过，气喘得很重。"

小庄尼所看到的，是整个闭门羹事件的全景，姚伯太太看到了部分，游苔莎也看到了部分。三双眼睛，面对同一个事件，只有作为局外人的小小少年掌握了全过程。对克林来说，只剩下一个疑点：那个绅士是谁？且听下回分解。

四　Under the bed？　Up the chimney？

上一回讲到克林在探究他妈妈的死因时，只剩下一个疑点：那一天，是哪个绅士进入了克林家？

关于这一点，读者已看到了，姚伯太太也看到了，游苔莎是当事人，更不用说。各位读者应该记得，游苔莎和那个绅士还在客厅里做过长谈，旁边是睡得像死猪一样的克林。

可是，姚伯太太已经死了，她不能告诉自己的儿子，正是他的表妹夫伍德伊夫闯进了他的家；读者虽然也知道真相，但没法穿越到19世纪的英国荒原，把前因后果告诉如瞎子摸象般的克林，所以只能干着急。

那么，游苔莎呢？她是否会向她的丈夫如实交代？

话说克林从小庄尼家出来后，穿过长长的荒原小径，回到自家小楼，直冲游苔莎的卧室。游苔莎听到响动后匆匆起身，来不及梳洗打扮，身上穿着睡衣，一只手握着发梢。当她从镜中看到克林的神情，原本绯红的脸色一瞬间消失了，变得像克林一样面如死灰（the death-like pallor in his face flew across into hers）。他们随后展开了惊心动魄的对话，试译如下：

> "你的脸，亲爱的；你的脸。难道是苍白的晨光夺
> 走了它的色泽？现在，我要向你揭露一个秘密。哈哈！"
>
> "哦，这太可怕了！"

"可怕？"

"你的笑声。"

"可怕有可怕的理由，游苔莎。你把我的幸福聚在你的手心，却又像恶魔一样把它们猛掷于地。"

游苔莎不由倒退几步，但还是强装笑颜，"你想恐吓我？这值得吗？我没有防范，而且孤身一人。"

"真是奇了怪了！（How extraordinary！）"

"你什么意思？"

克林解释说，他的意思是，丈夫明明在身边，妻子却说自己孤身一人，当然是与别不同。要完这个文字把戏后，克林继续发挥传说中的英式幽默精神，单刀直入地问道，"8 月 31 号下午和你在一起的那个人，现在在哪里？床下？烟囱上？（Under the bed？ Up the chimney？）"

游苔莎闻言，像挨了当头一棒，浑身发抖。欲知后事如何，且听下回分解。

五　依然是悬案

上一回说到游苔莎听到克林的质问后，浑身发抖。但她并没有双腿发软，趴倒在地，而是镇静地说："我不太有时间概念。我也想不起来，除了你，曾经和谁在一起。"

冲动的读者可能会猛拍自己的大腿说，这个游苔莎太不老实了，简直就像法庭上的贪官奸商。

面对游苔莎的镇定，克林就像一个被激怒的法官，咆哮着提醒她说："我说的那一天，就是你让我母亲吃闭门羹并杀死她的那一天。"他越说越气，冲过去扯住游苔莎的衣袖，紧紧地攥住她。

游苔莎不屑地说，你杀了我吧。

这个时候，克林反而冷静了下来。他语带轻蔑地说："我不会杀了你，我不想让你成为烈士，送你上天堂。我要让你永远远离我的母亲。我也不会再碰你，但你要说出真相。告诉我，他是谁？"

游苔莎斩钉截铁地说："我志已决，你休想。"

克林不死心，他想自己找到线索。他的视线落到了卧室内的一张小桌子上。游苔莎常常在这张桌上写信。桌子的抽屉紧锁着。克林命令游苔莎打开抽屉。游苔莎置之不理。克林一怒之下举起小桌，狠狠地砸在地上，抽屉的铰链被摔断了，一大堆信件滚了出来。

克林就像猎犬嗅到异味一样，扑过去抱起信件，一封一封地细细检查，但信中的内容并无异常。只有一封与别不同，它没有内文，只是一个空信封。这是写给游苔莎的一封信，是伍德伊夫的字迹。

"信封里装了什么？"克林问。

"你去问写信的人。我是你的狗，所以你用这种语气和我说话？"游苔莎回击说。

读到这里，读者们也一定很好奇，伍德伊夫到底给游苔莎寄了什么？一封信？一首诗？一片荒原上的落叶？一张异国的地图？

其实，这个问题一点都不重要。作为旁观者的读者应该知道，游苔莎因为克林在半盲后操起割草的营生，又执意不带她去巴黎，满脑子的浪漫幻想彻底破灭，所以和旧情人伍德伊夫渐行渐近。可是，那一天在客厅里，两人并无苟且之事，游苔莎也不是刻意拒姚伯太太于门外，她误以为克林会去开门。

可是，克林并不知道全部真相。他的愤怒，游苔莎的自尊心，成了他们之间沟通的鸿沟，使得他始终弄不清这个故事的另一面（the other side of the story）。因此，尽管他找到了伍德伊夫的信件，却依然没有接近真相。对他来讲，他母亲的死，依然是个悬案。

第五章 《红楼梦》里的大观园与《还乡》里的爱敦荒原

一　荒原·杀手

上一回讲到，克林虽然从游苔莎的书桌抽屉里发现了伍德伊夫的信件，却依然没有弄清真相。他母亲的死因，对读者来说，一目了然，但对他来说，却成了解不开的悬案。有心的读者一定从中发现了叙事艺术的一大奥妙。这个奥妙就是，在"说书人"（口头叙事者，如评书大师单田芳；文字叙事者，如小说家、司马迁式的史家、庄子尼采之类爱讲寓言的哲学家）讲述一个故事的时候，起码包含着三重视角，一个是叙事者的视角，一个是人物的视角，一个是读者的视角。叙事者通览全局，无所不知，读者顺着叙事者的视角看世界，也能逐渐扫清迷雾，人物身在庐山，视野有限，常常令读者着急。这种由视野上的错位、差异所造成的间离效果，恰恰是听书和读小说的乐趣之一。

通读《还乡》的读者还会发现，作为故事发生背景的爱敦荒原似乎主宰着人物的性格、命运与生死。姚伯太太被出没荒原的蝮蛇咬死。游苔莎和克林因姚伯太太之死发生激烈争执后，愤而出走。一天晚上，她去赴伍德伊夫的约会，在席卷爱敦荒原的暴风雨中迷路，结果失足掉进小湖中淹死。伍德伊夫下水去救，也被淹死。三个人的悲剧，似乎都是由爱敦荒原一手造成。这个遍布丘陵沟壑、草坡树丛的茫茫荒原，时而灿烂，时而阴郁，俨然成了哈代眼中冷漠的宇宙意志的象征，具有一种操纵人类命运的神秘力量。人生变幻无常，荒原亘古如斯，面对大自然的冰冷无言和命运的深不可测，人类何其渺小，又何其无力。

有意思的是，诸多西方评论家都把爱敦荒原看成小说中的"主要人物"（the leading character），而不仅仅是事件发生的背景。它就像一座陵墓，吞噬了一代又一代荒原上的居民。在游苔莎眼中，它赫然展现出试图将她摧毁的"邪恶意愿"（a malevolent intent），所以她一直希望逃离这个令她倍感压抑的孤寂乡野，倾心向往多姿多彩的巴黎。但对于克林，克林的堂妹汤姆辛，以及暗恋汤姆辛的"红脸人"，爱敦荒原却是一个"充满善意的自然世界"（a benign, natural place），所以克林要从巴黎"还乡"。吊诡的是，就是这个善意的荒原，杀死了克林的母亲，杀死了他的太太。

二 大观园 VS 爱敦荒原

有学者认为，哈代对小说背景爱敦荒原的描绘是英国小说中为数不多的散文佳作。的确，在《还乡》这部小说中，常常有大段大段对爱敦荒原四季晨昏的描写，大多可以独立成篇。最引人注目的是小说第一章，从头到尾都是景物描写，没有出现一个人物，也没有出现一个情节。直到第二章，才有人物出场。这一章的第一句话是，"一个老人走在路上。（Along the road walked an old man.）"这样的开头，很自然地从景过渡到人，也很巧妙地从散文艺术拉回到讲故事的艺术。

小说的本质是讲故事的艺术。不会讲故事，成不了好小说家，没有故事，没有人物和情节，也产生不了小说。19世纪以来的西方小说，比较注重景物描写，呈现出融散文艺术与讲故事的艺术于一体的趋势，哈代的小说就突出地体现了这种趋势。这和西方人热衷探究自然意志对人类情感世界的影响，有着很大联系。

前面谈到，中国古典小说家并不是不重视写景，只不过他们有自己的习惯与趋尚。《红楼梦》在写景上有三个特点，一是以诗写景；二是罕有大段大段景物描写，不像哈代的小说；三是大多在写人及描写情节的时候，顺势写景。

《红楼梦》里的大观园和《还乡》里的爱敦荒原，都是故事发生的背景，但曹雪芹和哈代的描写手法却大有不同。先看《还乡》第一章的开头两段：

> 11月里一个星期六的后半天，越来越靠近暮色昏黄的时候了；那一大片没有垣篱界断的荒山旷野，提起来都叫它是爱敦荒原的，也一阵比一阵凄迷苍茫。抬头看来，弥漫长空的灰白浮云，遮断了青天，好像一座帐篷，把整个荒原当作了地席。

> 天上张的既是这样灰白的帐幕，地上铺的又是一种最幽暗的灌莽，所以天边远处，天地交接的界线，分得清清楚楚。在这样的对衬之下，那片荒原看起来，就好像是夜的前驱，还没到正式入夜的时候，就走上夜的岗位了；因为大地上夜色已经很浓了，长空里却分明还是白昼。……天边远处，大地的轮廓和长空的轮廓，不但是物质的分界，并且是时间的分界。荒原的表面，仅仅由于颜色这一端，就给暮夜增加了半点钟。它在同样的情况下，使曙色来得迟缓，使正

午变得凄冷；狂风暴雨几乎还没踪影，它就变颜作色，预先显出一副阴沉面目……

三　哈代与曹雪芹的两副笔墨

从上一回所引用的《还乡》第一章描写爱敦荒原的文字中，读者们对哈代的写景手法应该有了初步的印象，接下来，让我们看看《红楼梦》第十七回里的几段描写大观园景致的文字：

> 只见佳木茏葱，奇花烂漫，一带清流，从花木深处泻于石隙之下。再进数步，渐向北边，平坦宽豁，两边飞楼插空，雕甍绣槛，皆隐于山坳树杪之间。

> 忽抬头见前面一带粉垣，数楹修舍，有千百竿翠竹遮映。众人都道："好个所在！"于是大家进入。只见进门便是曲折游廊，阶下石子漫成甬路，上面小小三间房舍，两明一暗，里面都是合着地步打的床几椅案。从里间房里又有一小门出去，却是后园，有大株梨花，阔叶芭蕉，又有两间小小退步。后院墙下忽开一隙，得泉一派，开沟尺许，灌入墙内，绕阶缘屋至前院，盘旋竹下而出。

> 转过山怀中，隐隐露出一带黄泥墙，墙上皆用稻茎掩护。有几百枝杏花，如喷火蒸霞一般。里面数楹茅屋，外面却是桑榆槿柘，各色树稚新条，随其曲折，编就两溜青篱。篱外山坡之下，有一土井，旁有桔槔辘轳之属；下面分畦列亩，佳蔬菜花，一望无际。

对照哈代的写景文字，可以看出曹雪芹与哈代写景手法上的差别。首先，哈代笔下的爱敦荒原并非人的附庸，也不仅仅是一个上演着人生悲喜剧的空阔舞台，它拥有独立的生命，独立的意志，乃至左右人类命运的神秘力量，所以有西方论者称它为小说中的"主要人物"；相对而言，曹雪芹笔下的大观园，更像是人物性格的延伸及文官家族的审美趣味的外化，如引文里那个"千百竿翠竹遮映"的所在，分明折射出它今后的主人林黛玉那种清雅孤僻的性格，那个"数楹茅屋"、"两溜青篱"的所在，又表现出官宦人家在红尘闹热中求一分田园诗意。

　　其次，哈代是以内视角观察和描写爱敦荒原，也就是说，他是将目光渗透到外在景观的深处，试图和它的灵魂对话，揭示它的内在世界；和多数传统小说家一样，曹雪芹主要是以外视角观察和描写景物，他笔下的亭台楼阁，庭院花树，更多的是一种装点和陪衬。一个是化景为人，一个是借景写人。造成这种区别的根本原因是，哈代深受叔本华"世界是单一意志的表象"之说的影响，因此致力于探索大自然的意志对人类命运的影响。

第六章 《还乡》、类侦探小说与英国侦探小说家柯南·道尔

一 《还乡》与类侦探小说

回顾《还乡》这部小说的核心情节链，从姚伯太太之死，到克林追查死因，再到克林质问游苔莎，有点像侦探小说：首先是发生了命案，然后是查找线索、推断案情，最后是盘问犯人。

杨绛在《有什么好？》一文中评论英国小说家奥斯汀（Jane Austen）的作品说：

> 精研奥斯汀的恰普曼（R.W.Chapman）说，奥斯汀的《埃玛》（Emma）也可以说是一部侦探小说。其实奥斯汀的小说里，侦探或推理的成分都很重。例如《傲慢与偏见》里达西碰见了他家账房的儿子韦翰，达西涨得满面通红，韦翰却脸如死灰。为什么呢？宾雷为什么忽然一去不返呢？韦翰和莉迪亚私奔，已经把女孩子骗上手，怎么倒又肯和她结婚呢？伊丽莎白和吉英经常像福尔摩斯和华生那样，一起琢磨这人那人的用心，这事那事的底里。因为社交活动里，谁也不肯"轻抛一片心"，都只说"三分话"；三分话保不定是吹牛或故弄玄虚，要知道真情和真心，就靠摸索

推测——摸索推测的是人心，追寻的不是杀人的凶犯而是可以终身相爱的伴侣。

杨绛本人的小说代表作《洗澡》也有很强的侦探小说色彩，如姚太太与姚宓母女就很爱玩儿"福尔摩斯游戏"，一个扮演福尔摩斯，一个扮演华生，一起摸索推测人心与事理，煞是有趣。

我以为，奥斯汀的《埃玛》《傲慢与偏见》，哈代的《还乡》，杨绛的《洗澡》，以及诸如此类的小说，都可以称作"类侦探小说"。他们都有"侦探或推理的成分"，但毕竟不是侦探小说。恰普曼将《埃玛》这部严肃小说（serious fiction）等同于侦探小说，未免稍嫌轻率，有欠允当。

为了讲清楚"类侦探小说"的特点，当然需要对侦探小说这个通俗文类有所了解。我想首先介绍西方侦探小说界第一高手柯南·道尔（Conan Doyle）以及他的福尔摩斯探案系列，再谈谈中国的公案侠义小说，如《三侠五义》等。

二 "不用摆弄药瓶，也能赚到先令"

说起英国侦探小说家柯南·道尔，应该是尽人皆知。他所创造的极具波希米亚气质的神探形象——歇洛克·福尔摩斯（Sherlock Holmes），早就蜚声瀛寰，深入人心。有趣的是，英国人给人的一贯印象是矜持、刻板，不像法国人那样浪漫，也不像西班牙人那样奔放（所以我喜欢看西班牙人踢足球，也喜欢比才所塑造的西班牙吉卜赛女郎卡门这个艺术形象），但近世最受追捧的两个奇幻文学人物，却都是出自英国人的手笔，一个是福尔摩斯，另一个是哈利·波特。哈利·波特（Harry

Potter）的发音近于哈姆雷特（Hamlet），所以我经常模仿后者的沉重语调说，哈利·波特还是哈姆雷特，这是一个问题。意指雅文学和俗文学之间，该如何取舍。

据说《哈利·波特》的作者罗琳女士最初是在英国爱丁堡的一间咖啡馆里写出了哈利·波特与魔法石的故事，无巧不巧，柯南·道尔也是在爱丁堡这座苏格兰古城撞见了福尔摩斯的原型。

话说柯南·道尔中学毕业后，他的家人送他去爱丁堡大学读医学。在这所始建于 1583 年的名校中，他结识了斯蒂文森等未来的大牌作家。不过，对他影响最大、令他印象最深的却不是这些大学才子，而是他的老师约瑟夫·贝尔（Joseph Bell）。这位医学博士注重逻辑，精于观察、推理和诊断，很容易让人联想起福尔摩斯。他的出现，无疑是柯南·道尔在医学上的最大收获。

像俄国的契诃夫，日本的渡边淳一，中国的鲁迅、余华等弃医从文的中外小说家一样，柯南·道尔到底还是按捺不住内心中的创作冲动，在学医之余，写出了第一篇小说《沙沙沙谷的奥秘》（*The Mystery of Sasassa Valley*）。这篇小说虽然像是美国作家爱伦·坡同类作品的山寨版，亦步亦趋，稚气未脱，但作者的叙事禀赋依然大放光芒。爱丁堡的《室内读物》杂志录用了这篇小说。柯南·道尔应该感到与有荣焉的是，哈代的第一部作品也是刊登在这家名称古怪的杂志上。同一年，柯南·道尔发表了他的第二篇小说《美国传说》。这是 1879 年，作者年方弱冠。

多年之后，柯南·道尔不无幽默地说，"正是在这一年，我第一次发现，不用摆弄药瓶，也能赚到先令。"

三　两代"说书人"

　　早在中小学期间，柯南·道尔就显露出了他的"说书"天分。九岁那年，他从苏格兰爱丁堡来到英格兰的一间教会学校，开始了长达七年的寄宿生涯。这是一间顽固保守的学校，盛行体罚，令少年柯南·道尔深感压抑。只有在写信给母亲的时候，他才感到快乐。他也喜欢上了运动，尤其擅长板球。最重要的是，在这段年幼离家、孤苦伶仃的艰难岁月中，他发现了自己的"讲故事天分"（a talent for storytelling）。课余时间，总有一大群兴奋雀跃的孩子围着他，听他讲故事。这些故事都是他临时杜撰的，却离奇曲折，引人入胜。

　　柯南·道尔的母亲玛丽也是一个讲故事的高手（a master storyteller）。她酷爱读书，并独自承担起了教导孩子的职责，因为她的丈夫——伟大的艺术世家中的罕见"废材"，是一个不可救药的老酒鬼，虽然人不坏，却全无用处。柯南·道尔回忆说，从他能记事开始，他母亲讲述的生动故事就深深地印在脑海中，让他忘掉了现实生活。说起玛丽夫人的讲故事艺术，柯南·道尔描述道，每当故事快接近高潮的时候，她总会压低声调，以耳语的方式，营造惊险氛围。阅读柯南·道尔的侦探小说，那语调，那节奏，分明可以看到玛丽夫人的影子。

　　终其一生，柯南·道尔对他的母亲都满怀眷恋，他深情表白说，我的母亲是如此出色，所以我一定要取得成功，不能给她丢脸。与此相似，《哈利·波特》的作者罗琳也深深惦念着她的母亲安妮。安妮喜欢给罗琳和罗琳的妹妹迪安读故事，她对图书的热爱影响了两个女儿。从三岁起，罗琳就能读报纸上的文章和一些儿童书，随着年龄的增长，她开始写戏剧和故事，把自己写的东西送给朋友们和妹妹看，或让她们表演。在她十二岁时，安妮被诊断患了硬化症。安妮病逝后，罗琳去了葡萄牙，并在当地一间酒吧里邂逅首任丈夫乔治·阿兰蒂斯。

罗琳谈到哈利·波特时说，她"有意识地给予主人公一个关于我妈妈去世的一些感觉"。在《哈利·波特与魔法石》的扉页，有这样一个题词，"仅以此书献给喜欢故事的杰西卡，同样喜欢故事的安妮，以及第一个听到这个故事的迪安。"

杰西卡是罗琳的女儿。故事，以及讲故事的艺术，再次成了连接不同世代的纽带。

第七章　福尔摩斯的诞生、死亡与复活

一　福尔摩斯的诞生

话说柯南·道尔从教会学校毕业后，考入爱丁堡大学修医学。学医期间，他小试牛刀，写了一些传奇故事和爱伦·坡式的惊悚小说，颇有些文名。大三那年，他被聘为"希望号"捕鲸船的驻船医生，开始了第一次探险之旅。这艘船从英国启航，驶向北极圈。途经格陵兰岛时，船员们残忍地捕杀海豹，令柯南·道尔触目惊心。但他对追捕鲸鱼却兴致勃勃。多年后，他回忆这次航海初体验说，它"唤醒了一个天生的漫游者的灵魂"。

1880年秋，柯南·道尔回到爱丁堡大学。这个原本刻苦奋斗的学子，由于沾染了水手习气，变得像"伪娘"（ladies man）一样饶舌，整天对人吹水说，他同时爱上过五个女人。读康拉德的名著《黑暗的心》，看到水手马洛的自说自话、喋喋不休，同样让人忍俊不禁。一年后，柯南·道尔如期毕业。手捧毕业证书，他自嘲说，我得到了"杀人许可"（licensed to kill），让人想起钱锺书在《围城》里描写庸医"杀人有暇"如何如何，信可乐也。

毕业后不久，柯南·道尔开了一家私人诊所。苦干三年后，生意大有起色。但他的创作冲动却不肯消停，就像烧沸的水不停顶开壶盖。他陷入了成为良医还是名作家的两难选择，倍感纠结。1886 年 3 月,柯南·道尔开始创作小说《一团乱麻》,主要人物为谢里丹和奥蒙德。两年后,这部小说刊登于《比顿圣诞年鉴》,书名摇身一变为《血字的研究》(*A Study in Scarlet*),平庸的谢里丹和奥蒙德也变身为大名鼎鼎的福尔摩斯和华生(Dr. Watson)。《血字的研究》是一部长篇侦探小说,柯南·道尔的叙事技巧,福尔摩斯的探案神技、人格魅力,表现得淋漓酣畅,今后将要大说特说,这里点到为止。

1889 年 8 月,美国出版商约瑟夫跨海来到英伦,约见王尔德和柯南·道尔。对这次聚会,柯南·道尔极为珍视,他穿上了最好的套装,却不幸看上去像一头披着盛装的海象;那个崇尚生活模仿艺术的唯美主义作家王尔德,一径是懒洋洋的花花公子派头。在这个"金色之夜",约瑟夫提议柯南·道尔撰写一部中篇小说,并签了合同。这部小说名为《四签名》(*The Sigh of Four*),它和《血字的研究》一起,奠定了福尔摩斯与柯南·道尔在文学史上的不朽地位。

二　英国女人为何辱骂柯南·道尔?

柯南·道尔成名后,请了一位经理人,名叫瓦特(Watt)。照柯南·道尔的说法,瓦特的职责是帮他从"可恶的讨价还价"(hateful bargaining)中摆脱出来。

瓦特不辱使命,与当地的《海滨》杂志(*The Strand Magazine*)达成协议,以连载形式陆续刊发福尔摩斯探案系列。著名插图画家西德尼·佩吉特(Sidney Paget)以他的帅哥兄弟为蓝本,精心勾画了福尔摩斯的肖像,那锐利的眼神,斧凿刀刻般的鹰钩鼻,敞亮的前额,口衔烟斗、苦思冥想的神情,配上一身深色的西服,活脱脱一个融智者、绅士与斗士气质于一体的神探形象。

1891 年暮春，边行医边创作的柯南·道尔被流感击中，在死亡的边缘走了几个来回。疗养期间，他意识到一心两用是件蠢事，于是痛下决心弃医从文。当他做出这个决定后，兴奋地从床罩上拿起手帕，掷向天花板。他骄傲地宣称，"我的人生我做主！"不过，行医的经历为福尔摩斯提供了一个杰出的搭档，也为世界文学提供了一个出色的配角，这个人就是华生医生，一个有情有义有阅历，也非常知趣、识趣的妙人儿。如果说，福尔摩斯的原型是柯南·道尔的老师约瑟夫·贝尔教授，华生的原型就是柯南·道尔本人，他们都做过军医，参加过战争，会使枪，好运动，也都漂洋出海，领略过异域风情，见闻广博，阅世颇深。更重要的是，相对于福尔摩斯的不动情，华生和柯南·道尔都不免儿女情长。某一天，有粉丝找柯南·道尔签名，他幽默地签下了"华生医生"。可见他的顽皮，也可以证明，柯南·道尔的确以华生自居。

1893 年，柯南·道尔又来了牛脾气，他准备干掉福尔摩斯，不再受这个人物纠缠。终其一生，他都深陷于严肃文学与通俗文学的纠结中。他不甘心仅因侦探小说而著称于世，创作了大量严肃文学作品，包括爱情小说、历史小说、戏剧、诗歌。为了从雅俗文学的纠结中彻底解脱出来，柯南·道尔在《最后一案》中，让福尔摩斯和他的死敌莫里亚蒂教授一起葬身莱辛巴赫瀑布。小说刊出后，有两万读者退订《海滨》杂志以示抗议，不少伦敦人佩戴黑袖箍纪念福尔摩斯，甚至还有女士大骂柯南·道尔为畜生。欲知后事如何，且听下回分解。

三 巴斯克维尔的猎犬

话说在 1893 年出版的短篇故事《最后一案》中，柯南·道尔让福尔摩斯和对手莫里亚蒂教授一起坠入莱辛巴赫瀑布身亡，引起了广大粉丝的不满，甚至有女士大骂柯南·道尔为畜生。

八年后，柯南·道尔创作了长篇侦探小说《巴斯克维尔的猎犬》（*The Hound of the Baskervilles*），作为福尔摩斯的早期探案故事发表，大受欢迎。英、美、苏联的导演先后将其搬上银幕，至今仍然享有盛誉。

时光倒推到 19 世纪末的一个早晨，福尔摩斯正在他位于伦敦贝克街 221 号的公寓里和华生闲来无事地斗智商、斗嘴皮，一位"长长的鼻子像只鸟嘴"的绅士前来拜访。他是摩梯末医生（Dr. Mortimer），随身带来了一卷神秘的手稿，这卷手稿来自已故的查尔斯·巴斯克维尔爵士。

手稿中讲述了一百多年前巴斯克维尔家族的祖先雨果·巴斯克维尔为非作歹，最终招致自己丧命在传说中凶悍无比的巴斯克维尔猎犬的利齿之下。在此之后，巴斯克维尔家族就笼罩在祖先所犯下罪行的阴影之中，家族族长的继承人们都相继以蹊跷而恐怖的方式死去。

起初这个疑案并未引起福尔摩斯的兴趣，他以为这只是个有趣的传说。但随着摩梯末医生逐步向他讲述查尔斯爵士死因的疑点，他警觉地意识到，此中大有文章，它不仅关系到已故伯爵查尔斯的真正死因，还关系到巴斯克维尔庄园的下一个继承人亨利爵士的生命安危。

福尔摩斯最终识破了幕后真凶——斯台普顿（Stapleton）

的诡计，并在华生和警探的配合下杀死了那只黑色的幽灵猎犬，而斯台普顿也在深夜仓皇出逃时葬身于沼泽之中。斯台普顿是查尔斯的侄儿，他知道如果查尔斯和亨利都死了，那么他将能得到巴斯克维尔家族的巨额财产，因此，他阴险地利用巴斯克维尔的诅咒，也就是猎犬的传说，不择手段地谋害自己的亲人。他先是用恶犬吓死了年老体衰的查尔斯爵士，随后又妄图让恶犬咬死亨利爵士。要不是神探出手，他的图谋几乎得逞。

柯南·道尔的粉丝们为这个猎犬的故事大声叫好，但仍然心有不甘，他们无比热切地期望福尔摩斯能够死而复生，再演传奇。柯南·道尔是否满足了他们的愿望呢？且听下回分解。

四　福尔摩斯归来记

1894 年春，贵族子弟罗讷德·阿德尔的脑袋在卧室里被一颗子弹打开了花，模样非常可怕，可是房内不见任何武器，桌上摆着两张十镑的钞票和一堆金币、银币。这起不寻常的命案引起了全伦敦的关注，并使上流社会感到恐慌。

福尔摩斯的生前好友华生医生也深受此案吸引，当他读到审讯中提出的证据，立即认定是蓄意谋杀，但凶手是一人或几人却不得而知，他因此比过去更清楚地意识到福尔摩斯的超凡智慧。

可是斯人已逝，华生只能尝试运用亡友的方法对此案加以推理解释，却始终没有什么进展。一天傍晚，他漫步穿过公园，走到发生命案的那栋小楼的附近，不小心碰到了一个残疾老头，把他抱着的几本书碰掉在地上。华生向他连声道歉，老人却轻蔑地哼了一声，转身就走。

老人走后，华生反复观察公园路 427 号，但一无所得，反而更觉迷惑，只得折回家中。几分钟后，女仆进来说有人要见他。让他吃惊的是，来者并非别人，就是那个古怪老头。灰白的须发中露出他那张轮廓分明而干瘦的脸，右臂下挟着他心爱的书，至少有十来本。

　　"您没想到是我吧，先生。"老人的声音古怪而嘶哑。随后，他向华生为他捡书的绅士之举表示感谢，又建议他把书橱第二层的空当填满。华生转过头去看了看身后的书橱。等他回过头来，福尔摩斯就隔着书桌站在那儿对他微笑。华生站了起来，吃惊地盯着他看了几秒钟，简直要晕倒在地。

　　"亲爱的华生，"一个很熟悉的声音说，"我万分抱歉。我一点也没想到你会这样经受不住。"

　　"福尔摩斯！"华生大喊了一声，"真的是你？难道你还活着？你怎么可能从那可怕的深渊中爬出来？"

　　事情是这样的，福尔摩斯解释说，就在黑帮头子莫里亚蒂教授掉进深渊的一刹那，他忽然想到命运给他安排了再巧不过的机会。莫里亚蒂一伙人发誓要置他于死地，头领的死会使他们的报复欲望更加强烈。如果全世界都相信他死了，那些人就会肆无忌惮，很快露面，这样他迟早能消灭他们。到那个时候，他才可以向世人宣告，他还活着。

　　福尔摩斯就这样在好友面前死而复生了，他能否破解阿德尔的命案？莫里亚蒂的死党是否卷进了这起命案？且听下回分解。

第八章 "三无"神探福尔摩斯

一 第一杀手覆灭记

上回说到，福尔摩斯死而复生之际，适逢贵族子弟阿德尔在家中被一枪爆头。这个枪法精准的歹徒是谁？他和福尔摩斯的死对头——以莫里亚蒂教授为首的黑帮是否有关？

在福尔摩斯归来记系列的第一篇《空屋伏击案》（*The Adventure of the Empty House*）中，读者可以欣赏到案中案、谍中谍，疑云重重，扣人心弦。

话说华生医生和福尔摩斯重逢后的那个晚上，两人潜行到福尔摩斯寓所对面的一间空屋。华生蹑手蹑脚靠近窗前，朝对面熟悉的寓所望去。当他的视线落在客厅窗上，不禁失声惊叫。那窗拉上了窗帘，屋里点着灯，明亮的窗帘上清楚地映出一个人影，半侧着脸，坐在椅子上，轮廓分明，活脱脱是一个福尔摩斯。华生惊奇得忙把手探过去，想弄清楚福尔摩斯是不是站在他身旁。福尔摩斯不出声地笑得全身颤动，随后揭秘说，那是一尊真假难辨的蜡像。

"什么目的呢？"华生非常识趣地代读者问道。

福尔摩斯对华生，也是对读者解释说，这是一个鱼饵，用来引诱莫里亚蒂教授的刎颈死党莫兰上校。此人是伦敦要犯，极狡猾极危险，年轻时曾在印度陆军中服役，是英帝国造就的最优秀射手，打猎射虎无人可敌，而且禀性凶残，怙恶不悛，反侦查能力和野外生存能力都远超一般杀手。就是这个人，今晚要对福尔摩斯下手，但他不知道，福尔摩斯也正要对他下手。这就叫螳螂捕蝉，黄雀在后，监视者反被监视，跟踪者反被跟踪，猎杀者反被围猎。此时的生死弟兄福尔摩斯和华生，就是布下诱饵、静待凶手的猎人。

时近午夜，万籁俱寂，伦敦街头已空无人影。忽然间，空屋的走廊里响起蠕动的脚步声。朦胧中出现了一个人影，离福尔摩斯和华生不到三码。此人拉开枪膛，把枪筒架在窗台上，闪亮的眼睛对着瞄准器，然后扣动扳机。只听嘎的一声怪响，跟着是一串清脆的玻璃破碎声。就在这一刹那，福尔摩斯像猛虎一般向射手的背上扑过去，华生跟着用手枪柄照他脑袋砸去。莫兰上校轰然倒下。

正是这个凶徒，为了阻止阿德尔揭发他赌博作弊，一枪打爆了后者的脑壳。

二 "三无"神探

上一回讲到福尔摩斯死而复生，重出江湖，一举捕获怙恶不悛、冷血凶残的英国版周克华——莫兰上校，再一次威震英伦，也令万千福尔摩斯迷欣喜若狂，这个富有魅力的神探终于回来了！

在狂热追捧福尔摩斯的读者群中，有一个头顶皇冠的粉丝格外引人瞩目，他就是英皇爱德华七世。1902 年，他向福尔摩斯的创造者——柯南·道尔亲授爵士勋衔。江湖耳语，爱德华七世之所以赐封柯南·道尔为爵士，是为了激励他续写福尔摩斯传奇。

福尔摩斯何许人也？他究竟有何魔力，既倾倒了众生，又令天皇贵胄竟折腰？

让我们用他的生死弟兄华生医生的眼光，打量一下这位奇人。

话说助理军医华生在阿富汗战场受伤回到伦敦后，与福尔摩斯合租了贝克街221号的寓所。在华生眼中，福尔摩斯并不难相处。他宁静自律，起居有条不紊。晚上很少见他过了十点还没睡，每天早晨在华生起床前，他已吃过早饭外出了。有时他一整天消磨在化验室中，有时在解剖室，更有些时候出外做长距离的散步，甚至走到伦敦郊区的贫民窟。当他工作的时候，任何人都比不上他勤奋；可是这勤奋的动力一旦消失，却又懒得厉害，往往接连几天躺在起居室的沙发上，从早到晚不发一言。他身高六英尺以上，因为过分瘦削，显得颀长无比。他的眼睛锐利有光，那细长的鹰钩鼻子，显示出他的机警果断；下巴方阔而突出，说明他意志坚强；他的两手时常染满了墨迹和化学物品，但动作却又小心而精细。

华生还为他的室友开了一张知识列表，有趣极了：

1. 文学知识——无。

2. 哲学知识——无。

3. 天文学知识——无。

4. 政治知识——浅薄。

5. 植物学知识——不全面。对一切毒性植物很有研究，不懂园艺。

6. 地质学知识——实用，有限。能分辨出裤脚上的泥巴沾于伦敦何处。

7. 化学知识——精深。

8. 解剖知识——精确，但无系统。

9. 关于刑案的知识——很广博。他似乎对19世纪的一切恐怖事件，均了若指掌。

10. 善小提琴。

11. 精于棒术、拳术、击剑。

12. 精通英国法律司法。

这张让人发噱的清单有何奥妙？它和神探的破案秘诀有何关联？且听下回分解。

三 "抖包袱"、"闲笔"及其他

上一回讲到，誉满英伦的刑侦专家福尔摩斯原来是个"三无"神探，对文学、哲学、天文学一窍不通，而且政治知识浅薄，乍看起来，简直就是一个没文化的粗人。然而，就是这样一个"文盲"，却能发前人未发之覆，洞察不解疑案之玄机，并以迅雷不及掩耳之势，一举擒获案犯于众人意料之外。在他面前，再精明的探长都像一个可怜的白痴和陪衬。他们目睹了福尔摩斯破案的全过程，全依然似懂非懂，不明就里。只有在这位神探得意洋洋地和盘托出推理过程和一切细节之后，才如梦初醒，拍案惊奇。懵懵懂懂的读者其实也只有在这一刻，才读懂了前因后果。

这种先把读者引入迷宫，最后又让读者豁然开朗的叙事手法，在中国传统曲艺如相声、说书里，有一个形象的说法，叫"抖包袱"。柯南·道尔是个善于制造悬疑和惊悚氛围的"说书人"，也是一个"抖包袱"的高手。他的全部六十篇侦探小说，基本都沿用了案发、破案再到"抖包袱"的模式，虽然在结构上了无新意，但篇篇都引人入胜，每到"抖包袱"处，也次次让人大呼过瘾。其叙事艺术的魅力，确非俗品可比。

此外，柯南·道尔和金庸一样，也是一个善于运用"闲笔"的通俗文学圣手。他对福尔摩斯的波希米亚气质与生活方式的津津乐道，他对伦敦气候、英国郊野风光、形形色色人等的服饰习俗、英帝国的内政外交等诸多方面的传神描摹，都能在种种离奇的案情之外，引发读者别样的兴味。福尔摩斯的侦探小说和金庸的武侠小说之所以好看而耐读，秘诀之一，就是善用"闲笔"。相形之下，古龙的武侠小说好看抓人，但不耐读。这是因为，古龙的心性放逸不羁，不如金庸敦厚老成，没那个耐心经营细节和"闲笔"。他的小说也就少了几许厚味。

"闲话"少叙，言归正传。话说福尔摩斯虽然貌似文盲，却有鬼神不测之能。欲知端倪，且看他在《血字的研究》这个传奇故事中的精彩亮相。有心的读者，当然不会忘了他的知识列表的后半部分，如精通化学、解剖学，熟知毒性植物、伦敦城郊地质、各类世纪大案、英国法律司法，精于棒术、拳术、击剑，乃至擅长小提琴。这些知识在"血字"的研究中大都发挥了妙用。欲知详情，且听下回分解。

第九章 《血字的研究》的情节链与叙事风格

一 从犬儒到猎手

一个初春的清晨，福尔摩斯正在寓所里边吃早餐边向他的同伴华生炫耀他的威水史和推理术，有人给他送来一封信，信中说：

亲爱的福尔摩斯先生：

　　昨夜，在布瑞克斯顿路附近之劳瑞斯顿花园街3号发生了一件凶杀案。今晨两点钟左右，巡逻警察忽见该处有灯光，因素悉该房无人居住，故而怀疑出了什么差错。该巡警发现房门大开，前室空无一物，中有男尸一具。该尸衣着齐整，袋中装有名片，上有"伊诺克·J.德雷伯，美国俄亥俄州克利夫兰城"等字样。既无被抢劫迹象，亦未发现任何能说明致死原因之证据。屋中虽有几处血迹，但死者身上并无伤痕。死者如何进入空屋，我们百思莫解，深感此案棘手之至。敬祈于十二时前惠临该处，我将在此恭候。在接奉回示前，现场一切均将保持原状。如果不能莅临，则我前来亦将详情奉告，倘蒙指教，则不胜感荷之至。

您忠诚的，

托比亚斯·格瑞格森上

福尔摩斯听华生读完信后调侃说，这位格瑞格森老兄在苏格兰警队中不愧是首屈一指的能干人物。他和莱斯特雷德都算是那一群蠢货之中的佼佼者。他们两人也称得上是眼疾手快、机警干练，但都因循守旧，而且守旧得厉害。他们彼此明枪暗箭、钩心斗角，就像两个卖笑妇人似的多猜善妒。如果这两个人都插手这件案子的话，那就有好戏看喽。

调侃归调侃，福尔摩斯并没有打算躲在一边看笑话。他很快从冷漠讥嘲、玩世不恭的犬儒（cynic）转变为两眼放光、迅捷亢奋的猎手。他利索地披上大衣，和华生登上一辆双轮马车，心急火燎向布瑞克斯顿路疾驰。

抵达案发地后，华生以为，福尔摩斯一定会立刻奔进屋去。可是他似乎并不着急，而是四处观望。然后沿着路边的草地往前走，目不转睛地观察着小径的地面。他有两次停下脚步。有一次华生还看见他脸上微露笑容，嘴里得意地啧啧有声。黏土地面潮湿泥泞，留下许多脚印，可是警员来来往往地从上面踩过。

格瑞格森从屋里跑出来迎接福尔摩斯，并且信誓旦旦地说，"这儿的一切都保持原样。"

"可是那个除外！"福尔摩斯指着那条通向街道的小径说，"即使有一群水牛从这里走过，也不会弄得比这更糟了。"欲知后事如何，且听下回分解。

二 配角也精彩

上一回说到伦敦劳瑞斯顿花园街 3 号发生命案，自命不凡的警长格瑞格森写信邀请福尔摩斯协助破案。可是等福尔摩斯赶到现场，那条通向凶宅的小径已经被警员来来往往踩过，探案线索受到严重破坏。格瑞格森却自信满满地打包票说现场一如原样，福尔摩斯没给他面子，冷冷地嘲弄说，就算一群水牛走过，情况也不会更糟了。格瑞格森辩解说，"我在屋里忙着，我的同事莱斯特雷德也在这儿，我把外边的事都托付他了。"聪明的读者读到这里，一定会乐得双脚顿地：这位老兄的反应超灵敏啊，卸膊的速度比倒米还快。

福尔摩斯看了华生一眼，嘲弄似的把眉毛扬了一扬对格瑞格森说："有了你和莱斯特雷德这样两位人物在场，第三个人当然就不会再发现什么了。"格瑞格森居然没听出福尔摩斯话里带刺，反而搓着两手得意洋洋地说："我认为我们已经竭尽全力了。这个案子的确很离奇，我知道这正对你的胃口。"

有些读者也许会想，破案就破案，干吗要扯这些闲话？这正是柯南·道尔的匠心所在了。前面说过，柯南·道尔在讲述曲折微妙的案情和破案手法时，善于运用"闲笔"以渲染氛围、刻画人物，这样一来，不但写活了探案的过程，而且写活了"人"，写活了"时代"，小说的"内存"，读者的兴味，都大大增强。在《血字的研究》里，格瑞格森和莱斯特雷德警长本来只是无关紧要的两个配角，但柯南·道尔没忘了腾出笔墨塑造他们的形象。寥寥几行肖像描写，再配上几句对话，这两个大活宝的嘴脸就无所遁形了。

接下来的对话，却不是"闲笔"，而是紧扣案情，读者要留心了——

　　"你没有坐马车来吗？"福尔摩斯问道。

　　"没有，先生。"

　　"莱斯特雷德也没有吗？"

"他也没有，先生。"

福尔摩斯问完这些没头没脑的问题后，便大踏步走进房中，把满脸惊讶的读者和格瑞格森撂在了身后。莱斯特雷德紧跟着隆重出场了，他兴奋地宣告说，"我刚才发现了一件顶顶重要的事情。要不是我仔细地检查了墙壁，就会把它漏过了。"说这番话时，他眼睛闪闪有光，显然是因为胜过了同僚一筹而在自鸣得意。

这位伟大的警长到底发现了什么呢？且听下回分解。

三 无辜的蕾切尔小姐

上回讲到，伟大的莱斯特雷德警长在命案现场发现了重要线索。他把众人引到凶屋的一个角落，划燃一根火柴，举起来照着墙壁。在墙纸剥落后露出的一块粗糙的黄色墙面上，潦草地写着一个血字"RACHE"。

"你们看，怎么样？"莱斯特雷德大声说道，那神情活像马戏班的老板夸耀自己的把戏。"这个字所以被人忽略，因为它是在屋中最黑暗的角落里，谁也没有想起到这里来看看。这是凶手蘸着自己的血写的。瞧，还有血水顺墙往下流的痕迹呢！"

格瑞格森轻蔑地说："可是，你就是发现了这几个字母，又有什么意义呢？"

"什么意义吗？这说明写字的人是要写一个女人的名字'蕾切尔'（Rachel），可是没来得及写完。"

福尔摩斯听了这一高见后，不禁纵声大笑。他随后从口袋里拿出一把卷尺和一个很大的圆形放大镜，在屋里默默地走来走去，有时站住，有时跪下，有一次竟然趴在了地上。他一直检查了二十分钟，小心翼翼地测量了墙壁的高度、一些痕迹之间的距离，并且非常小心地从地板上收起一小撮浮尘，把它放在一个信封里。接着，他用放大镜检查了墙上的血字，非常仔细地观察了每个字母。最后，他满意地舒了口气，把卷尺和放大镜放回袋中。

两位可爱的配角好奇而轻蔑地一直看着这位私家同行的动作，然后同声问道："先生，你的看法怎么样？"

福尔摩斯以不容置疑的语气说，"这是他杀无疑。凶手是个男人，他高六英尺多，正当中年。照他的身材来说，脚小了一点，穿着一双翻皮方头靴，抽的是印度雪茄烟。他和被害者同乘一辆四轮马车来到此地。那匹马的三只蹄是旧掌，右前蹄是新掌。这个凶手很可能是脸色赤红，右手指甲很长。"

莱斯特雷德问道："如果这是谋杀，怎么个谋杀法呢？"

"毒杀。"福尔摩斯简单地说，然后就大踏步往向外走。"还有一点，莱斯特雷德，"他走到门口时又回过头来说，"'Rache'是德文，意为'复仇'，所以不要白费时间去寻找那位蕾切尔小姐了。"

丢下这几句临别赠言，福尔摩斯扬长而去，剩下两个争功邀宠的大活宝目瞪口呆地傻站在那里。

四　真凶就擒

上回讲到，福尔摩斯在细心研究意为"复仇"的血字Rache后，幽默地提醒莱斯特雷德，别再打蕾切尔小姐（Miss Rachel）的主意了，说完扬长而去。

第二天早晨六点，凶屋死者德雷伯的"秘书"斯坦格森在伦敦的一家旅馆被杀，他身边的墙上也留下了一个猩红的血字。几个小时后，福尔摩斯正在他的位于贝克街的公寓里和他的老拍档华生及两个伟大的配角分析案情，一个浑身臭烘烘的小混混敲门进来。这个小家伙叫威金斯，是一群街头流浪儿的头领，福尔摩斯戏谑地把他们称为"侦缉队贝克街小分队"。这个小分队虽然是一群小混混，但是挺管用，一个人干的事比一打警察还多。一般人看见当官模样的人来了，有话都不说了。这些小鬼，他们是什么样的地方都钻得进，什么样的话都听得到，机灵如同水银泻地无孔不入。他们就像金庸武侠小说里的"丐帮"，渗透在市井里巷，一个个顶着破天线，什么乌七八糟的讯息都能接收到。这种类型的人物，兼有戏剧中的"小丑"和法国叙事学家格雷马斯（A. J. Greimas）在《结构语义学》一书中所谓"帮助者"（helper）的功能，既能活跃气氛，增添趣味，又是主人公的好帮手。在诸多福尔摩斯探案故事里，都能看到这个流浪儿小分队的身影。

话说小威金斯敲门进房，告诉他的金主福尔摩斯，已遵嘱叫到马车。福尔摩斯让他把车夫叫上来，帮忙搬一只箱子。小威金斯得令下楼，福尔摩斯从房内一角拖出一只小旅行箱，动手扎紧皮带。华生看着直纳闷，他的同伴貌似要出远门啊，可他从没提起过这档子事。此时此刻，旁观的读者也一定跟着莫名惊诧，一头雾水。这就对了！这正是叙事者所要制造的悬疑效果。如果读者（或称"叙事接受者"）不跟着惊诧，不表现出好傻好天真，那么，这个操纵着木偶绳的叙事者就太笨太失败了！

福尔摩斯正忙着，车夫进来了。"帮我扣好这个皮带扣，车夫。"他单膝跪地，头也不回地说。车夫绷着脸，老大不情愿地走上来，伸出双手去帮他。说时迟那时快，只听得金属撞击咔哒一声，福尔摩斯随即一跃而起。"先生们，"他大声叫道，"让我介绍杰斐逊·霍普先生，杀死德雷伯、斯坦格森的真凶。"欲知后事如何，且听下回分解。

五　福尔摩斯展开了孔雀屏

上回说到，杀死德雷伯、斯坦格森，而且在两处作案现场的墙上都留下血字的真凶杰斐逊·霍普被神探福尔摩斯手到擒来。老拍档华生，超级陪衬——伟大圣明的莱斯特雷德警长和格瑞格森警长，全都惊呆了。读者脸上的表情，恐怕和这三位仁兄也差不了多少。此时此刻，全世界的人都在问，福尔摩斯凭什么认定伦敦马夫杰斐逊·霍普就是凶手？

不用急，一贯自鸣得意的福尔摩斯绝不会放过炫耀其探案神技的机会。说实话，听这位老哥在智破奇案之后得意洋洋头头是道地吹水，也真是一种阅读的享受。

当然，福尔摩斯不是逮谁就吹水，也不会见到个人就展开他的孔雀屏，他有他的忠实听众和知趣的提问者。这个人就是可敬的华生医生。福尔摩斯和华生的对话关系，有点像柏拉图对话录里大哲学家苏格拉底与一众傻头傻脑但又执著较真的质疑者，后者的提问和追问，逼出了精湛的思想。大侦探家和大哲学家一样，如果没有了听众，将会何等寂寞。

且听福尔摩斯对华生从头说起：

正如你所知道的一样，我是步行到那座屋子去的。我在街道上清清楚楚地看到了一辆马车车轮的痕迹。经过研究以后，我确定这个痕迹必定是夜间留下的。由于车轮之间距离较窄，因此我断定这是一辆出租的四轮马车，而不是自用马车，因为伦敦市上通常所有出租的四轮马车都要比自用马车狭窄一些。

接着，我就慢慢地走上了花园中的小路。毫无疑问，在你看起来，这条小路只不过是一条被人践踏得一塌糊涂的烂泥路而已。可是，在我这双久经锻炼的眼睛看来，小路上每个痕迹都是有它的意义的。这个环节告诉我，夜间来客一共有两个，一个非常高大，这是我从他的步伐长度上推算出来的；另一个则是衣着入时，这是从他留下的小巧精致的靴印上判断出来的。

走进屋子以后，这个推断立刻就得到了证实。那位穿着漂亮靴子的先生就躺在我的面前。如果这是一件谋杀案子的话，那么那个大高个子就是凶手。死者身上没有伤痕，但是从他脸上显露出来紧张、激动的表情，却使我深信在他临死之前，他已料到他的命运如何了。我嗅了一下死者的嘴唇，嗅出有点酸味，因此我就得出这样的结论：他是被迫服毒而死的。

六　哈哈哈

上回说到，福尔摩斯在智破血字奇案后得意洋洋地吹嘘破案心得，有如导盲犬一般，令一头雾水、似懂非懂的忠实听众华生医生及万千读者亦步亦趋地跟着他的思路，得出了空屋死者德雷伯被迫服毒而死的结论。福尔摩斯紧接着又卖弄他对各类世纪大案的知识说，强迫服毒绝不是一件新闻，任何毒物学家都会立刻想到敖德萨的多尔斯基一案和蒙彼利埃的勒蒂里埃一案的。

接下来，福尔摩斯开始讲解他如何推断凶手杰斐逊·霍普的作案动机：

现在要谈谈"为什么"这个大问题了。这件谋杀案干得非常从容不迫，而且凶手还在屋子里到处留下了他的足迹。这就说明，他自始至终一直是在现场的。因此，这就一定是一件仇杀案。当墙上的血字被发现后，我对我自己的这个见解也就更加深信不疑了。……等到发现戒指以后，问题就算确定了。很明显，凶手曾经利用这只戒指使被害者回忆起某个已死的、或者是不在场的女人。

这个不在场的女人名叫露茜，她是凶手杰斐逊·霍普的恋人，却被德雷伯抢走，被逼成婚。婚后不到一月，露茜抑郁而死。在守灵之夜的翌日凌晨，衣衫褴褛、蓬头垢面的霍普突然闯进灵堂，径直走向露茜，俯下身，在她冰凉的额上深情一吻。接着握起她的手，从她手指上捋下结婚戒指。"她不可以戴着这个东西下葬"，他凄厉地叫道，然后飞身下楼而去。在凶案现场的戒指就是这枚结婚戒指。这个催人泪下的悲情故事发生在远隔重洋的盐湖城，但它的惊心动魄的大结局却在伦敦上演。结怨北美，申冤英伦，柯南·道尔的成名作《血字的研究》展现出大开大阖的结构模式。这一点，后面还会谈到。在此之前，让我们一起来瞻仰一下血字奇案破获后，伦敦官方传媒《回声报》对莱斯特雷德和格瑞格森这两位超级配角的大肆吹捧：

这个案件破案之神速，全赖莱斯特雷德和格瑞格森两位警官。据悉，凶手是在歇洛克·福尔摩斯先生的家中被捕的。歇洛克·福尔摩斯作为一个业余侦探，在探案方面也表现了一定才能，他在二位导师教诲之下，必有望获得更卓越之成就。

福尔摩斯大笑着对华生说："我开头不是对你说过吗？这就是咱们血字研究的全部结果：给他们挣来了褒奖！"作为读者，我也要跟着大笑三声，哈哈哈！

第十章　从福尔摩斯探案到包公探案

一　再见了，福尔摩斯

《血字的研究》分为两部，第一部为"前陆军军医署医生约翰·华生回忆录"，共有七章，讲述伦敦相继发生的两桩血字奇案以及福尔摩斯的探案过程；第二部为"圣徒之国"，也分七章，首五章讲述被害者德雷伯、斯坦格森一个强夺杰斐逊·霍普的恋人露茜为妾，另一个开枪打死露茜的父亲，这两个"圣徒"都是北美盐湖城摩门教大司祭的儿子，仗势欺人，为所欲为，第六章是"约翰·华生医生的回忆补记"，第七章是"尾声"。由于第二部的后两章是福尔摩斯探案过程的补充和总结，从逻辑上来看，应独立于第二部。因此，这部小说实际上由三个部分、两个故事构成，发生在"圣徒之国"的故事，嵌入福尔摩斯智破血字奇案的故事之中，形成了戏中戏，也构成了嵌套结构，颇具匠心。在《波斯康谷案》《五颗橘核》等福尔摩斯探案故事中，也能看到结怨他乡（如澳洲、北美）、复仇本土的嵌套结构，只是格局不大，不易察觉。

在"回忆补记"一章中，叙事者讲述了杰斐逊·霍普被捕后，坦然坐在审讯室内，自述杀人动机和耗时二十年、辗转两大洲万里追杀德雷伯、斯坦格森的艰险历程，他最后声称，"我的事，经过就是这样。先生们，你们会把我看作是个杀人凶手，可我自己认为，同诸位一样，我完全是一个正义的法官。"真是掷地有声，快意恩仇！人生如此，虽死何憾！

事实上，这位正义的凶手由于二十年的艰苦奔波和紧张焦虑，已罹患不治之症主动脉血瘤。在毒杀德雷伯的现场，要不是因为激动得流出鼻血，缓冲了血液流速，他就会眼睁睁倒在仇敌面前，痛失复仇良机，二十年的苦心积虑，二十年的颠沛寻仇，将一夕成空，那真是比窦娥还冤了！幸好苦心动天、上苍眷顾，杰斐逊·霍普不但大仇得报，而且在庭审之前已安然撒手尘寰。叙事者以不失幽默的口吻描述道："最高裁判上帝受理了这个案件，杰斐逊·霍普被传唤到另一个法庭，对他进行一次极为公正的审判，因为在被捕的当天晚上，动脉瘤破裂，次日早晨发现已死，躺在监狱的地板上，脸露安详的笑容。"

善良的读者读到此处，也会长出一口气。就让我们在诗性正义得到伸张、阅读快感瞬间绽放的时刻，向陪伴我们多日的福尔摩斯说声再见吧。下一回，中国公案小说中的人物将粉墨登场。

二　包公驾到

话说宋仁宗登了大宝后，钦点太师庞吉为春闱总裁。这庞太师是个谗佞之臣，倚了国丈之势，贪赃枉法，恣意妄为。参加会试的举人听说是这位老哥主持大考，乱成了一锅粥，走门路的，打关节的，纷纷不一。只有包公仗着自己学问，考罢三场。到了揭晓之期，因无门路，虽然中了第二十三名进士，却没资格进翰林院享清福，只能奉旨到凤阳府定远县做个七品芝麻官。

包公到了县内，首先命人捧来刑事案卷，细细稽察。见其中有个沈清伽蓝殿杀死僧人案，情节含糊，便即传出谕去，立刻升堂审问沈清一案。沈清押到公堂后，包公留神细看，此人不过三旬年纪，战战兢兢，不像行凶之人。包公问道："沈清，你为何杀人？从实招来！"沈清哭诉道："只因小人探亲回来，天气太晚，便在这县南三里多地有个古庙，暂避风雨。谁知次日天未明，有公差在路，见小人身后有血迹一片，便拦住不放，务要同小人回至庙中一看。哎呀！太爷呀！小人同差役到庙看时，见佛爷之旁有一杀死的僧人。小人实是不知僧人是谁杀的。二位公差竟说小人谋杀和尚。小人真是冤枉！"包公闻听，便问道："你出庙时，是什么时候？"沈清答道："天尚未明。"包公又问道："你这衣服，因何沾了血迹？"沈清答道："小人原在神橱之下，血水流过，将小人衣服沾污了。"包公闻听，点头，吩咐带下。立刻传轿，打道伽蓝殿。

包公在轿内暗思："他既谋害僧人，为何衣服并无血迹，光有身后一片呢？再者虽是刀伤，彼时并无凶器。"一路盘算，来到伽蓝殿，包公下轿，只带着他的跟班包兴进庙。细看神橱之下，地上果有一片血迹迷乱。忽见那边地下放着一物，便捡起检看，一言不发，拢入袖中，即刻打道回衙，传唤当值的小吏胡成进来，命其召集县中木匠明早进衙。

次日，胡成领来九个木匠。包公道："如今我要做各样的花盆架子，务要新奇式样。你们每人画他一个，老爷拣好的用，并有重赏。"说罢，吩咐拿矮桌笔砚来。不多时，九个木匠俱各画完，挨次呈递，包公看到其中一张，便问道："你叫什么名字？"那人道："小人叫吴良。"包公便向众木匠道："你们散去，将吴良带至公堂。"左右答应一声，立刻点鼓升堂。包公入座，将惊堂木一拍，叫道："吴良，你为何杀死僧人？从实招来！"

三　装神弄鬼心水清

上回讲到，包公刚到定远县出任知县，便着手复查沈清杀死和尚一案，并神速判定当地木匠吴良才是真凶。吴良不服，狡辩道："小人以木匠做活为生，是极安分的，如何敢杀人呢？望乞老爷详察。"包公道："谅你这厮决不肯招。左右，尔等立刻到伽蓝殿将伽蓝神好好抬来。"左右答应一声，立刻去了。列位看官，这伽蓝殿就是和尚庙之意，伽蓝神就是和尚庙的守护神，好比新年张贴在门上的秦叔宝、尉迟恭等门神。

过了不多时，众衙役将伽蓝神抬至公堂。百姓们见把伽蓝神泥胎抬到县衙听审，谁不要看看新奇的事，都来。只见包公离了公座，迎将下来，向伽蓝神似有问答之状，左右观看，不觉好笑。包公重新入座，叫道："吴良，适才神圣言道，你那日行凶之时，已在神圣背后留下暗记。下去比来。"左右将吴良带下去。只见那神圣背后肩膀以下，果有左手六指儿的手印；谁知吴良左手却是六指儿，比上时丝毫不错。吴良吓得魂飞胆裂，左右的人无不吐舌，说："这位大爷真是神仙，如何就知是木匠吴良呢？"殊不知包公那日上庙验看时，地下捡了一物，却是个墨斗，因此想到木匠身上。

证据昭彰，吴良只得招供。这厮原与庙内和尚交好，两人都是酒鬼。某天，和尚请吴良喝酒。喝得烂醉后，这和尚透露自己积攒有二十多两银子。吴良便问他："你这银子收藏在何处呢？若是丢了，岂不白费了这几年的工夫么？"和尚说："我这银子是再丢不了的，放的地方人人再也想不到的。"吴良追问道："你到底搁在哪里呢？"和尚说："咱们俩这样相好，我告诉你，你可不许告诉别人。"他方说出将银子放在伽蓝神脑袋以内。吴良闻财心动，又见他醉了，便拔出斧子将他劈死，然后攀上神桌，将左手扶住神背，右手在神像的脑袋内掏出银子，不意留下了个手印子。包公闻听所供是实，又将墨斗拿出，与他看了。吴良认了是自己之物，因抽斧子落在地下。包公叫他画供，上了刑具，收监。沈清无故遭屈，赏官银十两，释放。

这正是装神弄鬼心水清，初出茅庐第一功。且说包公牛刀小试刚要退堂，只听县衙外传来击鼓喊冤之声。欲知端的，且听下回分解。

第十一章　包公案与自发的魔幻现实主义

一　从莫言说起

仿佛喜从天降，也仿佛预感成真，最被我看好的中国小说家莫言摘得 2012 年诺贝尔文学奖，授奖理由是，他"运用幻觉现实主义手法，将民间故事、历史与当代社会融合在一起"（"who with hallucinatory realism merges folk tales，history and the contemporary"）。各种阴谋论、平衡论可以休矣。就文学论文学，莫言在融合中国志怪小说传统、拉美魔幻现实主义、民间想象与草根幽默这个层面上，达到了无人企及的高度。诺奖评委的眼光，真不是一般的犀利！

列位看官请留意，"魔幻现实主义"（Magischer Realismus，英文为 Magic Realism）与莫言获奖理由中的"幻觉现实主义"不是一个概念，但大致互通。20 世纪 60 年代，魔幻现实主义在拉美文学"爆炸"时期崛起，代表作为哥伦比亚作家加西亚·马尔克斯的《百年孤独》，其特征是借助神奇的、具有幻想色彩的事物如神话故事、古老传说、鬼怪活动，奇妙的自然现象，运用象征、夸张、荒诞以及现代派的一些手法如时序的颠倒、多角度叙述、电影蒙太奇等等反映历史、现实、人的内心世界。

"魔幻现实主义"一词最早见于弗朗茨·罗（Franz Roh）

于 1925 年出版的专书《后期表现派：魔幻现实主义，当前欧洲绘画中的若干问题》，他在诠释德国后期表现主义的绘画风格时，以"魔幻现实"表示一种真实与魔幻空间并存、若隐若现、变不失常的意境。而后，"魔幻现实主义"被翻译介绍到西班牙，又被委内瑞拉作家乌斯拉尔·彼特里引进拉美文坛。在精神实质上，拉美魔幻现实主义深受西方超现实主义的影响。对危地马拉作家、拉美魔幻现实主义创始人阿斯图里亚斯来说，超现实主义是一种启示，促使其糅合印第安神话与现实生活于一体。

如果说，莫言是自觉运用了魔幻现实主义手法，中国古代的公案小说家们则是自发地运用了这种手法。上回讲到包公智破沈清蒙冤一案，刚要退堂，门外有人击鼓喊冤，这是一起由珊瑚坠子引发的连环案。此案告破后，接着就是乌盆诉苦案。所谓乌盆，也就是黑色的盆子，这玩意儿如何能诉苦？但它偏偏会说话，这就是"魔幻现实"。欲知详情，且听下回分解。

二 活见鬼

上回讲到，在中国古代公案小说里，常能看到自发的魔幻现实主义表现手法，包公案里的乌盆诉苦案就是显例。

且说有一老者叫张三，为人耿直，好行侠义，人称"别古"（与众不同谓之"别"，不合时宜谓之"古"）。一日，闲暇无事，偶然想起："三年前，东塔洼赵大欠我一担柴钱四百文，我若不要了，有点对不住众伙计们。"于是挂了竹杖，往东塔洼而来。

到了赵大门首，只见房舍焕然一新，不敢敲门，问了问邻右之人，方知赵大发财了，如今都称"赵大官人"了。老头子闻听，不由心中不悦，暗想道，赵大这小子长处掐，短处捏，怎么配发财呢？一边感叹，一边将竹杖敲门，赵大闻声出来，将迎张三进门。到了屋内，只见一路一路的盆子堆得不少。赵大听了张三的来意后，立马拿了四百钱递与张三。张三接来揣在怀内，站起身来，说道："不是我爱小便宜，我上了年纪，夜来时常爱起夜。你把那小盆给我一个，就算折了欠我的零儿罢。"赵大道，你拿一个就是了。张三便挑了一个乌盆，挟在怀中，转身就走。

　　一路上，张三满怀不平。正当夕阳在山之时，来到树林之中，只觉得汗毛眼里一冷，不防将怀中盆子掉在尘埃，在地下咕噜噜乱转，隐隐悲哀之声，说："摔了我的腰了。"张三闻听，连连唾了两口，捡起盆子往前就走。只听后面说道："张伯伯，等我一等。"回头又不见人，心道："如何白日就会有鬼？"回到家后，张三将门顶好，觉得困乏已极，自己说："管他什么鬼不鬼的，且梦周公。"刚才说完，只听得悲悲切切，口呼："伯伯，我死得好苦也！"别古秉性忠直，不怕鬼邪，便说道："你说罢，我这里听着呢。"隐隐说道："我姓刘名世昌，本在缎行谋生。只因乘驴回家，行李沉重，那日天晚，在赵大家借宿。不料他夫妻好狠，将我杀害，谋了资财，将我血肉和泥焚化。到如今闪了老母，抛却妻子，不能见面。九泉之下，冤魂不安，望求伯伯替我在包公前申明此冤，报仇雪恨。"张三闻听他说得可怜，不由动了豪侠心肠，呼道："乌盆。"只听应道："有呀，伯伯。"张三道："虽则替你鸣冤，唯恐包公不能准状，你须跟我前去。"乌盆应道："愿随伯伯前往。"欲知后事如何，且听下回分解。

三　从悲情戏到滑稽剧

上回讲到，缎行生意人刘世昌被赵大夫妇见财起意，狠心谋害，其血肉被和泥焚化，做成乌盆。刘世昌冤魂不灭，向人称"别古"的张三哭诉冤情，张三便携着乌盆，赴定远县报案。包公接案升堂，唤道："乌盆。"并不见答应。又连唤两声，也无响动，包公见别古年老昏愦，也不动怒，便叫左右撵去便了。

张老出了衙门，口呼："乌盆。"只听应道："有呀，伯伯。"张老道："你随我诉冤，你为何不进去呢？"乌盆说道："只因门上门神拦阻，冤魂不敢进去。"包公闻听，提笔写字一张，叫当值的衙役拿去门前焚化，仍将老头子带进来。包公问道："此次叫他可应了？"张老说："是。"包公又唤乌盆，仍不见答应，不由动怒，吩咐责打张三十板。闹得老头儿龇牙咧嘴，一拐一拐出衙去了。

接下来的描写，颇有喜剧色彩，张别古的夸张举动，张别古与乌盆之间的对话，众衙役对包公一再受乌盆"戏耍"的反应，充满喜感与笑点，一出冤魂报案的悲情戏，转化为令人解颐的滑稽剧，这是通俗文艺的常见手法，既展现了平民大众活泼泼的鬼神想象，也迎合了平民大众化苦难为一笑的心理需要。

且说张别古转过影壁，将乌盆一扔，只听得哎呀一声，说："碰了我脚面了！"张老道："奇怪！你为何又不进去呢？"乌盆道："只因我赤身露体，难见星主。没奈何，再求伯伯替我申诉明白。"张老道："我已然为你挨了十大板，如今再去，我这两条腿不用长着咧。"乌盆又苦苦哀求。张老是个心软的人，只得拿起盆子，从角门溜溜秋秋往里便走。衙役胡头忽听老头子又来了，连忙跑出来要拉。张老就势坐在地下，叫起屈来。

包公吩咐带上来。张老叩头道："方才小人出去又问乌盆，他说赤身露体，不敢见星主之面。"包公闻听，叫包兴拿件衣服与他，又吩咐两边仔细听着，两边答应"是"。此所谓上命差遣，概不由己。有说老头子有了病了的，有说大爷好性儿的，也有暗笑的。连包兴在旁也不由暗笑："老爷今日叫疯子磨住了。"只见包公座上呼唤："乌盆。"不想衣内答应说："有呀，星主。"众人无不诧异。只见张老听见乌盆答应了，忽地跳将起来，恨不能要上公案桌子。两旁众人叱喝，他才复又跪下。

四　把魔幻进行到底

上回说到，乌盆内的冤魂终于在公堂上发话，喜得张别古忽地跳将起来，两旁众人叱喝，他才复又跪下。包公细细问了张老。两旁听得无不叹息。包公即行出签，拿赵大夫妇，立马拿到，严加讯问，并无口供。包公沉吟半晌，便吩咐："赵大带下去，不准见刁氏。"即传刁氏上堂。包公说："你丈夫供称陷害刘世昌，全是你的主意。"刁氏闻听，恼恨丈夫，登时招供。旋即带上赵大，叫他与女人质对。谁知这厮好狠，横了心再也不招。包公一时动怒，请了大刑。这赵大却不禁夹，顷刻间呜呼哀哉了。

且说包公断明了乌盆案，远近闻名，却因赵大刑毙，例应革职。文书到后，包公带着包兴，乘马出了定远县。一日，来至大相国寺门前，包公头晕眼花，竟从马上栽将下来。包兴下马看时，只见包公牙关紧闭，人事不知。包兴叫着不应，放声大哭。惊动庙中方丈，乃得道高僧，俗名诸葛遂，法号了然，近前诊了脉息，说："无妨，无妨。"过了几日，包公果然转动如常。一日，包公与了然站在山门外，那壁厢来了一个厨子，走至庙前，不住将包公上下打量，直瞅着包公进了庙，才飞也似的跑了。

此人乃丞相府王芑的买办厨子。只因王老大人面奉御旨，赐图像一张，乃圣上梦中所见，醒来时宛然在目，御笔亲画了形象，特派王老大人暗访此人。不想这日买办从大相国寺经过，恰遇包公，其相貌正是龙图之人。

王芑奏明仁宗。天子大喜："立刻宣召见朕。"包公步上金阶。仁宗一看，果是梦中所见之人，满心欢喜，便问为何罢职。包公便将赵大刑毙身死情由一一奏明。仁宗听闻，不但不怪，反喜道："卿家既能断乌盆负屈之冤魂，必能镇皇宫作祟之邪。今因玉宸宫内每夕有怨鬼哀啼，不知是何妖邪，特派卿前往镇压一番。"太监总管"杨大胆"杨忠奉旨带领包公来到玉宸宫，只见丹墀以下起了一个旋风，隐隐听得风中带着悲泣之声。包公闪目观瞧，只见灯光忽暗，杨忠在外扑倒；片刻工夫，见他复起，袅袅婷婷，走进殿来，万福跪下。包公以为杨忠戏耍，便以假作真，开言问道："你今此来，有何冤枉，诉上来。"只听杨忠娇滴滴声音，哭诉道："奴婢寇珠原是金华宫承御，只因救主遭屈，含冤地府，于今廿载，专等星主来临，完结此案。"

第十二章　叙事文学中的道具、配角与称谓

一　当黑脸遇到花脸

上回讲到含冤屈死的宫女寇珠托魂于太监总管杨大胆，娇滴滴地向包公哭诉当初受害的原委，并叮嘱包公说："因李娘娘不日难满，故特来泄机由。星主细细搜查，以报前冤，千万不可泄露。"包公闻听点头应承。冤魂叩头站起，转身出去，仍坐在门槛子上，还是那个粗鄙的杨太监。

这李娘娘之难，内情玄奥，牵涉重大，容后再说。且说这"星主"之名，颇有来头。旧时传说，星主乃星宿入凡、谪仙转世者，有着通灵的异禀、高贵的血脉，他们来到凡尘是承负了天帝赋予的使命，如梁山泊首领宋江等。《水浒传》第四十一回中就有宋江以星主身份晋见九天玄女、获赠三卷天书的细致描写。

且说寇珠冤魂离去不久，那杨大胆张牙欠嘴，仿佛睡醒的一般。接下来的对话，就像戏曲里的宾白，黑脸的净角包公，花脸的小丑杨大胆，一应一答，一庄一谐，煞是精彩，民间艺术的乐观风趣，于此可见一斑，列位看官注意了。

杨大胆悄悄地道："老黑，你没见什么动静，咱家怎生回复圣旨？"包公道："鬼已审明，只是你贪睡不醒，叫我在此呆等。"杨大胆闻听诧异，道："什么鬼？"包公道："女鬼。"

杨大胆道："女鬼是谁？"包公道："名叫寇珠。"杨大胆闻听，只吓得惊异不止，暗自思道："寇珠之事算来将近二十年之久，他竟如何知道？"连忙赔笑，道："寇珠她为什么事在此作祟呢？"包公道："你是奉旨，同我进宫除邪，谁知你贪睡。我已将鬼审明，只好明日见了圣上，我奏我的。你说你的便了。"杨大胆闻听，不由着急，道："哎呀！包……包先生，包老爷，我的亲亲的包……包大哥，你这不把我毁透了吗？可是你说的，圣上命我同你进宫；归齐我不知道，睡着了，这是什么差使眼儿呢？怎的了！可见你老人家就不疼人了。过后就真没有用我们的地方了？瞧你老爷们这个劲儿，立刻给我个眼里插棒槌，也要我们搁得住呀！好包先生，你告诉我，我明日送你个小巴狗儿，这么短的小嘴儿。"

包公见他央求可怜，方告诉他道："明日见了圣上，就说：'审明了女鬼，系金华宫承御寇珠含冤负屈，来求超度她的冤魂。臣等业已相许，以后再不作祟。'"杨大胆听毕，记在心头，并谢了包公，如敬神的一般，他也不敢言语亵渎了。

二　御札·御铡·官二代

话说黑脸包公与花脸杨大胆向仁宗奏明寇珠显灵一事，只说冤魂求超度，却不提别的。仁宗大悦，愈信乌盆之案，即升用开封府府尹、阴阳学士。

一日，包公上书仁宗，劝其陈州放粮，不该任用椒房宠信之人，还直说皇上用人不当。仁宗见了包公奏文，初时甚为不悦。后来转又一想，此乃直言敢陈，正是忠心为国，故而转怒为喜，立刻召见包公。奏对之下，明系陈州放赈恐有情弊，因此加封包公为龙图阁大学士，前往陈州稽察放赈之事。包公并不谢恩，跪奏道："臣无权柄，不能服众，难以奉诏。"仁宗因此又赏了御札三道。包公谢恩，领旨出朝。

翌日，包拯上朝禀报："昨蒙圣恩赐臣御札三道，臣谨遵旨，拟得式样，不敢擅用，谨呈御览。"说着话，黄箱已然抬到，摆在丹墀。仁宗闪目观瞧，原来是三口铡刀的样子，分龙、虎、狗三品。包公又奏："如有犯法者，各按品级行法。"仁宗早已明白包公用意，是借"札"字之音改作"铡"字，做成三口铡刀，以为镇吓外官之用，不觉大喜，称羡包公奇才巧思，立刻准了所奏。下朝后，包公吩咐主簿公孙策即刻督工监造，务要威严赫耀，又派王、马、张、赵四勇士服侍御刑：王朝掌刀，马汉卷席捆人，张龙、赵虎抬人入铡。

那边厢，太守蒋完黉夜赶赴安乐侯庞昱府中密报，包公将来陈州查赈，算来五日内必到。庞昱道："包黑子乃吾父门生，谅不敢不回避我。"蒋完道："侯爷休如此说。闻得包公秉正无私，不畏权势，又有钦差御赐御铡三口，甚属可畏。"又往前凑了一凑，道："侯爷所做之事，难道包公不知道么？"这庞昱乃庞太师之子，奉旨到陈州放赈，原是为救饥民。不想他倚仗"官二代"的权势，不但不放赈，反将百姓中年轻力壮之人挑去造盖花园，并且抢掠民间妇女，美貌的作为姬妾，蠢笨者充当服役。

听了蒋完的问话，庞昱心中发毛，嘴上硬挺。蒋完着急，道："这事非同小可，除非是此时包公死了，万事皆休。"这一句话提醒了恶贼，便道："这有何难！现在我手下有一个勇士名唤项福，他有飞檐走壁之能，即可派他去路上行刺，岂不完了此事？"太守道："如此甚好。必须以速为妙。"庞昱连忙叫庞福，去唤项福立刻来至堂上。恶奴去不多时，将项福带来。欲知后事如何，且听下回分解。

三　侠客出场

上回说到，包公督造完龙头铡、虎头铡、狗头铡各一口，随即启程赴陈州，奉旨清查官二代庞昱不法情事。庞昱受太守蒋完教唆，欲派鹰犬项福刺杀包公。此时南侠展昭早在窗外窃听，偷眼看时，见项福品貌雄壮，真是一条好汉。展昭心内骂道："瞧不得这么一条大汉，原来是一个谄谀的狗才。可惜他辜负了好胎骨！"正自暗想，又听庞昱说："太守，你将此人领去，应如何派遣吩咐，务必妥帖机密为妙。"蒋完连连称"是"，告辞退出。

太守在前，项福在后。走不几步，只听项福说："太守慢行，我的帽子掉了。"又走几步，只听项福说："好奇怪！怎么又掉了？"回头一看，又没人。你道项福的帽子连落两次，是何缘故？这是展昭试探项福学业何如。结果此人两次中招，可见心粗艺疏，展昭就不把他放在心上。

次日，展昭悄悄跟随项福外出。在安平镇潘家楼上，项福巧遇恩人白锦堂之弟白玉堂。白玉堂乃陷空岛五义士之一，这五义士也就是野史戏曲中鼎鼎大名的"五鼠闹东京"的"五鼠"，其中白玉堂绰号"锦毛鼠"。当他闻听项福已效命于庞太师之子庞昱，急唤从人会了账，立起身来，回头就走。这"锦毛鼠"与后被赐封为"御猫"的展昭将上演一连串的猫鼠大战，好戏连台，精彩纷呈，为包公断案的公案故事糅入了侠义小说的刀光剑影、恩怨仇隙，《包公案》也就演变成了《三侠五义》。

且说展昭轻施袖箭，暗助包公擒获了项福，随后张龙、赵虎又将庞昱擒拿到案。包公软语道："你我有通家之好，务要实实说来，大家方有个计较。千万不要畏罪回避。"庞昱是个草包，一听包公颇有维护之意，当下就招认了欺男霸女的恶行。包公又问他，项福是何人所差？这草包翻手就把黑锅扣到了太守蒋完头上。包公吩咐："带项福。"项福走上堂来，劝其实说为妙。庞昱见无可推卸，只得招认画供。

包公登时把黑脸放下，虎目一瞪，吩咐："请御刑！"只见四名衙役将龙头铡抬至堂上，庞昱一见，胆裂魂飞。包公喊一声"行刑"，王朝两膀用力，将恶贼登时腰斩。包公又吩咐道："换了御刑，与我将项福拿下！"左右一伸手便将项福把住，将这无义狗贼在狗头铡上一刀两断。

四　包黑脸"怎么又黄了"？

上回说到，包黑脸铡了仗着"我爸是李刚"恣意妄为的官二代庞昱、为虎作伥的狗贼项福，大快人心。其后开仓放赈，更是万民感仰，欢呼载道。

且说包公秉正放赈已完，立意要各处访查。一日，来至一个所在，地名草州桥东，乘轿慢慢而行。当地小吏范宗华前来拜见，包公问道："前面高大的房子是何所在？"范宗华回道："那是天齐庙。虽然是天齐庙，里面是菩萨殿、老爷殿、娘娘殿俱有，旁边跨所还有土地祠。就只老道看守，因没有什么香火，也不能多养活人。"包兴道："你太唠叨了！谁问你这些？"包公吩咐，打道天齐庙。在天齐庙安顿完毕，包公吩咐多嘴公范宗华扛了高脚牌，上面写"放告"二字，叫他知会各家，如有冤枉前来申诉。

范宗华来到破窑地方，嚷道："今有包大人在天齐庙宿坛放告，有冤枉的没有？只管前去申冤。"一言未了，只听有人应道："我有冤枉，领我前去。"范宗华一看，说道："哎哟！我的妈呀！你老人家有什么事情，也要打官司呢？"

谁知此位婆婆，范宗华他却认得，可不知底里，只知道是秦总管的亲戚，因在秦宅存身不住，由其父范胜收留，安置在破窑内，后因终日哭泣而双眼失明。这范胜原在秦府打杂，为人忠厚老实，府内众人贪顺口，称其为"剩饭"。"剩饭"行将不剩之际，嘱咐其子范宗华好好侍奉破窑内的这位老婆婆，还特别提醒说，此人是个有来历的，不可怠慢。

这日，范宗华将老婆婆领到天齐庙。到了公座之下，老婆婆开腔道："大人吩咐左右回避，我有话说。"包公闻听，便叫左右暂且退出。座上方说道："左右无人，有什么冤枉，诉将上来。"老婆婆不觉失声道："哎哟！包卿！苦煞哀家了！"只这一句，包公座上不胜惊讶。包兴在旁，急冷冷打了个冷战。登时包公脸也黄了，这可不是《智取威虎山》里"防冷涂的腊"。包兴暗说："我……我的妈呀！闹呵，审出哀家来了！我看这事怎么好呢？"

列位看官注意了，这小跟班包兴和多嘴公范宗华一样，虽是闲棋配菜，却自有其陪衬、助"兴"之妙用，好比堂吉诃德身边的桑丘·潘沙、福尔摩斯身边的华生医生，没了他，包公断案的故事会失色不少。其名为"兴"，实非虚言。在前面谈到过的《血字的研究》里，格瑞格森和莱斯特雷德警长本来只是无关紧要的两个配角，但柯南·道尔没忘了腾出笔墨塑造他们的形象。寥寥几行肖像描写，再配上几句对话，两个大活宝的嘴脸惟妙惟肖，呼之欲出，既衬托出男一号福尔摩斯的冷峻、干练，又为气氛紧张的侦探小说平添了一份"闲趣"。

至于上文中老婆婆何以自称"哀家"，她的出现将会牵扯出多大案情，且听下回分解。

五 "哀家"·"愚兄"·"贝蒂"

上回说到,包公在天齐庙宿坛放告,有个盲眼老婆婆前来申冤,呼包公为"卿",并自称"哀家"。包公一听之下,黑脸登时变了黄脸。这"哀家"二字可是大有来头,不是随便哪个老婆婆都能混用的,只有太后或皇后在皇帝死后才能用它来自称,表示无夫之哀。如果这个乡下老婆婆只是因为小说、戏文看多了,鹦鹉学舌,自称"哀家",好比有些文盲,自称"贤弟",却称呼别人为"愚兄",不过是闲话一桩,一笑可也。可是,如果这位老婆婆真的够格自称"哀家",那她就是先皇宋真宗的皇后、当朝皇帝宋仁宗的母亲,也就是当今的"国母",那还了得?孔子说,"必也正乎名"。名之为用,大矣哉!尤其在专制社会,如果有人敢拍着皇帝老儿的膊头,一口一个"兄弟",那可是欺君之罪,运气不好会有杀身之祸。

到了现代开放社会,个性自由,人人平等,称谓上的禁忌几不复存,如果你觉得对方和你关系亲密,可直呼其昵称,如汤姆(Thom,即 Thomas 的昵称)、莉琪(Lizzie,即 Elizabeth 的昵称),或者像《围城》里的伪学者褚慎明那样,把英国大哲学家伯特兰·罗素(Bertrand Russell)亲昵地呼为"贝蒂"(Bertie),让傲兀不群的董斜川羡服不已。

且说包公见乡下贫婆自称"哀家",不禁大惊失色。只见老婆婆眼中流泪,将以往之事,滔滔不断,述说一番。包公闻听,吓得惊疑不止,连忙立起身来,问道:"言虽如此,不知有何证据?"老婆婆从里衣内,掏出一个油渍渍的包儿。包兴上前,不敢用手来接,撩起衣襟,向前兜住,说道:"松下罢。"娘娘放手,包儿落在衣襟。包兴连忙呈上。打开包裹一看,里面却是金丸一粒，上刻着"玉宸宫"字样并娘娘名号，包公看罢，急忙包好，叫包兴递过，自己离了座位。包兴会意，双手捧过包儿，来至娘娘面前，双膝跪倒，将包儿顶在头上，递将过去；然后一拉竹杖，领至上座。入了座位，包公秉正参拜。娘娘吩咐："卿家平身。哀家的冤枉，全仗卿家了。"

这位由乡下无名氏"正名"为玉宸宫娘娘的老婆婆，到底遭遇了何等惊天动地的变故？且听下回分解。

第十三章 "狸猫换太子"与包公救国母

一 妒妃逞奸：中国的美狄亚？

话说宋朝自陈桥兵变，众将立太祖为君，江山一统，相传至太宗，又至真宗。

一日，李、刘二妃约请真宗共度中秋。真宗欣然应约。席间，真宗道，"今日文彦博具奏，他道现时狗星犯阙，于储君不利。朕虽乏嗣，且喜二妃俱各有孕。上天既然垂兆，朕赐汝二人玉玺龙袱各一个，镇压天狗冲犯；再朕有金九一对，乃先皇遗物，每人各赐一枚，将妃子等姓名宫名刻在上面，随身佩戴。"言毕，即将金丸解下，命太监陈林拿到尚宝监，立时刻字去了。

到了晚间，皓月当空，君妃共赏冰轮。真宗饮至半酣，陈林手捧金丸呈上，天子接来细看，见金丸上面，一个刻着"玉宸宫李妃"，一个刻着"金华宫刘妃"，镌得甚是精巧。真宗笑言："二妃子如有生太子者，立为正宫。"

刘妃一闻此言，唯恐李妃生下太子立了正宫，便与总管都堂郭槐暗暗铺谋定计，要害李妃。郭槐奉了刘妃之命，派心腹找接生婆尤氏定下奸计。

三月间，李妃分娩。郭槐急忙告诉尤氏。尤氏早已备办停当，双手捧定大盒，交付郭槐，同往玉宸宫而来。二人来至玉宸宫内，别人以为盒内是吃食之物，哪知其中是剥去皮的狸猫，血淋淋，光油油，好生难看。恰好李妃临蓐，一时血晕，人事不知。刘妃、郭槐、尤氏做就活局，趁着忙乱之际，将狸猫换出太子，仍用大盒将太子就用龙袱包好装上，抱出玉宸宫，竟奔金华宫而来。

刘妃即唤宫女寇珠提藤篮暗藏太子，叫她到销金亭用裙绦勒死，丢在金水桥下。列位看官注意了，这刘妃实乃因妒生恨、为利害人的"样板"，其勒毙太子之命，与古希腊神话、悲剧中的美狄亚（Medea）杀死自己亲生的两名王子，貌同而心异。美狄亚之杀幼子，实因国王伊阿宋（Jason）移情别恋，美狄亚由爱生恨，遂下毒手，其不同于刘妃之流的主动害人，自不待言。天下滔滔，如刘妃之无能、善妒而毒水四溅者，远未绝迹。无心害人却又不甘被人算计的聪明人与逍遥派，万不可低估了小丑的无耻与智商。

且说寇珠提了藤篮往外走，恰好撞见手捧龙妆盒、前来御园采办果品的陈林。寇珠将始末根由，说了一回。陈林闻听，吃惊不小，又见有龙袱为证。二人商议，即将太子装入龙妆盒内，刚刚盛得下。欲知后事如何，且听下回分解。

二　哪里来的妖风？

话说陈林手捧龙妆盒，里面装着未来的宋仁宗，直往禁门而来。不料郭槐半路杀出，将他带到金华宫。刘妃问道，盒里面可有夹带？陈林答，并无夹带，娘娘若是不信，请去皇封，当面开看。一边说，一边做状启封。刘妃一见，连忙拦住，沉吟半晌后，方命陈林退下。陈林才待转身，忽听刘妃说："转来！"陈林只得转身。刘妃又将陈林上下打量一番，见他面上颜色丝毫不露，方缓缓道："去罢。"陈林这才出宫。

熟读《三国演义》的看官读至此，当会联想起曹阿瞒杖杀伏皇后这一回目：一日，伏皇后提议汉献帝写信给她父亲伏完，令他设法除掉权臣曹操。汉献帝写完密信，命亲信穆顺藏于发中，送交伏完。伏完取纸写书，建议献帝下密诏调孙权、刘备出兵灭曹。穆顺在头髻内深藏此信，告辞回宫。曹操在宫门内截住穆顺，喝令左右人肉搜查，却一无所获。正要放行，忽然起了一阵风，吹落了宫帽。曹操将穆顺唤回，取帽检查后还了给他。穆顺双手倒戴宫帽。曹操心想，头上必有猫腻！于是亲自上前，果然搜出密信，曹操大怒，下令杀了伏完、穆顺全家，并将伏皇后乱棒打死。

看官定会感叹，哪里来的这一阵妖风，真是太邪门了！曹阿瞒因风动念，搜出密信，虽有人谋，实乃天数。相较之下，穆顺固然不如陈林老定，刘妃固然不如曹操精细，但得失之间，常有意外，常有变数，谁也无法预料。这宋仁宗险些成了金水桥下的冤大头，却终究是个有福之人，他不幸遇到了妖后，却没有撞到妖风，比汉献帝这个倒霉蛋强多了。

且说陈林手提后福不浅的小仁宗，出了禁门，将其送至南清宫八王爷和狄娘娘处寄养。此时刘妃已将李妃生产妖孽之事，奏明真宗。真宗立将李妃贬入冷宫下院，加封刘妃为玉宸宫贵妃。

那边厢，刘妃见计谋已成，满心欢喜。其后产下一子，真宗大喜，即将刘妃立为正宫。六年后，这小王子却得了重病，一命呜呼。真宗大痛，无心视朝。八王爷进宫问安，言及三世子，恰与刘后之子岁数相仿。真宗下令召他进宫，见后大乐，立刻传旨将三世子封为东宫守缺太子，并叫陈林带往各宫亮相。路过冷宫，太子进去见了娘娘，泪流满面。刘后见太子进宫面有泪痕，追问何故。太子不敢隐瞒，说了李妃惨况。刘后顿生疑窦。欲知后事，且看下回。

三　生生死死，兜兜转转

上回说到，刘后心生疑窦，唤来宫女寇珠拷问。寇珠的供词与当初言语一字不差。刘后更觉恼怒，便召陈林当面对证，也无异词。刘后穷极发恶，企图以毒攻毒，叫陈林掌刑追问。寇珠触槛而死，以明心志。刘后不得真情，妒意愈深，转恨李妃不能忘怀，悄与郭槐商议，密访李妃嫌隙，必须置之死地方休。

且说李妃自见太子之后，每日伤感，冷宫总管秦凤暗将其子已被寇珠、陈林救出，现为王储之事奏明。李妃听了，如梦方醒，因此每夜烧香，祈保太子平安。被奸人访着，向真宗进谗言说，李妃每夜降香诅咒，心怀不善。真宗大怒，即赐白绫七尺，立时赐死。谁知早有人将信暗暗透于冷宫。小太监余忠貌似李妃，情愿替死，李妃不得已将衣脱下，与他换了。刚然收拾完，圣旨已到，钦派孟彩嫔验看。孟彩嫔不忍细看，草草瞄了一眼就去上报。

此事已毕，秦凤回明余忠病卧不起。郭槐不容他调养，立刻逐出，回籍为民。秦凤将假余忠抬出，特派心腹送至陈州家内。一日晚间，秦凤正在伤心，只见本宫四面火起，便知是郭槐之计，为免日后无穷烦恼，索性自己烧死在冷宫内。俗话说，人在人情在，人亡两无交。秦凤死后，秦家人便没有好脸色给李妃。幸得人称"剩饭"的忠仆范胜将其接走，临死前又叮嘱他的儿子多嘴公范宗华善待李妃，这才熬到了包公赴陈州清查官二代庞昱不法情事，并在龙头铡铡了庞恶少后，恰巧在李妃栖身处附近的天齐庙接待百姓上访。

此时仁宗已登基，李妃已贵为国母，她闻讯来到天齐庙，表露了真实身份。包公黑脸转黄，不敢怠慢，但此事非同小可，不可打草惊蛇，便想了一计，认李后为母，并派包兴急送密书一封给包夫人。包夫人接过信，先看皮面上写着"平安"二字，即将外皮拆去，里面却是小小封套，正中签上写着"夫人密启"。夫人忙用金簪挑开封套，抽出书来一看，上言在陈州认了太后李娘娘，假作母子，即将佛堂东间打扫洁净，预备娘娘住宿。夫人以婆媳礼相见，遮掩众人耳目，千万不可走漏风声。后写着："看后付丙。"列位看官，这"付丙"二字，是指用火焚毁，而不是说把信交给第三人。古人以天干配五行，丙、丁属火，因称用火焚毁为"付丙丁"或"付丙"。

四　古今盆与库莱夫洛大夫的刀子

话说包公假认当朝落难国母李太后为母，并送回家中暂住。包公的太太李夫人听闻李太后思君想子哭瞎双眼，便奏道："臣妾有一古今盆，上有阴阳二孔，取接天露，便能医目重明。待今晚臣妾叩求天露便了。"

掌灯以后，李夫人将古今盆拿到园中，叩求天露。这盆内起初潮润，继而攒聚露珠，皆流入阴阳孔内。照清代说书人石玉昆的说法，这个奇迹的出现，一方面是因为"忠心感动天地"，另一方面是因为"该国母的难满"，这类说辞在《西游记》等神魔小说及《聊斋志异》等志怪小说中，屡见不鲜。有心的读者可以从中窥见民间信仰、民间宗教的影响力。这其中隐含着普罗大众的心愿、幻想与是非观，不可用"迷信"二字草草打发了。

且说李夫人喜见诚心动天，便手捧金盆，擎至净室。李太后伸手蘸露洗目，不多时，云翳早退，瞳子重生。其后，包公巧妙安排仁宗、李太后母子相认，又搭建了一个仿古建筑——"阎王殿"，找来勾栏妓女王三巧假扮宫女寇珠鬼魂，套出郭槐供词，刘后见供词惊惧而亡，郭槐随后吃了一剐。这"狸猫换太子"的大戏就此拉上帷幕。需要向列位看官交代的是，以上情节出自石玉昆的侠义公案小说《三侠五义》。

　　回头掂量一下那个能取接天露、让瞎子复明的古今盆，端的是神乎其神，令人联想起阿斯图里亚斯（Asturias）名著《玉米人》中的那把同样能让瞎子复明的刀子。这阿斯图里亚斯是危地马拉作家，1967 年诺贝尔文学奖得主，拉美魔幻现实主义开创者。小说《玉米人》将玛雅传说与热带生活相结合，是魔幻现实主义的代表作，与马尔克斯的《百年孤独》齐名。

　　《玉米人》里有个瞎子叫戈约·伊克，他救出了躲在床下避过屠杀的小女孩，给她起名叫玛丽娅·特贡。玛丽娅·特贡长大后，嫁给了他，生下两个孩子。一天，玛丽娅·特贡带着孩子不辞而别。戈约·伊克沿街乞讨，寻找妻儿，遇上了江湖郎中库莱夫洛大夫。大夫用刀子为他刮眼，使他重见天日。欲知来龙去脉，且听下回分解。

第十四章　魔幻现实主义名著
《玉米人》与拉美宗教文化

一　《玉米人》的原版与译本

《玉米人》（*Men of Maize*）是危地马拉作家阿斯图里亚斯（Asturias）的小说名著。阿斯图里亚斯于 1967 年获得诺贝尔文学奖，是拉美魔幻现实主义开创者。《玉米人》将玛雅传说与热带生活相结合，巧妙融入了当地土著的植物崇拜（"玉米人"信仰）、动物崇拜（"纳华尔主义"）等原始宗教元素，是魔幻现实主义的代表作，与马尔克斯的《百年孤独》齐名。这部小说的原版是西班牙文，1949 年在阿根廷首都布宜诺斯艾利斯出版。地处中美洲，并且是玛雅文明发源地的危地马拉曾经沦为西班牙的殖民地，虽于 1840 年完全独立，但官方语言仍是西班牙语。阿斯图里亚斯的母语即是西班牙语，他的小说均以西班牙语写成，是塞万提斯之后又一位影响世界的西班牙语作家。

1975 年，英国学者杰拉尔德·马丁（Gerald Martin）将西班牙语的《玉米人》翻译成英文，在纽约由德拉科特出版社（Delacorte Press）出版。杰拉尔德·马丁早年任教于英国朴次茅斯理工学院，后任教于美国匹兹堡大学，长于拉美小说研究，尤其对拉美魔幻现实主义"双杰"——阿斯图里亚斯和哥伦比亚作家马尔克斯（亦用西班牙语写作），孜孜精研，建树颇丰。2008 年，杰拉尔德·马丁推出了马尔克斯传记《马尔克斯的一生》(*Gabriel García Márquez: A Life*)，这是西方世界首部完整的马尔克斯传。

1984 年，刘习良伉俪经五易其稿，终于完成了《玉米人》的中译，广西漓江出版社于 1986 年将其收入"获诺贝尔文学奖作家丛书"隆重推出。同年，莫言的成名作《红高粱》发表于《人民文学》。美洲的玉米与亚洲的红高粱同时在中国文坛散溢出野性、激情与神秘的气息。这种巧合表明，莫言在创作《红高粱》的时候，并未读到《玉米人》，也就不可能受其影响。但两部小说所表现出的对大地与谷物的深情，以及万物有灵的信念，却又如此灵犀相通，让人很容易产生由此及彼的联想。美国的《纽约客》杂志在莫言获得诺奖后，就把他和阿斯图里亚斯相提并论，不仅因为这个美洲人开创了拉美魔幻现实主义，更因为《红高粱》的阅读体验，让他们想到了富有浓郁民俗神话色彩的《玉米人》。

二　土人 VS 玉米人

已故北外李德恩教授对《玉米人》称许有加，他所译的《波波尔·乌》(*Popol Vuh*) 对于理解《玉米人》，以及马尔克斯、略萨等拉美小说名家具有重要意义。这部书是危地马拉基切人（los quichés，玛雅的一支）的议事记录。因其中记载了玛雅—基切人的创世神话，有人称之为玛雅—基切人的《圣经》。

现存《波波尔·乌》一书的来历颇为传奇。话说西班牙人征服美洲后，禁止使用玛雅文，试图用西班牙文取而代之，但印第安人暗地里依然用玛雅文传抄本族历史。1702 年，西班牙神父希梅内斯在一个偏远小镇发现了一份基切文手抄本《波波尔·乌》，按照指令应当付丙，但他非但没烧，反而偷偷译成西班牙文藏在图书馆里。

《波波尔·乌》中讲述了这样一个创世神话："众神首先创造了动物，但动物不会说话，后又用泥巴捏人，这些泥人会说话，却没有思想，头不会动，脸歪向一边，遇水就变成了一摊泥。众神又用木头造人，这些木头人会说话，有子孙后代，但没有血液，容易干裂，况且炊具和家畜都反对他们，最后一场狂风骤雨把他们摧毁，幸存的木头人逃到山上成了猿猴。众神又重新计议，用玉米创造了人。这些玉米人走遍万水千山，有智慧，懂得宇宙的奥秘，知道对众神感恩。"

在印第安人的创世神话中，人不是泥做的，也不是木头做的，而是玉米做的。这和中西方的创世神话形成有趣的对照。在中国的传说里，女娲是我们的造物主，她用黄土把我们捏出来，我们都是她的泥塑作品。《圣经》里记载说，耶和华用地上的尘土造人，将生气吹在他鼻孔里，他就成了有灵的活人，名叫亚当，又用亚当身上所取的肋骨，造成一个女人，名叫夏娃。也就是说，按照中西方的创世神话，我们都是泥做的，都是地道的"土人"。有人相信自己是"玉米人"，有人相信自己是"土人"，这就是信仰的差异、文化的差异。《玉米人》这部小说中的冲突和仇杀，不仅源于西班牙人的殖民统治，也根源于这种文化上的差异。

话说信仰天主教的西班牙人和拉迪诺人（西班牙人和印第安人的混血儿）闯进伊龙大地的印第安部落，毁掉20多万株木棉树，改种玉米去出卖赚钱。印第安人愤怒地谴责说："他们种玉米不是为了自己吃，也不是为了养活家人，而是把玉米卖给别人，一心想发横财。这好比男人让女人怀孕，然后出卖儿子的肉体，出卖家族的血液。"换句话说，人是玉米做的，我们可以种玉米、吃玉米，但不能拿玉米做交易，出卖玉米就等于出卖自己的亲人。

于是，当地印第安人在酋长加斯巴尔·伊龙率领下誓死抗击"海盗"和"山贼"。"海盗"头目查洛·戈多伊上校率骑警队前来镇压未果，就收买叛徒马乔洪夫妇用药酒毒死酋长。上校乘机进攻，毁灭了这支部落。萤火虫巫师死前诅咒敌人将来被火烧死、断子绝孙。此后，巫师的咒语一一应验：叛徒及其子被萤火烧死，其妻落得死无葬身之地，上校死在路上，配制药酒的萨卡通全家八口被杀，参与镇压的白人士兵全都断子绝孙。在萨卡通全家遇害的时候，只有一个小女孩儿躲在床下，幸免于难。这个小女孩就是前几回提到的玛丽娅·特贡。

三　猎"人"

小说一开始，加斯巴尔·伊龙躺在地上，睡得昏昏沉沉，旁边躺着他的妻子，有如创世之初的亚当和夏娃。在他的耳边，回荡着伊龙大地的指责声：

加斯巴尔·伊龙，他们用斧子砍掉伊龙大地的眼皮，你怎么不管啊？……

加斯巴尔·伊龙，他们用火烧毁伊龙大地密匝匝的眉毛，闹得日月无光，你怎么不管啊？

听着这一声声谴责，加斯巴尔仿佛觉得有一条巨蟒——"一条由泥土、月亮、森林、暴雨、山峦、飞鸟组成的、盘绕六十万遭的轰轰作响的巨蟒"——死死地缠住他，怎么挣脱也摆脱不掉。

第二天，加斯巴尔对他的妻子彼欧霍莎说，得把那些家伙统统从伊龙大地上赶走。他们用斧子砍树，放火烧山，截流断水。瞧，河水流动的时候，睡得多好；可一停下来，积成水洼，就睁开眼睛，散发臭气。那些种玉米的把荫凉地儿全糟蹋光了。土地从星星上落下来，本来是要在伊龙找个能睡觉的地方。不赶走他们，我宁肯永远睡在地上，不再起来。

彼欧霍莎为加斯巴尔准备好玉米饼、干腌肉、盐巴、辣椒、猎枪，加斯巴尔搔了搔乱蓬蓬的络腮胡须，踏上征程。他下到河边，伏身在一片灌木丛中。第一个种玉米的人走过这里，他开了一枪。这个人叫伊希尼奥。第二天，加斯巴尔换了个地方，又撂倒了第二个种玉米的，他叫多明哥。过了一天，他又打倒了另一个叫伊希尼奥的人，接下去又撂倒了另外一个多明哥，直到把种玉米的人统统赶下伊龙山。

伊龙山下有一个村庄，住着出卖玉米的拉迪诺人。村子里空荡荡的，加斯巴尔和他的手下勇士把村里的人杀得七零八落。硬着头皮留下来的人猫在家里不敢出门。每逢穿过大街，"都像四脚蛇似的一蹿而过"。

村里的老人们说，加斯巴尔是"无敌勇士"。那些耳朵长得像玉米叶一样的黄毛兔子是他的保护神。什么也瞒不过那些黄毛兔子，什么危险它们也不怕，多远的路程也不在话下。加斯巴尔的皮肤跟大山榄的硬壳一样结实，他的血液像黄金一样金贵。他力大无穷，跳起舞来威武雄壮。他笑起来，牙齿好似泡沫岩；咬牙、啃东西的时候，牙齿好似燧石。他在水果上留下的牙痕，在路上留下的足迹，只有黄毛兔子才能辨认出来。听说，加斯巴尔一走动，黄毛兔子也跟着走动。还听说，加斯巴尔一说话，黄毛兔子也跟着说话。

按照印第安人的传说，每个人一生下来都要找一个保护神，保护神是一种动物，被称为"纳华尔"（Nahual）。欲知详情，且听下回分解。

四　保护神与本命佛

上回说到，按照印第安人的传说，每个人一生下来都要找一个动物做保护神。危地马拉"说书人"阿斯图里亚斯介绍说，每个印第安武士身上都带有保护他的野兽的气味。广霍香、香水、神奇的油膏或者水果的浆汁能够盖住这些气味，遮掩他们的神秘行踪，使那些心怀恶意寻找他们的人嗅觉失灵。

有些武士散发出一股美洲野猪的气味，用香堇菜根可以遮住。天芥菜水能盖过麋鹿的气味，谁的毛孔里有麋鹿汗臭，谁就可以使用它。有些武士在战争中受到爱出冷汗的夜禽保护，应该用晚香玉来遮这气味。夜来香的芬芳可以把散发蜂鸟气味的武士隐藏起来。带猕猴味的武士可以躲进茉莉花的香气里。有些武士汗里带有美洲豹的气味，他们应该使用野百合。

《玉米人》里的邮差尼丘在地下岩洞"魔幻地"得知，他的妻子不是离家出走，而是落井身亡了。在他伤心地噙着泪水时，似乎悟到了自己"不过是个泪珠涟涟，念念不忘妻子的傀儡"，最后，"他浑身上下渐渐泛上一层青绿色……他蜕掉了人皮，纵身一跳，四只爪子站在陡峭的山坡上，发出阵阵长嚎"。阿斯图里亚斯借此告诉世人，人的身体只是一个躯壳，受外来诱惑所束缚而变成傀儡。当"阳光从内脏里射出来，变成另一种光。不是环绕植物、矿物、动物的光；而是人类之光，蛰伏在人体内部的光"，人类就可以在这种内在之光的照耀下，看见隐藏在自己体内最初的形象，并和脱离他身体的"纳华尔"相认。

邮差尼丘的"纳华尔"是狼，当他化身为狼，也就从人间的傀儡，还原为自然界的生灵。如果这只拉丁美洲的荒原狼跳进了中国思想史的藩篱，不就是散发岩岫、永啸长吟的魏晋名士嵇康吗？看来，嵇康的"纳华尔"和那个呼唤野性的美国作家杰克·伦敦（Jack London）一样，都是荒原狼。

　　按照《大集经》的说法，人世间有十二兽，每个人一生下来就受到某一种兽的护持。这十二兽也就是十二生肖。每一生肖都对应着一个本命佛。本命佛是中国人的"纳华尔"，也就是中国人的保护神。如蛇年、龙年的本命佛是普贤菩萨，猪年、狗年的本命佛是阿弥陀佛。

第十五章 《玉米人》中的阴谋与爱情

一 烫嘴的美食与烫耳的吹捧

上回说到，按照印第安人与佛教的传说，每个人都有一个保护神。印第安酋长加斯巴尔·伊龙的保护神是耳朵像玉米叶子的黄毛兔子。可是，这鬼精鬼精的小东西能让我们的酋长大人五毒不侵、刀枪不入吗？

一个夏日的夜晚，加斯巴尔·伊龙部落的印第安人燃起一堆堆篝火，举行盛大的晚宴。孩子们在萤火法师、武士、厨娘和篝火中间穿来穿去，游戏玩耍。厨娘们把木勺伸进锅里，往外盛菜，有炒辣椒、木薯炖猪肉、鸡汤、腌肉熬扁桃。厨娘们按照客人的要求，把各种菜盛到上釉的小盆里，再把一盆盆菜肴端到客人跟前。有几个女人专管往菜里加辣椒，把鲜红的辣椒汁洒到汤碗里。肉汤油黄油黄的，上面漂着几片带皮的刺瓜、肥肉、合欢果、土豆片，还有切成贝壳状的小南瓜，一条条豆角，切成碎丁的佛手瓜，再配上香菜、盐、大蒜和西红柿。她们还把鲜红的辣椒汁浇到盛米饭和鸡汤的碗里。

开始吃粽子了。大个的粽子有红的、黑的两种。红粽子是咸的，黑粽子是甜的，馅子是火鸡肉和扁桃。小个的粽子外面包着白嫩的玉米叶，裹成三角形，馅子是野苋、夹竹桃的花籽、葫芦花等花草。还有的小粽子里包的是鲜嫩的玉米棒磨成的粉和茴芹。女人们吃的小粽子是用玉米面加牛奶做成的。粽子染上胭脂，配上香料，活像红艳艳的苹果。还有辣酱油烧牛尾，骨头甜滋滋的，跟蜜一样。几位客人端起辣味儿汤，一口气喝下去，辣得满脸通红，连碗里最后几滴带咸味儿的汤汁也舍不得丢下。

就在这样一个令全世界的看官们大过眼瘾、大动食指的美食盛宴中，出现了一个叫玛努埃拉的女人。她是西班牙与印第安人混血的拉迪诺人，若干年前，她用"甜言蜜语"勾搭上了加斯巴尔·伊龙部落的托马斯·马丘洪。两人成婚后，定居在山下的村子里。这次，她和马丘洪应加斯巴尔太太彼欧霍莎的邀请上山参加野宴。她特意走到彼欧霍莎身边，向她表示谢意，"你的心真好，像小斑鸠一样纯真。我要把你放在腋下，把你顶在额头，把你留在我心灵的深处。我的小斑鸠，我永远不会伤害你"。

这烫耳的肉麻话才凉了半截，加斯巴尔就差点丢了老命，他的部下则遭到骑警队突然袭击，被消灭得一干二净。欲知端的，且听下回分解。

二　海盗头子的"灵丹妙药"

上回说到，玛努埃拉应邀上山参加野宴，她对加斯巴尔太太的烫耳吹捧还没凉下来，加斯巴尔就差点丢了老命，他手下的印第安勇士则被骑警队悉数消灭。

骑警队是早前进山的，领头的是查洛·戈多伊上校。这伙海盗向皮希古伊利托村的拉迪诺人宣读告示说，他们的骑兵精于射击，弹不虚发，步兵善使砍刀，武艺娴熟。此番进山剿除印第安人，必将犁庭扫穴，悉数歼灭。

听完告示，村里的头面人物一起登门求见戈多伊上校。村公所走廊的木柱上悬挂着一张吊床，堂·查洛（"堂"的西班牙原文是Don，用于尊称男士，如大名鼎鼎的堂吉诃德）端坐在吊床上，他那双淡蓝色的圆眼睛东张西望，偏偏不朝来客瞅一眼。来客们表示要敬献一套小夜曲，欢迎上校大驾光临。第一支曲子是《芥末多了》，第二支曲子是《黑啤酒》，第三支曲子是《宝贝儿死啦》。戈多伊上校不耐烦地说："好啦，朋友，你好好琢磨琢磨，再编个曲子。我看，干脆就叫《我又活了》吧。哼，要不是昨儿晚上我们赶到这儿，今天一大早，山上的印第安人就会下到村里来。你们这些傻瓜蛋一个也剩不下，全得完蛋。"

戈多伊上校的部下蹲在战马中间，一个个快睡着了。猛然间，大家从梦中惊醒，腾地一下子站立起来，原来是一只癞皮狗像滚地雷似的在广场上跑过来跑过去。舌头耷拉着，嘴里喘着粗气，一个劲吐白沫。戈多伊的副官报告说，那条狗浑身是癞皮癣，所以药铺的掌柜给那条狗吃了碎玉米饼，里面掺了毒药。戈多伊跳下吊床，那双淡蓝色的眼睛像玻璃球似的转来转去。他吩咐副官说："把刚才到这儿献曲的人找来，告诉他们今儿晚上把乐队带来。"

在当晚的音乐会上，上校对编曲的老头说："喂，老师傅，你这首《黑啤酒》还是换个名吧，叫《灵丹妙药》，怎么样？来吧，弹起来，大伙儿跟堂娜·玛努埃拉（'堂娜'的西班牙原文是Dona，用于尊称女士）跳跳舞。"

在木琴声伴奏下，玛努埃拉和戈多伊上校在黑暗中摇摇摆摆地跳舞，周围的人好像是河里冒出来的幽灵。戈多伊把一个小玻璃瓶交到舞伴手中，对她说："这就是灵丹妙药，专治印第安人的癣疥。"

这服"灵丹妙药"后来进了加斯巴尔的酒碗，差点要了他的老命。

三　无辜的爱情

话说玛努埃拉从戈多伊上校手中接过"灵丹妙药"后，偕其夫马丘洪上山参加印第安部落的野宴。席间，马丘洪将"灵丹妙药"投进了加斯巴尔的酒碗。加斯巴尔没有留意到碗里冒出的白草根，把酒喝了下去，顿时觉得五脏六腑好像撕裂了一样。他饱饮一顿河水，把五脏、血液痛快地冲洗了一遍，从死神的魔掌中挣脱出来。但是他的手下已经被西班牙骑警队消灭干净。种玉米的人再次进入伊龙群山。铁斧砍在树干上发出吭吭的响声。骑警队到处鸣枪。加斯巴尔眼瞧着自己一败涂地，又一头扎进大河里去。

在加斯巴尔失踪后，印第安部落的萤火法师攀登上静静的山峰。他们把铁刺穿过舌头，一连痛哭了五天五夜。第六天，也就是作法的前夕，萤火法师静默了一整天，嘴里的鲜血凝住了。到了第七天，开始掐诀念咒：

儿孙的灵光！部族的灵光！子孙万代的灵光！听着，让嘤嘤哀鸣的小鸟紧紧跟定那些使用白草根毒药的人，走到哪里跟到哪里，永远不离他们的左侧！……听着，部族的灵光、子孙万代的灵光、儿孙的灵光，把灾祸一代又一代降给使用白草根的人，降给他们的子子孙孙，降给他们所有的后代。

当英俊的小马丘洪外出求亲的那天，萤火法师的咒语一个接一个在老马丘洪的耳边震响，让他不禁激灵灵打了个冷战。可是小马丘洪却毫不知情。他兴冲冲地骑马奔驰在平坦的原野上，回想着他和未婚妻坎黛拉莉娅相处的时光。他们曾结伴穿行在圣烛节朝圣的人流里。她打着赤脚，他穿着靴子。她身材苗条，皮肤白皙，他肤色黝黑。她的面颊上有两颗笑靥，他蓄着一簇漂亮的掩口胡须。她身上散发着泉水的清香，他身上有一股玉米饼味和山羊的膻气。她嘴里含着一小片迷迭香叶子，他叼着一根长长的香烟。和未婚妻结伴同行，小马丘洪感到十分惬意，两眼迷迷离离，嗅觉迟钝了，触觉也不灵了。

忽然间，小马丘洪遭到了萤火虫的袭击。马匹、马身上铺的羊皮、盛着带给坎黛拉莉娅礼物的驮筐全都烧着了。只是没有火焰，没有黑烟，没有烧焦的煳味。清凉如水的荧光笼罩住小马丘洪的全身，他紧紧伏在马鞍上，眼前一片漆黑。只要萤火虫不把他拉下马来，在茫茫的黑夜中，他将永远像一尊从天而降的光明之神四处奔驰。

四　爱恨皆成灰

听到小马丘洪失踪的消息，老马丘洪顿时像泄了气的皮球。玛努埃拉两眼哭得又红又肿。"唉，大地把他吞下去了。"皮希古伊利托村的村长说。他早前派邮差赶到戈多伊上校的驻地，把小马丘洪出事的消息报告给他。戈多伊上校捎回口信说，还得多加小心，和印第安人这场仗还没完。"还得打，一直打下去。唉，打也不会再跟我们打了，马丘洪家算是完蛋啦。你们看，马丘是我们家的独苗，最后一根独苗……"老马丘洪一把鼻涕一把眼泪地哭着说。

那边厢，一个披头散发的女人告诉坎黛拉莉娅，小马丘洪在放火烧荒的地方出现了，骑着高头大马，全身金灿灿的。看上去挺潇洒，活像圣徒圣地亚哥。

坎黛拉莉娅面色苍白。自从小马丘洪失踪以后，她的面庞一直和大道上的灰尘一样白惨惨的。每逢星期日，她孤身一人坐在大道边上，合上眼睛，度过一天。听到远处传来嘚嘚的马蹄声，她就倏地睁开眼睛。马蹄声渐渐近了。她怀着渺茫的希望，盼着在这么多南来北往的马匹当中能看见小马丘洪那匹坐骑。

老马丘洪后来也听说了自己的儿子在大火中奔驰的传闻。一天晚上，他策马钻进干燥的玉米地，点了一把火。他不是有什么坏心眼，他要让大家把他认作是小马丘洪。他用火石打出的火星赶不上一颗玉米粒大，可是蔓延开来，却从平坦的旷野烧到长满葛藤的山沟，烧到布满攀缘植物的高耸入云的山峰。他和他的坐骑一起化作纯金的塑像，和小马丘洪一模一样。萤火法师在静静的群山中喊出的咒语应验了，烈火中一切都将化为灰烬。种玉米的人和他们的妻子儿女一起，拼死拼活地开出条防火道，打算阻止住吞噬一切的大火向四下里蔓延。然而，他们不得不承认，这是白费力气。

骑警队从皮希古伊利托村开到火场。火势越来越猛，村民和骑警拼命争夺马匹，打算突出火场，死里逃生。他们抢起枪托，挥动卷刃的砍刀，用手抓，用牙咬，抱住对手的身体、脖子，像蟒蛇似的死死缠在对手身上。他们用膝盖顶住对手，不住敲打对方，想把他们打死了事。火海中，这些面目狰狞的人一个个倒了下去。在玛努埃拉倒下去的地方，只剩下烧成一堆死灰的细瘦的双腿，几片弯曲的指甲，和一个没有耳朵、只有一缕头发的脑袋。下一个遭受恶报的人是谁呢？且听下回分解。

五　死亡，如约而至

在加斯巴尔中毒失踪之后，皮希古伊利托村特贡家的老母亲娅卡得了一种怪病，终日打嗝不止，痛苦难当。巫医告诉特贡家五兄弟，有人把蛐蛐弄进了娅卡的肚子，他们当中得出一个人，把他调制的符水喝下去，就能查出谁在作祟。

五兄弟推举大哥卡利斯特罗喝这碗符水。巫医从小葫芦里倒出绿汤，递给卡利斯特罗。卡利斯特罗端起符水，一饮而尽。绿汤像泻药似的顺着嗓子一直流下去。卡利斯特罗开口说话了："是萨卡通家对咱娘下的毒手。要想治好娘的病，除非砍下他们全家人的脑袋。"

话音刚落，弟兄五个抄起砍刀，大步流星地跑出茅屋，钻进一片稀疏的树林。接着，喊声大作。眨眼间，五把利刃砍在萨卡通一家人的头上，剁下八个脑袋。这萨卡通就是皮希古伊利托村的药铺掌柜，是他把毒药卖给了戈多伊上校。

那边厢，戈多伊上校带着手下人，来到漏斗谷。上校抽着雪茄，想喝碗马齿苋汤。据说，马齿苋这个东西是死人吃的。这种野菜是摞在地面上的绿火。甭管是谁，只要身处险境，想吃马齿苋就不是好兆头。不知不觉间，漏斗谷四周出现了三道包围圈，像三顶死人头上的王冠。第一道包围圈是夜猫子的眼睛。成千上万只冷冰冰的夜猫子的眼睛死死盯着谷底里的人。第二道包围圈是没有腔子的巫师的脑袋。成千上万个脑袋悬挂在空中，就像月亮挂在天上。第三道包围圈是数不清的丝兰花环。火焰中，丝兰叶子活象是鲜血淋淋的匕首。

巫师默默地数着烧荒的次数：一次、两次、三次、四次、五次、六次。第七次烧荒就在漏斗谷。第七次烧荒的时候，夜猫子从眸子喷射出金黄色的火焰。这种火其冷无比，遇见什么烧什么。戈多伊上校手下的士兵冷得难受，用力抓扯自己的耳朵，直到把耳朵扯碎，好像弄碎一块玻璃。唯独上校站在那儿，一动也不动，就连嘴里叼着的雪茄烟灰也不往下掉。只见两只黑黢黢的手挥动匕首，硬要他自刎。其实那是上校自己的手，是他的手映在丝兰花环上的黑影。一粒子弹飞过去，在上校的太阳穴上撞碎了，掉在地上。

毒害加斯巴尔、剿灭印第安勇士的元凶死了，死在《玉米人》的第四章。这部小说共有六章，前四章的核心结构是：下毒——复仇。第一章讲述下毒的故事，第二到第四章，分别讲述了一个复仇的故事，往加斯巴尔酒里投放毒药的老马丘洪及其一家死在第二章，出售毒药的萨卡通及其一家死在第三章，指示下毒的主谋死在第四章。小说后两章的主题是寻妻，分别讲述了皮希古伊利托村的瞎子戈约·伊克与阿卡坦镇的邮差尼丘的寻妻故事，这两个人物在犯人服役的普埃托古堡发生了交集。加斯巴尔的下落也有了交代。欲知端的，且听下回分解。

六　看故事，更要看门道

上回说到《玉米人》后两章的主题是寻妻，瞎子戈约·伊克与邮差尼丘互不相识，一个生活在乡村，一个生活在小镇，却都遭遇了妻子不辞而别的怪事。戈约·伊克的妻子叫玛丽娅·特贡，在萨卡通全家遇害的时候，她躲在床下，幸免于难。戈约·伊克将她抚养成人，并娶她为妻，生下两个孩子。一天，玛丽娅·特贡带着两个孩子跑了。戈约·伊克沿街乞讨，寻找妻儿。途中，巧遇江湖医生库莱夫洛大夫。大夫用刀子为戈约·伊克刮眼，使他重见天日。复明后的戈约·伊克继续寻找妻儿。后因贩卖私酒被抓到普埃托古堡服役。

尼丘的妻子和玛丽娅·特贡一样，也是不辞而别。听人说，当时正在流行一种怪病，叫"蜘蛛狂"。染上这种病的主妇全都弃家出走。尼丘在寻妻途中遇上了一个萤火法师，法师带他来到地下岩洞"魔幻地"，见到了加斯巴尔·伊龙。法师给他讲述了当年在伊龙大地发生的事情，并说加斯巴尔不但没死，反而成为"无敌勇士"。尼丘也获悉，他的妻子已坠井而亡，并看见了自己的原形——一头野狼。他此后来到一家小旅店打工，负责向普埃托古堡送货。两个被女人抛弃的男人不期而遇。

戈约·伊克服刑期将满的时候，他的儿子因为闹工潮也被押送到古堡服役。然后是父子相认，夫妻相认。故事的结局是，尼丘接管了小旅店；戈约·伊克夫妇回到皮希古伊利托村，继续种玉米。

拉美"说书人"阿斯图里亚斯繁复而离奇的"玉米人"传奇到此概述完毕了。这是一个让人惊异也让人困惑的印第安传奇。一位西方读者不客气地评论说，这部小说"令人焦躁，冗长乏味"（"overwrought, long winded, boring."），另一位西方读者憨厚地说，"第二遍读这部小说，我还是只能读懂一半"。（"second time reading this book and I still only understood 50% of it."）这就应了中国的古话，"外行看热闹，内行看门道"。

聪明的读者，除了看故事，看热闹，更要看门道。比如，叙事者采用了何种结构模式？《儒林外史》的集锦式？《红楼梦》的珠花式？《十日谈》的框架式？《卡拉马佐夫兄弟》的复调式？《围城》的流浪汉小说体？略萨所谓"中国套盒"式？叙事的实线是什么？虚线是什么？不相干的人物、不相干的故事如何粘连？宗教信仰对人物与叙事者有何影响？这些问题的答案已经隐含在前文的概述中，下回将和盘托出。

七　奇妙的中国套盒

在星光灿烂的拉美"说书人"群体中，影响力最大的是博尔赫斯、马尔克斯,其次是略萨 (Llosa)、阿斯图里亚斯。2010 年,略萨被瑞典文学院的"法官大人"们授予诺贝尔文学奖,这是对这位小说鬼才的迟来的致敬。读他的小说,你会赞叹他神奇的想象、多变的手法、机智的语言,读他的小说理论,你会爱上他的亲切、生动与精准。

在写给青年小说家的一封信中,略萨谈到了一种名为"中国套盒"的奇妙叙事结构:

> 亲爱的朋友:为了让故事具有说服力,小说家使用的另外一个手段,我们可以称之为"中国套盒",或者"俄罗斯套娃"。这指的是什么呢?指的是依照这两种民间工艺品那样架构故事……一个主要故事生发出另外一个或者几个派生出来的故事……当一个这样的结构在作品中把一个始终如一的意义——神秘,模糊,复杂——引入故事并且作为必要的部分出现,不是单纯的并置,而是共生或者具有迷人和互相影响效果的联合体的时候,这个手段就有了创造性的效果。

看完这段文字,我的第一个想法就是,这不是拆解《玉米人》这个叙事套盒的最佳指引吗?相信自己是"玉米人"的印地安土著与相信自己来自尘土的天主教徒之间的仇杀,是小说的主要故事,好比中国套盒里的大套盒,俄罗斯套娃里的大玩偶。瞎子戈约·伊克与邮差尼丘失妻、寻妻的离奇遭遇,是两个派生出来的故事,好比中国套盒里的小套盒,俄罗斯套娃里的小玩偶。

更重要的是,仇杀与寻妻的故事,并不是单纯的并置,也不是机械的组合,而是共生的联合体,具有迷人和互相影响的创造性效果，就像大套盒里装着小套盒，大玩偶里装着小玩偶，彼此生发，妙趣无穷。那个将看似并置的故事熔铸为共生的联合体的始终如一的意义，无疑是由"玉米人"传说、"纳华尔主义"、巫医巫术等原始信仰融合而成的"神秘，模糊，复杂"的天人感应、寻找自我的朦胧意识。

冯友兰说，孙悟空找到了雷音寺，就是找到了自己。这句话像闪电一样照亮了冯友兰皇皇七大册《中国哲学史》！当《玉米人》里的邮差与自己的"纳华尔"相认，当加斯巴尔在魔幻地成为无敌勇士，当戈约·伊克与妻儿重返伊龙大地种玉米，也同样找回了自己！

第十六章　莫言与超现实主义

一　纠正一下新华社的莫言获奖报道

2012 年 10 月 11 日，新华社发布了如下消息：

> 瑞典文学院 11 日宣布，将 2012 年诺贝尔文学奖授予中国作家莫言。
>
> 瑞典文学院常任秘书彼得·恩隆德当天中午（北京时间晚 7 时）在瑞典文学院会议厅先后用瑞典语和英语宣布了获奖者姓名。他说，中国作家莫言的"魔幻现实主义融合了民间故事、历史与当代社会"。
>
> 瑞典文学院当天在一份新闻公报中说："从历史和社会的视角，莫言用现实和梦幻的融合在作品中创造了一个令人联想的感观世界。"

上述报道中，有两处值得商榷。首先，从瑞典文学院官方网站（http：//www.nobelprize.org）可见，莫言的获奖理由并不是他对"魔幻现实主义"（magic realism）的借鉴、创新，而是他对"幻觉现实主义"（hallucinatory realism）的出色运用。尤其值得关注的是，在瑞典语原文中，莫言的获奖理由是"幻觉的敏锐"（"hallucinatorisk skärpa"），也就是英文的"hallucinatory sharpness"，严格的译法应为"谵妄幻觉的敏锐"),而未使用"幻觉现实主义"一词。这就意味着,瑞典文学院对莫言这位杂取旁搜、恣意"胡抡"的小说家究竟属于哪个文学流派,心怀狐疑,并无十足把握。

其次,所谓"新闻公报"中的那段话,似与原文有出入。在瑞典文学院官方网站中,可以找到莫言的"生平创作简介"(biobibliographical notes),其中有一段类似的说法,试译如下:

> 通过融合幻想与现实,历史与社会视角,莫言创造了一个错综复杂的世界,令人联想起福克纳与马尔克斯,同时发现了中国古代文学与口述传统的出发点。

这段评语与新华社通稿中的引文颇为相似,不知道是翻译有误,还是另有所本?评语中提到的福克纳、马尔克斯,一为美国意识流文学代表作家,一为拉美魔幻现实主义代表作家,都是小说界的巨擘。在莫言的小说中,的确可以看到这两位小说家的影子,也的确可以找到意识流与魔幻现实主义的表现手法。但是,莫言的小说是否能够简单地归类于"意识流文学"、"魔幻现实主义"或"幻觉现实主义"?恐怕都不贴切。照莫言自己的说法,他的后期代表作《生死疲劳》"采用了一种东方式超现实主义的写法"(《莫言对你说》,《新民周刊》,2012年10月24日)。这一有别于诺贝尔文学奖授奖理由的自我定位,引起了我的极大兴趣。从下回开始,有请列位看官共同见证《生死疲劳》的"东方式超现实主义"风格。

二　说说“超现实主义”

莫言获得诺贝尔文学奖后，他的小说成了文学市场上的抢购对象，众多“文青”（文学青年）追捧若狂自不必说，还有不少并不了解莫言、甚至不知莫言为何方神圣的读者，也因为仰慕“诺奖”大名而卷进了抢购大潮。对后者来说，他们最想知道的是，在莫言向我们铺展开的由《红高粱家族》《丰乳肥臀》《檀香刑》《天堂蒜薹之歌》《蛙》《生死疲劳》等长篇小说及若干中短篇小说集所构造的汪洋恣肆的文学“莽原”中，哪一部小说是全面了解他的小说造诣、艺术探索与内在关怀的“快捷方式”？

莫言在答《新民周刊》记者问时说：“他们可以先读《生死疲劳》这本书，然后再读《红高粱》《丰乳肥臀》这些书。《生死疲劳》比较全面地代表了我写作的风格，以及我在小说艺术上所做的探索。”

莫言谈道，《生死疲劳》是他对中国的历史和现实重大问题的一种思考，比如土地问题、农民问题。他在写作上采用了一种“东方式超现实主义”的写法，小说里面人可以跟动物之间自由地变化，然后通过动物的眼睛来观照中国最近五十年来社会历史的变化。

《新民周刊》的记者忘了追问莫言，什么是“东方式超现实主义”？

在解答这个问题之前，首先要对“超现实主义”这一源自法国、影响深远的文学艺术流派略加介绍。

1924 年，法国作家布勒东发表了《超现实主义宣言》（*Manifeste Du Surréalisme*），并正式组织一个超现实主义艺术团体。1928 年，他又发表了一篇重要论文《超现实主义与绘画》，呼唤想象力的解放。布勒东对"超现实主义"的定义是，它是"纯粹的精神的自动主义"，"不受理性的任何控制，不依赖于任何美学或道德的偏见"。他认为，梦与现实看似矛盾，却可以获得统一。而梦与现实的统一，既是"绝对现实"，也是"超现实"。

超现实主义者深受弗洛伊德的精神分析学和法国哲学家伯格森的直觉主义影响，推崇直觉、无意识的穿透理性壁垒的想象力与洞察力，乐衷于从梦境、幻觉等"超理智"的生命体验中汲取创作灵感。布勒东的小说《娜佳》、阿拉贡的散文集《巴黎的乡下人》还有西班牙名画家达利（Dali）的画作《记忆的坚持》是超现实主义艺术的代表作。

三 "想象力的解放"

1929 年，本雅明发表了一篇论文《超现实主义——欧洲知识界之最后一瞥》。在这篇万余言的长文中，本雅明指出，法国象征主义诗人韩波的《在地狱中的一季》才是超现实主义运动的"最早的纲领性文件"。书中有这样一句："在大海与北极花织成的丝绸上。"（on the silk of the seas and the arctic flowers.）韩波稍后注解说，此句"纯属虚构"（There's no such thing）。本雅明认为，正是这一旁白所包含的"辩证内核"后来居然发展成为超现实主义。这不就意味着，非理性的恣意想象，也就是突破现实束缚的"想象力的解放"，恰恰是超现实主义运动的本质特征？

本雅明解释说，在超现实主义运动的创始者那里，这个运动是一个令人振奋的梦想。对他们来说，只有当每个人的清醒与睡梦之间的界线已经磨灭之时，生活才最有意义；其时，大量的形象纷至沓来，并与声音精确而巧妙地"相互渗透"（interpenetrated），根本找不到意义的裂隙，也就在此时，"语言找回了它自己"。本雅明总结说，超现实主义创作方式的美学特质正是"形象和语言领先"。

那么，如何才能让形象与语言领先于意义与思想？这就要乞灵于睡梦或类似的沉醉（intoxication）状态。本雅明认为，梦在世界结构里像一只龋齿（a bad tooth），它会使个性松动。所谓个性的松动，意味着自我从超我、常规思维、社会规范以及"美学与道德的偏见"中获得解放。只有挣脱现实与理性的束缚，才能自由地认识和表述这个世界。所以圣波尔·鲁在凌晨上床休息时在房门口贴出如下告示：

"Poet at work."

四　"世俗启迪"

人的世界就像一座大酒店，爱恨、善恶就是不停转动的旋转门。是人在转门？还是门在转人？这个问题就像风动幡动还是心动，让有脑子的人也大呼头疼。超现实主义者在旋转门前伫立良久，希望从这日常世界的神秘中，洞察生命的玄机。

本雅明指出，人生的启迪有两种，一种是乞灵于上帝的"宗教启迪"（religious illumination），一种是唯物主义和人类学意义上的"世俗启迪"（profane illumination）。超现实主义者信奉"世俗启迪"，不相信"宗教启迪"，他们从第一批钢铁建筑里，从最早的工厂厂房里，从最早的照片里，从大钢琴和过时的服装里，从已经落伍的酒店里，首先看到了"革命的能量"；他们把火车旅途中的凄惨见闻，被上帝遗忘的礼拜日在大城市的无产阶级居住区的观感，以及穿过新公寓雨意朦胧的窗户的向外一瞥，都转变成革命的体验，甚至革命的行动。

然而，最深邃的启迪依然来自人的内心，那个纠结着爱恨、善恶的灵魂世界，而不是超现实主义者流连忘返的巴黎街头。布勒东的超现实主义代表作《娜佳》表明，只有严肃地对待爱情，才能认识到其中的"世俗启迪"。这一爱的启迪的实质就是人与人之间存在"心灵感应现象"（telepathic phenomenon），将布勒东与他的娜佳联结在一起的正是心灵感应。心灵感应不是爱情，但没有心灵感应就没有真正的爱情。奥尔巴赫《但丁：俗界的诗人》中的一段话，生动诠释了本雅明所谓"超现实主义的爱情观"：

> 所有新派诗人往往都有一个神秘的恋人，他们经历过大致相同的奇异的爱情，爱之神把更像启迪而不是感官快乐的礼物赠与他们所有人或从他们手里拿走。他们都臣服于一种决定他们的内心生活乃至外部生活的秘密契约。

读过莫言《生死疲劳》的人可能马上会联想到蓝解放与庞春苗的那段欲生欲死、莫名其妙、让人一头雾水、一脑袋糨糊的爱情。没错，这两位之间的爱情——如果可以说是爱情的话——确实有点"超现实"：庞春苗迷上蓝解放的理由竟然是此公一脸的蓝色胎记！这种不可理喻的爱情只能用神秘的心灵感应来解释。

五 "超现实主义的文学先锋"

本雅明认为，陀思妥耶夫斯基笔下的斯塔夫罗金（Stavrogin）是"超现实主义的文学先锋"（surrealist avant la lettre）。

斯塔夫罗金何许人也？熟知陀思妥耶夫斯基的读者一定知道，他是长篇小说《群魔》（1872 年写成）中无恶不作的大魔头。此君出身于俄罗斯贵族世家，上过显赫的皇村学校，在近卫军中当过军官，在上流社会出尽风头，由于参加决斗而被削职，又因在波兰作战有功而恢复军职，但很快又退伍过起浪荡生活。在西方漫游期间，他参与组织暗杀集团，为之拟定纲领。随后带着印好的《自白》回国。《自白》中承认他寓居彼得堡时曾奸污房主的女儿。不久，女孩自缢而死。由于受到良心的谴责，他违心地娶跛脚女人玛丽亚为妻，并移居国外。但是那惨死的小女孩的幽灵一直跟随着他，使他痛苦不堪。

为了摆脱痛苦，斯塔夫罗金写下了《自白》，准备在适当的时候予以公布。但在他和东正教季洪长老的对话中可以觉察到，这个魔鬼对他的罪行并未真心忏悔，而是想通过散发数百份《自白》公开向社会挑战，发泄他对世人的仇恨。在他离去之前，季洪长老预言他即将犯下新的恐怖罪行时，他对此并不否认。不久之后，他就直接或间接地杀害了他的妻子玛丽亚及其哥哥，他的情人莉萨，他另一个情人的丈夫沙托夫。

善于联想的读者是不是从斯塔夫罗金身上看到了《生死疲劳》中"恶霸地主"西门闹的独子西门金龙的些许影子？他们都有起伏跌宕的经历，强悍自私的个性，兴风作浪的能耐，也同样是为欲望驱使、无恶不作的人魔。有脑子的本雅明为什么把这种人魔式的小说人物拔高为"超现实主义的文学先锋"？

让我们来看看他的论证逻辑。他首先从文明反思的高度指出，"恶崇拜（cult of evil）其实是一种政治手段，不管如何浪漫，它旨在清除或隔离一切道德幼稚病。"然后指出，"相信了这一点之后，再碰上（超现实主义作家）阿拉贡的那些描写儿童受摧残的恐怖剧时，就可能回眸几十年前"。

六 "从卑劣的行为中看到启示"

上回说到，本雅明这个有脑子的人竟然把陀斯妥耶夫斯基笔下的大魔头斯塔夫罗金奉为"超现实主义文学先锋"。为了证明这一令人瞠目结舌的观点，他让我们回眸1865—1875年间的西欧社会。在那个地方，在那些年，"出现了许多伟大的无政府主义者……他们互不通气，但竟然在同一时刻上好发条；四十年后在西欧同时爆炸了陀斯妥耶夫斯基、韩波、朗特瑞蒙等人的作品"。乍看之下，本雅明的这个说法有点时空错乱。如果以1865年为基准，他所说的四十年后就该是1905年，那个时候，陀斯妥耶夫斯基、韩波和朗特瑞蒙这三位文坛怪杰，要么见了上帝，要么如愿下了地狱，怎么可能在1905年一起大爆发呢？合理的解释是，直到他们死后若干年，他们的作品才受到广泛关注，就像那个操起刀子割下自己左耳的天才画家梵高。这就是先驱者的命运，在世时，要么籍籍无名，要么饱受非议，死后若干年，他们的先知先觉，他们的大胆创新，才逐渐被世人所理解。

与存在主义奠基人陀斯妥耶夫斯基、象征派诗人韩波相比，朗特瑞蒙的身后名还是要寂寞许多。他的长篇散文诗《马尔多罗之歌》以"恶"为主题，充斥着渎神的反叛，在写作手法上敢于挑战一切美学规范。作品中出现了185种动物的名称及其变形和嗜血的文字描述，表现出惊人的想象力和反伦理的冲动。此后的超现实主义者深受他的影响，并奉其为先驱。

按照本雅明的论述逻辑，陀斯妥耶夫斯基、韩波、朗特瑞蒙的共性无疑是"无政府主义"思想与上一回所说的"恶崇拜"。他以不容置疑的口吻指出，陀斯妥耶夫斯基《群魔》中的"斯塔夫罗金的忏悔"一节，在对"恶的正当性"的论证上，比超现实主义发言人更有力地传达了"超现实主义理念"。因为，斯塔夫罗金比任何人都清楚，"把有德之士的善举归诸上帝的启发，实在是平庸之见。恶完全是从我们自身生发出来的，就此而言，我们是独立自主的存在。没有人像他那样甚至能从卑劣的行为中看到启示"。这样的启示，正是本雅明所说的"世俗启迪"，它不是幼稚的道德颂歌，而是直面人性恶的疼痛领悟。在莫言的《生死疲劳》中，我们可以从"恶霸地主"西门闹所先后转生的五种动物看待"人这畜生"的眼光中，获得这种领悟。

七　莫言，你就"胡抡"吧！

前文说到，莫言在获得诺贝尔文学奖后接受《新民周刊》采访，自称其2006年出版的章回体小说《生死疲劳》比较全面地代表了他的写作风格和艺术探索。他还特别强调，这部小说采用了"东方式超现实主义的写法"，这分明是和诺奖评委以及中外评论家们贴到他脑门上的"幻觉现实主义"、"魔幻现实主义"、"中国的福克纳"（法国《费加罗报》）等五花八门的标签唱对台戏。

这究竟是一部什么样的小说呢？在我看来，这是一部反思人性与当代史的伟大寓言，这是一曲礼赞自由、野性与为爱疯狂的壮阔悲歌，这是一个融合了佛教思想、现代派技法、后现代狂欢、古典传奇与民间文化的多元文本，也是莫言的自由意志、批判精神、顽皮心性与叙事才华的大爆发。据说，莫言仅用四十三天就完成了这部长达五十五万字的作品，这是何等疯狂的写作状态，简直就是穿越"生死疲劳"的"生死时速"！

在自述其师承的超现实奇幻小说《学习蒲松龄》的结尾，莫言这样调侃他的乡贤蒲松龄和他自己：

> "蒲大哥，我把这灰孙子拉来，就是让您开导开导他。"祖先在我屁股上踢了一脚，大喝："还不磕头认师！"于是我又磕了三个头。祖师爷从怀里摸出一支大笔扔给我，说："回去胡抡吧！"我接住那管黄毛大笔，低声嘟哝着："我们已经改用计算机了……"祖先踢我一脚，骂道："孽障，还不谢恩！"我又给祖师爷磕了三个头。

这个段子让人忍俊不禁。不错，"胡抡"，"胡闹"，或者说是"恣意挥洒"，正是莫言小说的本色。《生死疲劳》的主人公叫西门闹，这个"闹"字，当真是可圈可点。它是孙猴子大闹天宫的纵横恣肆、无畏无惧，也是后现代主义"怎么都行"、"想怎么写就怎么写"的潇洒不羁、无拘无束。在这部超现实的长篇章回体志怪小说中，你可以撞到《红楼梦》里的迎春，唐伯虎传奇里的秋香，阎王殿里的阎王、小鬼，奈何桥边的孟婆，也可以撞到蓝解放、蓝开放、黄互助、黄合作、庞抗美等一长串折射着五十年来风云变幻的传奇人物。

更有趣的是，小说中的迎春、秋香还都是"地主恶霸"西门闹的小老婆。西门闹，西门闹，不就是西门庆的风流加上孙猴子的闹腾吗？把西门闹和迎春、秋香配在一起，四大名著中的《水浒传》《红楼梦》《西游记》不就被串烧了？西门庆和唐伯虎的关系不就乱了套？不仅如此，到了解放后，西门闹被正义的土枪一枪崩了"罪恶"的大脑，迎春、秋香这两个小老婆转眼成了西门闹家的雇农蓝脸和民兵队长黄瞳的媳妇。这鬼精鬼灵的莫言，也太能编排了。不过，这些噱头都只是配菜而已，西门闹转生为驴、牛、猪、狗、猴的变形记才是精彩纷呈、痛快淋漓的大戏。小说的主体就是由变驴记、变牛记、变猪记、变狗记四大板块构成，其后还有一个变猴记和再次转生为人的尾声，极尽离奇想象、腾挪变化之能事。

读这部奇书，我马上联想到古罗马作家奥维德《变形记》中的各色人等经毕达哥拉斯所谓"灵魂轮回"变成动物、植物、星星、石头，阿普列尤斯《金驴记》中的贵公子误服毒药变形为驴，卡夫卡《变形记》中的推销员变为甲虫，当然还有孙猴子的七十二变。莫言的独特处在于融佛教六道轮回说与变形记于一体。欲知端的，且听下回分解。

第十七章 六道轮回与超现实主义叙事

一 就这样轮回

佛教将天地众生在世间的生灭流转变化，按其色欲存在的程度而分为欲界、色界、无色界三种，统称为三界。欲界又称为苦界，或苦海。居住在欲界的众生，又可分为"六道"，分别是天道、人间道、修罗道、畜生道、饿鬼道、地狱道。芸芸众生的轮回途径，不出六道。《生死疲劳》的主人公西门闹在"畜生道"轮回转生了五次，最后在新千年第一天，也就是2001年元旦，重新转回人间道，成了名为蓝千岁的世纪婴儿，父亲是蓝开放，母亲是庞凤凰。

蓝开放的老爸，也就是蓝千岁的爷爷，乃高密县副县长蓝解放。此人是莫言小说中的小说人物莫言的朋友，——这话听着有点绕吧，事实是，在《生死疲劳》这部小说中，莫言就是一个不大不小的配角，作为小说作者的莫言对作为小说人物的莫言，讽刺挖苦，毫不留情，这种疯狂自嘲的元叙事，让我叹为观止。

庞凤凰的来头更大，她是高密县第一把手——县委书记庞抗美的女儿。这蓝解放与庞抗美都与"地主恶霸"西门闹颇有渊源。前者是西门闹前雇农蓝脸与西门闹小老婆迎春的儿子，后来因为痴恋"小三"庞春苗而身败名裂、丢官去职；后者是西门闹与迎春的儿子西门金龙的情妇，"改革开放"之后，因与西门金龙官商勾结、贪赃枉法而锒铛入狱，并畏罪自杀于狱中。蓝开放与庞凤凰，一个是警察，一个是流落街头的潮女，又不期然结下孽缘。

当蓝开放得知庞凤凰是贪官庞抗美与奸商西门金龙通奸所生，因而是他的堂妹之后，开枪打死了守护庞凤凰之侧、由西门闹第五次转生而成的猴王，然后吞枪自杀。庞凤凰的遗腹子就是世纪婴儿蓝千岁。

《生死疲劳》的主叙事者就是绰号大头儿的蓝千岁。小说是这样开始的：

> 我的故事，从1950年1月1日讲起。在此之前两年多的时间里，我在阴曹地府里受尽了人间难以想象的酷刑。

小说是这样结束的：

> 到了蓝千岁五周岁生日那天，他把我的朋友叫到面前，摆开一副朗读长篇小说的架势，对我的朋友（即蓝解放）说：
> "我的故事，从1950年1月1日那天讲起……"

这是一个漂亮的叙事轮回，与西门闹由人转生为驴、牛、猪、狗、猴，最后转生为蓝千岁的六道轮回，相映成趣。

二　西门·驴

话说西门闹在阴曹地府与阎王爷唇枪舌战一番后，阎王一拍惊堂木说：

好了，西门闹，知道你是冤枉的。世界上许多人该死，但却不死；许多人不该死，偏偏死了。这是本殿也无法改变的现实。现在本殿法外开恩，放你生还。

读到这个段子，我又要大笑三声。这位冥府的领袖虽然昏庸颠预，却是一个犀利无比的大批判家，一语道破人情世态，不愧是鬼中之王，厚黑教教主李宗吾只配给他做师爷。在发表了惊世高论后，这位爷扔下一块朱红色的令牌，命蓝脸小鬼牛头、马面送西门闹回到阳世。

悲催的是，西门闹并没有转生为人，而是降生在蓝脸和迎春夫妇的驴棚里，成了一头倔驴。这蓝脸和迎春，一个做过西门闹的长工，一个做过西门闹的小妾，现在摇身一变，竟然成了西门驴的主人。这样的构思，太有才了！请允许我佩服一下阎王爷的幽默感和莫言的想象力。

作为一个人，西门闹算是个人才，既有脑子，又不辞劳苦，最终发家致富，成为高密东北乡首屈一指的大财主。作为一头驴，西门闹也不甘平庸，不肯屈居人下，他向往自由，追求爱情，智斗恶狼，打抱不平，并在全国大搞农业合作社的火热年代，见证了他的主人蓝脸逆历史潮流而动、将单干进行到底的孤独与坚忍。在人的独行其是与驴的特立独行背后，我触摸到了莫言这位外表憨厚如老农的乡土作家的强力意志、自由意志和不羁的灵魂。据说有风雅才子名徐晋如者宣称，他看了莫言的照片后，就不想看他的小说，因为莫言长得太土。可惜的是，风流之貌未必有风雅之才，还是让我们来看看西门驴的激情独白吧：

我热泪盈眶，但眼泪很快被无名的怒火烧干，我要跑，我要跳，我不愿意忍看这义正词严的背叛，我不能继续忍气吞声地在西门家大院里作为一头驴度过一生。啊噢，啊噢，我朝着明亮的河水冲去，我的目标是高高的沙梁，是沙梁上那些团团簇簇如同烟雾般的沙柳，红色的枝条柔韧无比，里边栖息着红毛狐狸，花面的獾与羽毛朴素的沙鸡。别了，花花，享你的荣华富贵去吧，我不眷恋温暖的驴棚，我追求野性的自由。

三　西门金龙与过山车

话说西门闹转生为驴后，风光过，浪漫过，折腾过，但结局一如它的前生西门闹，落得个惨死的结局。这回不是被翻身贫农的土枪崩了脑袋，而是被大饥荒年代的饥民们用铁锤砸破脑壳，乱"嘴"分尸，瓜分而食。惨死的西门驴冤魂不散，在西门家大院上空逗留片刻，便直奔阴曹地府，几经周折，再次投胎。这一次，转生为一头牛，而且又成了蓝脸的家畜。

西门牛的故事由蓝脸的儿子蓝解放讲述。在这场大戏里，主角并不是西门牛，而是蓝解放的同母异父兄弟、西门闹的亲生儿子西门金龙。这是一个乱世枭雄、治世能臣式的狠角，果敢、机灵、强悍、残忍，见风使舵，能言善辩，为达目的，不择手段，类似于本雅明眼中的"超现实主义文学先锋"——斯塔夫罗金。

这西门金龙作为地主恶霸的儿子，本属黑五类之列。但他看准形势，积极表现，抛弃顽固单干的养父蓝脸，奋而投身时代洪流，成了人民公社时期的弄潮儿。他在加入人民公社时，发表了与他年龄不相称的慷慨激昂的讲话，表示了坚决走农业合作化道路的决心。蓝解放旁观了这一幕，不由感慨道，"我这哥，惯常闷着头不吭声，但没想到讲起大话来竟是'博山的瓷盆——成套成套的'。我对他产生了很大的反感"。

到了"文革"前期，西门金龙又乘势发力，充分发挥想象力，领导本村孙家四兄弟和一大群闲得无聊的"虾兵蟹将"，独立自主地大革文化命。在和秋香的女儿黄互助好上后，他暂时收敛野性，不再乐衷于组织拳打脚踢的批斗会，而是筹办了十几次革命现代京剧演唱会，并且和黄互助粉墨登场，夫唱妇随。他唱《沙家浜》里郭建光的唱段，她就唱阿庆嫂的唱段，他唱《红灯记》里李玉和的唱段，她就唱李铁梅的唱段。一时间，西门家大院里，胡琴与笛子合奏，男腔与女调共鸣。革命的指挥中心，蜕变成一个文艺俱乐部。

因革命有功，能文能武，西门金龙被任命为高密县银河公社西门屯大队革命委员会主任，其时，此君年方弱冠，端的是少年得志，风光无限。可惜福祸相依，好景不长，有一回，他和同村冤家杨七同上茅房，他胸前那枚巨大的毛主席陶瓷像章，忽然间挂钩脱落，掉进茅坑当中。杨七当场叫破，西门金龙也就由革委会主任沦落为"现行反革命"，坐了趟过山车。

四　人魔 VS 义牛

上回说到，西门牛的故事是由蓝脸的儿子蓝解放所讲述，不像此前西门驴的故事，主要是驴的自白。两种叙事视角的替换，相当自然，似在不经意间，又各有各的妙处。作为一头忠勇敦厚的牛，它的意志很坚定，思维很单一，并无多少精彩的心理活动可以示人，所以莫言选用旁观者的视角描述它的慷慨悲歌。但西门驴就是另一番景象，此驴激情澎湃，情欲旺盛，而且残留着身为西门闹的强烈记忆，一想到自己的长工蓝脸与小老婆迎春颠鸾倒凤，就气血翻腾，心情激荡，颇像古罗马传奇中的那头金驴，可以说是亦人亦驴，半人半驴，心理活动煞是精彩，如果不用第一人称叙事，尽显内心波澜，那就大煞风景了。莫言乃叙事高手，诺贝尔文学奖老牌评委马悦然语带机锋地"赞许"他"非常会讲故事，太会讲故事了"。这样一个名动中外文坛的"说书人"，怎么会让我这个挑剔的评论者失望？

除了叙事视角的转换，西门金龙与西门牛的对位叙事结构也是一大亮点。这一人一畜的对照，张力十足，戏味十足。首先，西门金龙是西门闹的儿子，西门牛则是西门闹的第二道轮回，换句话说，西门牛的前身是西门金龙的老爸，人畜关系实则是父子关系。其次，从心性上说，西门金龙是斯塔夫罗金式的人魔，一生下来就打上了"恶崇拜"的胎记，不像苏童笔下的五龙，本是淳朴乡民，进城后几经磨难、几番浮沉，才"修炼"成混世魔王；西门牛恰好是西门金龙的"反题"，忠勇坚忍，一心护主，义之所向，九死不悔，实为牛中之侠，不愧"义牛"之誉。

关于这一人一畜的最惊心动魄的对位叙事出现在结局处。话说东北高密乡的狂热村民从执意单干的蓝脸家中强夺西门牛，逼其为公家耕田。西门牛心向主人，拒不合作。村民们将它绞翻在地，然后让人用烧红的铁条将它的鼻梁捅上一个窟窿，并将一个"凸"字形的铜鼻环穿在它鼻梁上。这个痛下狠手的人，正是西门牛的亲生儿子西门金龙。酷刑之下，西门牛依然不从。西门金龙兽性大发，对其鞭打、火烧，无所不用其极。但西门牛宁死不屈，最后倒毙在举国仅存的私家地里。这一人一畜，一个是执恶固执，一个是执善固执，冰火两极，互不相让，上演了一出撼人心魄的悲情戏，大有"风萧萧兮易水寒"之感。

五 "抽风"的年代

话说西门牛被他的儿子西门金龙活活整死后，灵魂出窍，窜回阎王殿，找阎王老子算账。阎王爷哄他说，这一回法外开恩，安排他到一个遥远国度的官商之家去投胎。他的老爸开奥迪，他的老妈开宝马，他的座驾是奔驰。这一辈子会有享不尽的荣华富贵，交不完的桃花红运，足可以抵消前世为驴为牛所受的痛苦和委屈。西门闹一听之下，立马成了西门不闹。可是，老奸巨猾的阎王老子这一回又把他耍了。等他重回阳世，睁开双眼，眼前是西门金龙和黄互助。他们正在为杏园养猪场的老母猪一气生下十六头小猪而惊喜。西门闹就是其中一头。

转生为猪的西门闹一看到儿子那张熟悉的脸，就感到皮肤紧绷、大脑发涨，仿佛有一个硕大的人体和一个狂野的灵魂被禁锢在小小的猪体里。西门闹感到无比憋屈，无比痛苦，恨不能撑破肮脏的、可憎的猪的躯壳，恢复堂堂男儿西门闹的形状。但它的一切挣扎纯属徒劳，柔弱的黄互助仅用单手就把它托了起来，然后用手指拨弄着它的耳朵说："金龙，这只小猪好像在抽风。"金龙带着几分恨意说，死了正好。黄互助却把小猪轻放在地，用一块柔软红布擦拭其身体，动作很轻柔，西门闹不由自主地发出猪的哼哼声。

村书记洪泰岳恰好在此时来到猪圈外，他兴奋地大发宏论说："我们的老母猪一胎生了十六只猪娃，实际上是生了十六颗射向帝修反的炮弹，我们的这几头老母猪，实际上是向帝修反发起总攻的几艘航空母舰！"他还劝勉西门金龙说，在这个"大养其猪"的时代，不要觉得养猪是屈才，因为养猪的远大目标是为了国富民强，为了支持"世界革命"，所以，要把臭气熏天的养猪场当成风云际会的大舞台，大显身手，创造"典型"。洪泰岳的话就像兴奋剂，把身陷低谷的西门金龙刺激得心跳血热，两眼放光。他向洪泰岳斩钉截铁地表态说，"从今之后，公猪就是我的爹，母猪就是我的娘！"

列位看官，《生死疲劳》第三部的时代背景就是这样一个"抽风"的年代，用王小波的话说，这是集体发"癔症"的年代。在这个年代，西门金龙继续演绎着投机者的本色，与此相对照，西门猪作为一头特立独行的猪，上演了一出出彰显个性、野性与自由意志的戏码，煞是精彩。欲知端的，且听下回分解。

六 莫言的猪 VS 吴承恩的猪

吴承恩塑造的猪八戒，如此生动，如此多趣，令人捧腹，更令人叫绝。在猪八戒诞生后的中国文坛，从"猪"的文学形象而言，仅有王小波笔下的"猪兄"，绽放出不凡神采。它像山羊一样敏捷，像猫一样喜欢闲逛，又像侠客一样独行其是，不愿任人摆布，在遭受围剿之时，"它很冷静地躲在手枪和火枪的连线之内，任凭人喊狗咬，不离那条线"，结果谁也不敢开枪，它也因此避过一劫，逃脱了人类世界。这只敢于"无视对生活的设置"、"特立独行"的猪，映射出王小波独立不羁的人格，承载着深邃的人文理想，让人印象深刻。但从艺术形象的刻画而言，王小波的猪到底稍嫌单薄，不够多姿多彩。直到莫言笔下的西门猪、刁小三联袂跃上文学舞台，吴承恩的猪才找到了真正的对手。

与猪八戒的好吃懒做、畏难怕苦、好色贪欢、头脑简单不同，西门猪和刁小三都是强悍、坚忍、胸有韬略的狠角。按照西门猪的自我评价，它是"一头博古通今的猪"，汉朝的王莽就是他的榜样。王莽可是权倾一时的猛人，他在西汉末年接受禅让，创立新朝，成为君临天下的帝王。他是特别有才干、特别有野心又特别能忍耐、特别能克制、特别能等待的旷世枭雄，白居易所谓"周公恐惧流言日，王莽谦恭未篡时"，道破了枭雄本质。一头在世人眼里蠢头蠢脑、臭气熏天、吃了就睡的家畜竟然以王莽为榜样，不能不让人拍案惊奇。它的渊博学识，足以令世间的文盲汗颜，它的凌云壮志，足以令满街的市侩掩面。与奥威尔《动物农庄》（*Animal Farm*）里的"猪老大"相比，西门猪虽然渴望权力，但却本性善良。它曾经率领猪群对抗人类的血腥围剿，最后却勇救溺水村童，杀身成仁。

让我们来听听西门猪的伟大宣言：

　　我预感到自己降生在一个空前昌盛的猪时代，在人类的历史上，猪的地位从来没有如此高贵，猪的意义从来没有如此重大，猪的影响从来没有如此深远，将有成千成亿的人，在领袖的号召下，对猪顶礼膜拜。我想在猪时代的鼎盛期，有不少人会产生来世争取投胎为猪的愿望，更有许多人生出人不如猪的感慨。我预感到生正逢时，从这个意义上想阎王老子也没亏待我。我要在猪的时代里创造奇迹，但目前时机尚未成熟，还要装愚守拙，韬光养晦，抓紧时机，强壮筋骨，增加肌肉，锻炼身体，磨炼意志，等待着那火红的日子到来。因此，人立行走的奇技，决不能轻易示人，我预感到此技必有大用，为了不致荒疏，我在夜深人静时坚持练习。

第十八章　后现代与"狂欢化"

一　刁小三与后现代

刁小三原是样板戏《沙家浜》中的一个反派角色，按照西门猪的鉴定，这是一个"抢了少女包袱还要抢人的坏种"。但在莫言的笔下，刁小三成了一头黑色公猪的花名。这头猪是西门金龙响应"大养其猪"的号召，从沂蒙山押运到西门屯豢养的成千头猪中的奇葩。它的出现，引起了猪圈老大西门猪的高度警惕。这家伙瘦而精干，当众猪因长途坐车体力不支丑态百出时，它却悠闲地散步看风景。曾大力推行样板戏并亲自粉墨登场的西门金龙现学现卖，为其赐名"刁小三"。

刁小三这个人物，比《沙家浜》中的狗头军师刁德一还不堪，欺压弱小，龌龊猥琐，戏份也少得可怜，基本相当于路人甲、兵丁乙。莫言却大胆地改写了这个符号，赋予其新的面目、新的生命、新的寓意。作为一头猪的刁小三，追求公平，向往自由，虽然粗鄙丑陋、满嘴脏话，却有着不平则鸣的叛逆精神与不屈的意志。西门猪遇到刁小三，简直就是火星撞上了地球，王莽对上了黄巢。

听听刁小三因不满猪食分配不公对西门猪的怨言：

这是什么世道？为什么一样的猪两样待遇？难道就因为我是黑色你是白色吗？难道就因为你是本地

猪我是外地猪吗？难道就因为你模样漂亮我相貌丑陋吗？而且，你小子也未必就比我漂亮到哪里去……

总有一天，我要把他们统统咬死……哪里有压迫，哪里就有反抗，你信不信？你可以不信，但是我坚信不移！

这分明是受压迫、受歧视的造反派对当权派、得宠派发出的战斗檄文，何等铿锵有力！

此后，刁小三与西门猪因为争风吃醋，在"蝴蝶迷"等发情母猪的注目下，进行了一场惊心动魄的决斗。西门猪以狠斗狠，以巧斗巧，最后使出毒招，几乎抠瞎了刁小三的双眼。这一战之后，刁小三又因无意交配而被阉割。但它并未就此消沉，而是夜夜苦练俯卧撑，最后成功逃亡。西门猪以惺惺相惜的口吻评价说，"它原本就是一个英雄的坯子，许宝那一刀，使它大彻大悟，加速了它英雄化的进程"。

《沙家浜》里的小丑摇身一变为《生死疲劳》里的英雄，莫言再次实践了他的"把好人当坏人写，把坏人当好人写"的后现代主义创作理念。通过这种方式，莫言成功改写了刁小三这个卑贱的符号，令其从边缘走向中心，从小配角跃升为男二号，这是对主流叙事的挑战与戏仿，也正是后现代狂欢精神的体现。

二 圆月大会

在《生死疲劳》第四部，西门闹转生为西门狗，它的主人是蓝解放和黄合作。这时的蓝解放已然戴上乌纱帽，成了当地的副县长。这位天生蓝脸的七品芝麻官为官尚算端方,不贪婪,不傲慢,不张扬,本是平平无奇的一个角色,却和县委书记庞抗美的妹妹庞春苗合演了一出不可理喻的爱情传奇,最后婚变家变,丢官去职,远走他乡。和蓝解放相比,这庞抗美称得上是市场经济时代的"弄潮儿",要风得风,要雨得雨,派头之大,几疑古之县太爷转生。她和经历了从黑五类、人民公社社员、红卫兵、革委会主任、养猪模范再到开发商的历史性转变的西门金龙官商勾结,大肆搜刮,最后锒铛入狱,自尽身亡。西门金龙则在回乡之际,撞上了向他呛声的老村书记洪泰岳,后者是个老左派,他对西门金龙的弄权征地深恶痛绝,但自知无力对抗历史潮流,便拉响雷管,与西门金龙这个与时俱化的投机分子同归于尽。

西门狗作为托生在蓝解放家的黑背狼犬,见证了众多人物的"华彩"结局,见证了人间世的大起大落、大悲大喜。莫言的独到处在于,他不仅以狗眼看世界的方式,再现了时代风云,再现了新时期的社会生态,也以超现实的不羁想象,活灵活现地展现了一个与"人的世界"息息相通的"狗的世界"。最精彩的一幕,无疑是"圆月大会":

> 我看到一个本地土狗,蹲在一边,面前摆着三瓶啤酒,三根火腿,一堆蒜瓣儿。它灌一口啤酒,啃一口火腿,然后用爪子夹起一瓣大蒜,准确地扔到口中。它旁若无人,嘴巴发出很响的咀嚼声,完全沉浸在吃的快乐中。旁边那几个本地土狗,已经基本喝醉,在那里,有的仰天长啸、有的连打饱嗝、有的胡言乱语。我对它们当然心怀不满,但我也不能忍受京巴玛丽的小资情调,我说:

"入乡随俗嘛，你来到高密，第一步就要学会吃大蒜！"

"哇噻——！"京巴玛丽夸张地喊叫着，"辣死了，臭死了！"

我抬头看了一下月亮，知道时辰将到。初夏季节，昼长夜短，顶多再过一个小时，小鸟就要啼叫，那些托着鸟笼子遛鸟的，那些提着宝剑锻炼的，都会到天花广场上来。我拍拍马副会长的肩膀，说：

"散会。"

以上只是高密县第十八次狗族圆月大会"实况报道"的一个片段，读来令人捧腹。莫言的俏皮，莫言的王朔式调侃，莫言的后现代狂欢精神，宛然可见。这个超现实、后现代的圆月大会，与歌德名著《浮士德》中的诸多狂欢场景，尤其是"瓦卜吉司之夜"（Walpurgisnacht），遥相呼应。欲知端的，且听下回分解。

三　圆月大会 VS 瓦卜吉司之夜

在一个中世纪的书斋里，五十出头的老学究浮士德坐卧不宁，烦闷不已。

魔鬼靡非斯陀变身为一个书生，前来与浮士德相会。他告诉浮士德，他是"否定的精神"，"恶"就是他的本质；他要与自然的权威抗衡，要毁灭一切，包括人类。浮士德向他诉说在尘世中深受束缚的痛苦，并且声称：如果这种贫乏沉闷、无所作为的生活将要延续到老，他宁愿选择死；但是，死也要死得痛快，或者战死沙场，血染荣冠，或者狂舞之后倒进情人的怀抱。

靡非斯陀闻言大喜，乘机引诱浮士德签订如下契约：靡非斯陀今生愿做浮士德的仆人，为他解愁除闷，寻欢作乐，获得一切需要；但当浮士德表示满足的一瞬间奴役便解除，浮士德的灵魂就属靡非斯陀所有，来生便做他的仆人。浮士德毫不犹豫地签下了契约。于是，靡非斯陀便把黑色的外套变成一朵浮云，载着浮士德云游四海。其中的一站，就是瓦卜吉司之夜的群魔会。

瓦卜吉司是德国神话中的保护女神，其祭日为五月一日。四月三十日之夜即称瓦卜吉司之夜（Walpurgisnacht），魔女们纷纷上山同男魔相会。这是一个群魔的狂欢节，其颠三倒四、疯狂作乐的场面，类似于高密县群狗们的圆月大会。靡非斯陀诱使浮士德参加群魔会，是为了让他纵情声色、迷失本性，老学究浮士德果然中招。歌德以风趣的笔法虚构了如下对话和场景：

> 浮士德：
> 那儿坐着两个女人，一老一少；
> 她们似乎已经跳舞够了。
> 靡非斯陀：
> 今天晚上不许休息。
> 跳舞又开始了，来吧！咱们也玩玩去。
> 浮士德：
> （和少女跳舞）
> 我做一梦真有趣：
> 梦见苹果树一株，
> 两个苹果耀枝头；

诱我攀上树梢去。

美女：

苹果滋味你贪嗜，

乐园从来就如是。

我真欢喜不自持，

我的园中也结实。

这是俄国文论家巴赫金所谓"狂欢化"（carnivalization）景观的绝妙写照，想象一下，一个笨拙迂腐的老学究与妙龄少女翩然起舞，是不是很有戏谑色彩？更妙的是，他们不但共舞，还吟诗唱和。诗中的主题词"苹果"，当然象征着欲望和诱惑。《圣经》中说，亚当和夏娃受蛇的引诱，偷尝禁果，结果失去了伊甸园。但在瓦卜吉司之夜寻欢作乐的舞女眼中，伊甸园就是贪吃禁果的乐园，如果没有禁果可尝，伊甸园也就不会带给人快乐。这分明是对《圣经》的亵渎和解构，也印证了巴赫金所谓"狂欢节"的本质：在这里，采取的是非官方、非教会的立场，一切等级、约束、禁令都被抛诸脑后。莫言对圆月大会散场后的描述，依然让人嗅到"狂欢节"的浓烈气息：

　　三分钟后，喧闹的广场上已经是一片宁静，只有一片东倒西歪的酒瓶子在闪光，只有那些没吃完的火腿肠在散发香气，还有就是几百泡狗尿的巨臊。

图书在版编目（CIP）数据

乘兴集 / 龚刚 著. -- 北京 ：作家出版社，2014. 12
（澳门文学丛书）
ISBN 978-7-5063-7740-9

Ⅰ. ①乘… Ⅱ. ①龚… Ⅲ. ①散文集 – 中国 – 当代
Ⅳ. ①I267

中国版本图书馆 CIP 数据核字（2014）第 305077 号

乘兴集

作　　者：龚　刚
责任编辑：冯京丽
装帧设计：棱角视觉
责任印制：李卫东　李大庆
出版发行：作家出版社
社　　址：北京农展馆南里 10 号　　　邮　　编：100125
电话传真：86-10-65930756（出版发行部）
　　　　　86-10-65004079（总编室）
　　　　　86-10-65015116（邮购部）
E-mail:zuojia@zuojia.net.cn
http://www.haozuojia.com（作家在线）
印　　刷：三河市华业印务有限公司
成品尺寸：133×214
字　　数：240 千
印　　张：10.5
版　　次：2015 年 6 月第 1 版
印　　次：2015 年 6 月第 1 次印刷
ISBN 978-7-5063-7740-9
定　　价：26.00 元

第一批出版书目

以上按作者姓氏笔画排序

第一批出版书目

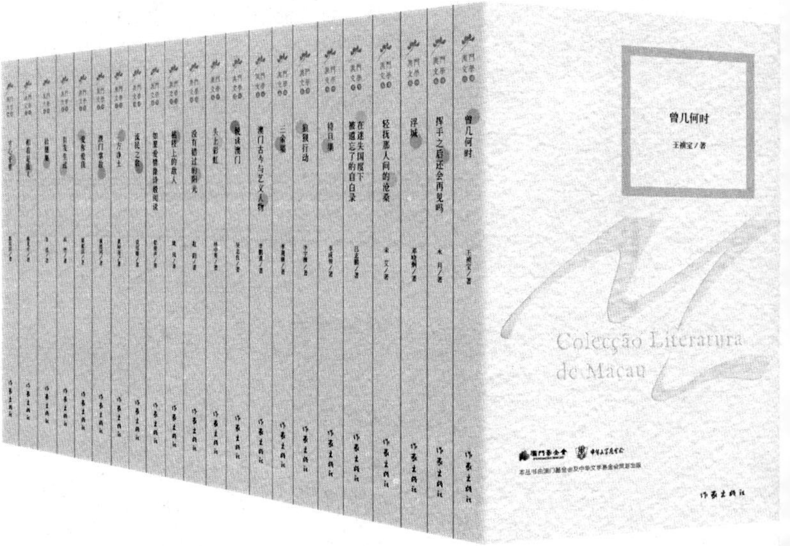

澳門文學　丛书